Manfred H. Krämer
MordsMarathon
Der siebte Solo & Tarzan Krimi

AF287145

Für Monika,

meine über alles geliebte Ehefrau, die dem Tod erklärt hat,
er habe sich geirrt.

Sie hat recht gehabt.

Wie immer.

Titelidee: Manfred H. Krämer
Coverfoto: Markus Proßwitz
Satz & Gestaltung: Verena Kessel

ISBN Taschenbuch   978-3-86476-072-3
ISBN E-Book EPUB   978-3-86476-510-0
ISBN E-Book PDF   978-3-86476-511-7

Seit 1542

Verlag Waldkirch KG
Schützenstraße 18
68259 Mannheim
Telefon 0621-129 15 0
Fax 0621-129 15 99
E-Mail: verlag@waldkirch.de
www.verlag-waldkirch.de

Manfred H. Krämer
MordsMarathon

Ein Mannheimer
Rhein-Neckar-Krimi

Verlag Waldkirch

Vorbemerkung des Autors

Dies ist ein Roman. Keine Dokumentation und er beruht schon gar nicht auf einer wahren Begebenheit. Es gibt auch keine Figuren darin, die es auch in Wirklichkeit gibt und denen ich vielleicht eins auswischen will. Soweit ich real existierende Personen darin erwähne (zum Beispiel den Mannheimer Oberbürgermeister Dr. Peter Kurz), ist dies für die Handlung relevant. Ich wollte meine Mannheimer Leserschaft nicht mit einem erfundenen OB vor den Kopf stoßen. So viel vorab: Peter Kurz ist einer von den Guten. Auch in diesem Roman. Ich habe mir die wieder entdeckte Freude am Schreiben auch nicht durch zeitraubende Recherchen vermiest. Ich bin Krimiautor. Kein Redakteur und kein Chronist. Polizeiarbeit, Krisenmanagement, konzertierte Aktionen verschiedener Einrichtungen und Behörden habe ich versucht, möglichst realistisch darzustellen. Geholfen dabei haben mir die Recherchen zu früheren Romanen, meine Beobachtungsgabe und mein gesunder Menschenverstand. Um die Strecke kennenzulernen und die einzigartige Atmosphäre des Mannheimer Dämmermarathons selbst zu erleben, bin ich 2016 den Halbmarathon mitgelaufen und habe eine Kolumne darüber geschrieben. Runner's world, das größte Laufmagazin der Welt, hat diesen Artikel gedruckt. Sie finden ihn im hinteren Teil des Buches. MordsMarathon erzählt die Geschichte eines heimtückischen Anschlags. So, wie sich Manfred H. Krämer das eben vorstellt. Einigen von Ihnen wird MordsMarathon vielleicht nicht gefallen, weil die Geschichte kein glückliches Ende nimmt. Das passiert, wenn ein Autor versucht, realistisch zu bleiben. Andere werden mir vorwerfen, potentielle Attentäter zu ähnlichen Taten zu ermuntern. Leute, glaubt mir: Attentäter brauchen keine literarischen Vorbilder. Die meisten Leserinnen und Leser, so hoffe ich doch, werden sich aber einfach nur freuen, mal wieder von Solo und Tarzan zu hören. Auch wenn es bei denen gerade ganz heftig kracht im Gebälk.

Ich wünsche Ihnen spannende Unterhaltung und ein langes gesundes Leben

Ihr Manfred H. Krämer

Prolog

Es hat einen Toten gegeben. Beim Berlin Marathon. Kurz vor dem Ziel ist er zusammengebrochen. Vierundvierzig Jahre, Familienvater. Freizeitläufer. Stammtisch-Athlet. Einer, der wahrscheinlich zu ehrgeizig war. Nicht ausreichend trainiert hatte. Womöglich hatte er einen Herzfehler, den er schon jahrelang unerkannt mit sich herumtrug. Einmal dazugehören. Ein Marathonläufer sein. Ein Sieger. Wenigstens über sich selbst. Ich lache leise. Leider verloren. Idiot. Angewidert wechsle ich das Programm. Bombenanschlag in Kabul. Dort laufen sie nicht Marathon. Dort laufen sie um ihr Leben. Alte, Kinder, Frauen. Schuldig oder nicht. Danach fragen die Taliban nicht. Die US-Drohnen auch nicht. Ich zappe weiter. Die ARD bringt einen Hintergrundbericht über Todesfälle bei großen Sportveranstaltungen. Ein Psychologe schwafelt Unsinn, im Hintergrund eine Archivaufnahme: Boston 2013. Rauch auf der Straße. Schreiende Menschen in bunten Trikots. Sirenen. Das Bild wechselt. Eine gewaltige Menschenmasse setzt sich gerade in Bewegung. Eine Flutwelle aus Leibern schiebt sich durch die Straßenschluchten. Ich stelle mir vor, wie sie alle sterben. Mitten im Lauf zusammenbrechen, übereinander stürzen, zuckend verenden wie Heringe im Laderaum eines Fischerbootes. Ein kilometerlanger Teppich aus toten Läufern. Sie würden die Nationalgarde einsetzen müssen. Radlader. Kalk. Der Gestank des Todes würde durch die ganze Stadt ziehen. Mein linkes Augenlid flattert. Ein Tick. Euphorie breitet sich in meinem Kopf aus. Die Erregung treibt

Schweiß auf meine Stirn. Es hat einen Toten gegeben. In Berlin. Es wird zehntausend Tote geben. In Mannheim …

1. Kapitel

Eine Hochzeit und ein Bräutigam verunglücken in einer einzigen Nacht. Ein Führerschein wird eingezogen und ein Ex-Alkoholiker macht eine Bergungsaktion im Regen.

L3110, Fahrtrichtung Lampertheim
Samstag, 16.04.2016, 02.52 Uhr

„Die Nacht frisst mich auf." Er erschrak, als er seine heisere Stimme hörte. Er stemmte beide Hände gegen das dürre weiße Lenkrad, bog den Rücken durch und drückte sich in die Polster. Atmete einige Male bewusst ein und aus, um sein Gehirn mit mehr Sauerstoff zu versorgen. Die Nacht frisst mich auf … Dieser Satz kam aus den Tiefen seines Gedächtnisses, aus der Ecke, in der die Langzeiterinnerungen gespeichert wurden. Ein Satz, den er unzählige Male vor sich hin gemurmelt hatte. Vor über dreißig Jahren. Irgendwann waren die Worte da gewesen. Materialisiert jenseits des scharf abgegrenzten Bereichs, den die Scheinwerfer seines Lasters aus der Dunkelheit rissen. Die Nacht. Ein schwarzes Maul, in das er mit Vollgas hineinfuhr, um darin zu zerschellen. Zu sterben, eingebettet in 18 Tonnen Metall, zermalmt von der Ladung, verbrannt vom lodernden Dieselfeuer. Schreck! Schweißausbruch! Adrenalin tobte durch seine Blutgefäße. Sekundenschlaf! Der Mercedes war keinen Millimeter aus der Spur geraten. Glück gehabt! Guter alter SE. Pfeifend entließ der Fahrer die Luft aus seinen Lungen. Er sollte nicht mehr fahren. Schon lange nicht mehr. Er hätte überhaupt nicht einsteigen dürfen. Er schaute auf die Uhr am Armaturenbrett: gleich drei Uhr nachts. Seit fünf Stunden fuhr er nun schon ziellos durch die Gegend. Hatte auf dem Parkplatz eines Discounters versucht, Schlaf zu finden, bis der Lärm einer Gruppe angetrunkener Jugendlicher ihn vertrieben hatte. Schlaf hatte er eh keinen gefunden. Sein Tinnitus dröhnte, pfiff und rauschte wie ein Prüfstand für Strahltriebwerke. Das Singen des alten Sechszylinders und das Abrollgeräusch der großen Räder kompensierten es dann wieder einigermaßen. Radio blieb aus. Kassetten für das antike Becker-Radio hatte er keine und die krampfig-coolen Sprüche der Moderatoren verursachten bei ihm Übelkeit. Er hatte das dreieckige Ausstellfenster einen Spalt weit geöffnet. Nasse Straßenluft wehte herein. An den für heutige Verhältnisse winzigen Außenspiegeln waren weiße Bänder befestigt, die durchnässt und schmutzig im Fahrtwind flatterten. Die gepflegte Limousine mit dem H-Kennzeichen war ein Hochzeitsauto. War. Vergangenheit. Das Bukett auf der Motorhaube war schon vor zwei Stunden in der etwas zu schnell gefahrenen Auffahrt zur A6 weggeflogen. A6, Fahrtrichtung Süden. Warum? Wohin? Wo, zum Teufel noch mal, wollte er denn hin? Wohin will einer, der von seiner eigenen Hochzeitsfeier geflohen war? Geflohen. Buchstäblich. Karl und Rainer waren ihm noch nachgelaufen. Die standen mit der fetten Agnes draußen und rauchten, als er durch die Tür gestürzt war. Agnes war nicht gelaufen. Sie folgte ihrem urweiblichen Instinkt, trat ihre Kippe aus und ging schnurstracks nach drinnen, um bloß nichts zu verpassen. Ein Eklat! Und was für einer! Die Mutter aller Eklats. Jedenfalls was Hochzeitsfeiern betraf, da war er sich ziemlich sicher. Seit

27 Jahren waren sie ein Paar. Seit mindestens 20 Jahren verfolgte er das Ziel, sie zu heiraten.

„Irgendwann", hatte sie immer lachend geantwortet, „irgendwann, wenn sie uns ohne Ringe nicht ins Seniorenheim lassen, heiraten wir."

Das mit dem Seniorenheim hatte sich zum Standardspruch entwickelt. Nicht nur bei ihr, sondern auch bei zahlreichen Freunden und Bekannten. Mike, der eine Schlosserwerkstatt betrieb, hatte unter dem Johlen und Applaudieren der Gäste einen breiten Zwillingsrollator in den Saal des Kleintierzuchtvereins geschoben, den sie für die Feier angemietet hatten. Sehr witzig. Seeeeehr witzig! Die Feier war gut. Laut, fröhlich, ausgelassen und mit den unvermeidlichen Einlagen besonders kreativer Gäste gewürzt. Das Essen von einem örtlichen Caterer mundete vorzüglich, das zweite Fass Bier war angestochen, man amüsierte sich prächtig.

Als dann gegen 21.30 Uhr eine attraktive Frau mit einem mürrisch blickenden Teenager-Mädchen den Raum betrat, dachte jeder an verspätete Gäste. Neugierige Blicke, gepaart mit freundlichem Nicken, begrüßten die beiden. Braut und Bräutigam waren in ein angeregtes Gespräch mit einem älteren Paar an einem der Stehtische vertieft, als die Frau und ihre Kaugummi kauende Tochter sich zu ihnen gesellten.

„Gratuliere deinem Vater zu seiner Hochzeit, mein Schatz", sagte die Mutter. Nicht besonders laut, aber dennoch deutlich hörbar für alle Umstehenden. Der Stehtisch wurde zum Epizentrum für eine sich in konzentrischen Kreisen ausbreitende lähmende Stille, verbreitet durch gezischelte Wiederholungen der gesagten Ungeheuerlichkeit, bis im gesamten Saal nur noch gelegentliches Füßescharren und der ein oder andere theatralische Seufzer zu hören war. Durch eines der gekippten Fenster drang das weit entfernte Klagen eines Martinshorns wie eine zusätzliche Unterstreichung.

Vierzehn Jahre! Vierzehn Jahre, in denen sich ihre Wege niemals wieder gekreuzt hatten. Vierzehn Jahre, in denen das, was damals war, von beiden als einmaliger Ausrutscher abgetan wurde. Angeblich lebte sie seitdem in London. War gerade auf dem Sprung dorthin, als ihre Wege sich kreuzten. Er hatte sie am Morgen danach noch zum Flughafen gebracht. „Bild' dir bloß nichts ein", hatte sie zu ihm gesagt, als er ihr die Frage nach dem Weiter stellte. Ihr schelmisches Lachen entschärfte den Spruch. „Die Zeit kommt, wenn sie kommt, mein Lieber", hatte sie noch hinzugefügt und er spürte den Schmerz über die Trennung, aber gleichzeitig auch die Erleichterung, dass er nicht wählen musste. Dass alles so bleiben konnte, wie es war. Ein schöner Abend, eine atemberaubende Nacht. Was hatte er immer gespottet über derlei Seitensprünge. Wie hatte er die verachtet, die solche Spiele spielten. Aber dann war er machtlos. Willenlos. Sie hatte ihn angesprochen. Offen mit ihm geflirtet. Und dann war er plötzlich wieder sechzehn. Spürte, wie das Fieber von ihm Besitz ergriff, von dem er glaubte, es ein für alle Mal hinter sich zu haben. Er war auch so einer. Einer, der keine Chance hatte, gegen die Macht der Natur. Natur? Welch billige Ausrede! Er war einfach nur schwach. Ein Blatt im Wind. Brennend, zu Asche zerfallend, entfacht von verführerischen, vollen

Lippen, die aus ihm eine Marionette machten, die hilflos an ihren Drähten zuckte, sabbernd und hechelnd wie ein Straßenköter. Ein Mann eben.

Die Straße schwingt in sanften weiten Kurven durch die nasse Nacht. Kein anderes Fahrzeug weit und breit. Ab und zu ein vom Regen verwaschenes Licht in einem Aussiedlerhof. Schilder werben für landwirtschaftliche Erzeugnisse: Spargel, Erdbeeren, Rollrasen, Blumen zum Selberpflücken. Der Fahrer kannte die Gegend. In der wenige Kilometer entfernten Kleinstadt hatte er seine Kindheit und Jugend verbracht. Wehmut ergriff ihn. Sehnsucht nach der Geborgenheit und dem Schutz des Elternhauses. Seine Eltern: längst tot. Genau wie sein Hund, seine acht Stunden alte Ehe, sein bester Freund. Tot. Das Kreuz am Straßenrand war längst verwittert. Die mächtige Eiche im Scheitelpunkt der Kurve stand immer noch.

Die Straße tauchte in den Staatsforst. Der Fahrer umklammerte das Lenkrad, als gälte es, eine üble Holperpiste zu bewältigen. Doch der Straßenbelag war glatt und schwarz. Eingerahmt und geteilt von gleißend weißen Linien. Der Motor summte, die Reifen zischten durch die Nässe. Warnschilder: Wildwechsel - Unfallstrecke - 70. Der Fahrer verstärkte den Druck aufs Gaspedal. Willig beschleunigte der schwere Wagen. Fernlicht. Weit voraus rotweiße Warntafeln. Sie sicherten die langgezogene Rechtskurve. Die Kurve, in der Willi damals mit seiner 750er rausflog. Willi. Der seitdem tot ist. Den sie nicht mehr wegen Fahrens ohne Führerschein drankriegen können. Oder wegen Verstoß gegen das Waffengesetz. Willi, der immer am lautesten lachte, wenn er am tiefsten in der Scheiße saß. Willi hatte es hinter sich. Dieses Scheißleben. Keine Sorgen mehr. Keine Probleme, keine Schulden. Kein Krebs. Das hatte keiner gewusst. Das mit dem Krebs. Seine Schwester hat es in der Clique ausgeplaudert. Bei der Obduktion hatten sie über zwei Promille Alkohol im Blut festgestellt. Und den Krebs. Fortgeschritten. Gestreut. Willi hatte den Schalter umgelegt. Engine stop. Aus. Hatte den Bullen, den Banken und dem Krebs den Stinkefinger unter die Nase gehalten. Mit mir nicht, ihr Ärsche. Cheerio! Das war sein Schlachtruf gewesen: Cheerio! Das hatten sie auch auf seinen Grabstein gemeißelt. Cheerio, Wild Willi.

Die rotweißen Schilder flogen heran, wurden größer, greller. Der Fahrer des 280er Mercedes war völlig entspannt. „Cheerio!" rief er laut. „Cheeeeeeeeriooooo!" Mit einem Knall wie ein Gewehrschuss katapultierte der Kühler das erste Schild aus der Verankerung. Der Motor überdrehte, die Reifen fetzten durch den Kies des Banketts, drehten einige Augenblicke leer in der Luft und wühlten sich dann durch den weichen Waldboden. Der linke Außenspiegel wurde von der alten Eiche abrasiert. Das rechte Vorderrad prallte auf einen Baumstumpf, der Wagen drehte sich und krachte mit grässlicher Wucht breitseits in eine mächtige Buche. Äste und Blätter prasselten auf das Wagendach und den Fahrer hüllte eine merkwürdig unechte wattige Stille ein. Irgendwo in weiter Ferne zischte etwas, es roch nach Treibstoff und Öl. Der Fahrer registrierte, dass er wohl noch am Leben war und bewegte vorsichtig und ängstlich seine Gliedmaßen. Scham überflutete ihn. Scham und Fassungslosigkeit. Was sollte das? Wollte er wirklich seinen Schalter auf „Off" stellen? Er? Was hatte ihn da bloß geritten? Ausgetickt! Absolut ausgetickt und hirnverbrannt in den Wald gerast!

Er versuchte, die Fahrertür zu öffnen. Da, wo der Beifahrersitz war, stand jetzt ein Baum. Mitten im Auto. Wie geht denn sowas? Die Tür ging nicht auf und er bekam seinen rechten Fuß nicht zwischen Lenksäule und Gaspedal raus. Panik griff nach ihm. Wenn die Karre zu brennen anfing! Hinter ihm auf der Straße zischte eine Druckluftbremse und das vertraute Rasseln eines schweren Dieselmotors drang zu ihm durch. Wieder versuchte er, seinen Fuß freizubekommen. Eine Autotür schlug zu. Hastige Schritte näherten sich. Dann wurde es dunkel.

***

„Hallo? Können Sie mich hören? Hallo? Ich bin Doktor Nowak, hören Sie mich?" Blaue Blitze. Überall. Blau, grell, schmerzhaft. Zwei Augen. Zwei Augen in einem müden, unrasierten Gesicht, die ihn anstarren. Eine Hand, die seine Wange tätschelt. „Hallo ... Haaaallooooo?" Blöd. Ewig dieses Hallo. Was will der? Hinter dem Gesicht taucht noch eins auf. Bulle. Er sagt etwas. Doch aus seinem Mund kommen nur dumpfe, weit entfernt klingende Laute. Was wollen die alle? Warum ließen die ihn nicht einfach in Ruhe? Hauten ab und ließen ihn endlich allein. In der Nähe dröhnte ein großer Dieselmotor. Bläuliche Schwaden waberten durch grellweißes Flutlicht. Es stank nach Abgasen, um ihn herum klapperte Ausrüstung, krächzten Funkgeräte, Stiefel trampelten und Stimmen riefen einander etwas zu. Jemand hatte ihm das Jackett ausgezogen und einen Ärmel des Hemdes nach oben geschoben. Er spürte einen brennenden Schmerz in der Armbeuge und etwas Warmes, das in ihn hineinlief. Müde. Er war doch so müde. Er musste schlafen. Unbedingt schlafen!

***

Kreiskrankenhaus Bergstraße, Heppenheim
Sonntag 17.04.2016, 10.15 Uhr

„Habe ich Sie richtig verstanden, dass Sie zur Sache nichts aussagen wollen?" Die junge Polizistin war eine von den eifrigen. Er hatte sich das Formblatt, auf dem ihm seine Rechte als Beschuldigter dargelegt wurden, genau durchgelesen. Was nicht so einfach war, wenn man ein im Akkord arbeitendes Stahlwerk im Kopf hatte. Er hatte sein Häkchen bei „Keine Aussage" gemacht und die Frage der Beamtin ob er nicht doch, die Sache wäre ja klar, die Blutprobe habe einen Promillewert von 1,4 aufgezeigt und überhaupt … mit einem ungeduldig heiseren „Nää!" beantwortet. Ja, sie hatte ihn richtig verstanden. Verdammt, das Mädel könnte seine Tochter sein. Ja, ja, schon klar, 1,4 Promille hieß absolute Fahruntüchtigkeit. Suff total. Da ist nix mit Bußgeld und Vierteljahr Fahrpause. 1,4 hieß Straftat. Offizialdelikt. Das bedeutete, der Staatsanwalt ermittelt, ob man nun mit achtzig Sachen in den Wald gerauscht ist oder nicht.

„Dann unterschreiben Sie bitte unten rechts." Die Frau Polizeimeisterin resignierte. Er räusperte sich und beugte sich über das Formular. Er versuchte sich zu konzentrieren. Die Buchstaben tanzten vor seinen Augen, als er in krakeliger Schrift seinen Namen schrieb: Lothar Zahn.

16

Die Staatsgewalt verabschiedete sich höflich, aber kühl, und ließ ihn endlich allein.

Allein. Da konnte er sich gleich mal dran gewöhnen. Er saß in einer Art Wintergarten am Ende des Klinikflurs, in dem er heute früh in einem Dreibettzimmer aufgewacht war. Seinen rechten Knöchel zierte ein Salbenverband, die Anzughose hatten sie unter dem Knie einfach abgeschnitten. Die Schuhe waren verschwunden, er trug Einwegpantoffeln aus Klinikbeständen. Hemd und Jackett rochen immer noch leicht nach Benzin. Bis auf den geprellten Knöchel war er unverletzt. Katzen und Besoffene haben immer Glück. „Ha!", krächzte er, und der Kopfschmerz legte noch einen drauf. Er steckte seine Geldbörse ein, die ihm die Beamtin mitgebracht hatte. Der Führerschein fehlte. Auch dafür hatte er einen Beleg unterschrieben. Musste ja alles seine Ordnung haben, in diesem unserem Lande. Er rappelte sich auf. Auf der Schwesternstation sollten sie jetzt die Entlassungspapiere fertig haben. Er würde sich ein Taxi rufen lassen, das ihn nach Hause … Scheiße. Nach Hause … Es gab für ihn kein Zuhause mehr. Nicht nach dieser Nacht.

Trotzdem. Irgendwo musste er ja wohl hin.

Eine laute Stimme dröhnte in breitestem Mannheimer Dialekt durch den Flur: „Dreiachtzääh? Do war isch schunn, do is känner drin!"

Lothar Zahn, seit seiner Schulzeit von Freund, Feind und allen möglichen anderen Mitmenschen nur Tarzan genannt, erkannte das kehlige Organ und die gedrungene Silhouette mit dem Schlapphut sofort. So schnell es sein schmerzender Knöchel erlaubte, schlurfte er zur Schwesternstation.

„Blummepeter!" rief er, bevor der ungepflegt wirkende Mann in der speckigen, schon vor zwanzig Jahren aus der Mode gekommenen, langen Lederjacke sich noch weiter über den Tresen beugen konnte. Aus der rechten Außentasche der Jacke lugte eine Bierflasche. Der halslose Kopf des Mannes drehte sich in Tarzans Richtung, die Lippen entblößten ein marodes gelbes Gebiss und zwei erstaunlich hellblaue Augen versanken fast völlig in einem Meer aus Falten, als Hans-Peter Bluhm sie kurzsichtig zusammenkniff.

„Mensch, Tarzan!", dröhnte er mit der Tonlage und Intensität eines Schiffshorns, „Alder Dabbscheedel. Schää, disch zu sehe!" Tarzan ließ die milchsäureschwere, nach Knoblauch, Bier und Kippen müffelnde Umarmung über sich ergehen und brachte sich mit einiger Mühe wieder auf Abstand. Die Schwester öffnete demonstrativ ein Fenster im Raum hinter dem Empfang und wandte sich anschließend an Tarzan. „Unterschreiben Sie bitte unten rechts, Herr Zahn." Erleichtert setzte er seinen unleserlichen Krakel unter das Entlassungsformular, während Bluhm einen langen Schluck aus der Flasche nahm, was ihm einen missbilligenden Blick der Schwester einbrachte.

Kriminalhauptkommissar Hans-Peter Bluhm sah aus, als sei er gerade aus einem miefigen Schlafsack unter der Mannheimer Kurpfalzbrücke gekrochen. Seine Polizeimarke und der Dienstausweis sorgten in schöner Regelmäßigkeit für Heiterkeit, bis ein dezentes Zurückschieben der Jacke den Blick auf die verschrammte Dienstwaffe zuließ. KHK Bluhm galt als einer der fähigsten Ermittler im gesamten Regierungsbezirk. Beliebt bei den Kolleginnen und

Kollegen wegen seiner geradlinigen und ehrlichen Art, verrufen bei Vorgesetzten aus denselben Gründen.

„Ich denke du bist in den USA?" Tarzan schaute seinen alten Freund misstrauisch an. Vor fast einem Vierteljahr hatte er Bluhm zum letzten Mal gesehen.

Der leerte die Bierflasche mit einem letzten Zug und hielt sie ihm dann unter die Nase.

„Hier schau: Alkoholfrei! Ich trink nix anderes mehr. USA? Ha! Ich war auf Entzug in so einer Art Klapse. Hab beim Alten extra unterschrieben, dass ich nix verrate. Die haben mich gezwungen. Hätten mich sonst rausgeschmissen. Hab sogar meinen Lappen wieder. Los, komm mit. Raus aus diesem gastlichen Haus!"

Tarzan steckte seine Papiere ein und folgte seinem alten Kumpel in Richtung Aufzug. Noch in der Halle steckte sich Bluhm eine Eckstein an. Das empörte Rufen des Pförtners blieb unbeachtet.

Bluhms Wagen stand im absoluten Halteverbot, direkt vor dem Eingang. Ein Zettel flatterte unter dem Scheibenwischer im Wind. Tarzan musste trotz seiner misslichen Lage grinsen. Niemand außer Bluhm fuhr noch solch eine Karre: Ein goldmetallicfarbener Ford Granada Turnier. Zahlreiche Spachtelflecken verdeckten notdürftig den ärgsten Rostfraß. Die Radioantenne bestand aus einem Drahtkleiderbügel und auf dem Dach war ein durchgebogener Gepäckträger montiert. Sämtliche Scheiben waren beschlagen. Tarzan öffnete die Beifahrertür, die ein lautes Knarzen hören ließ und ein paar Zentimeter nach unten sackte.

„Beim Zumachen musst du sie etwas anheben", empfahl Bluhm und ließ sich in den durchgesessenen Fahrersitz fallen. Der Wagen ging deutlich in die Knie. Tarzan rümpfte die Nase. Ein saurer Geruch nach schimmeliger Wäsche und nassem Nagetier beherrschte den Innenraum.

„Stell dich bloß nicht an wie eine Pussie! Das ist dein Zeug, was hier so müffelt!", grantelte Bluhm und deutete nach hinten. Tarzan wandte den Kopf und starrte entgeistert auf einen durchweichten Haufen Klamotten, Schuhe und aufgequollener Kartons.

„Mein Zeug ..." Tarzan erkannte sein Lieblings-Hawaii-hemd und ein paar seiner Laufschuhe. Immerhin die Trail-ausführung. „Woher ...?"

Bluhm schaute ihn ungewohnt ernst an. „Woher? Ich erzähl's dir, wenn wir fahren. Scheinst ja deiner Solo so richtig die Laune verhagelt zu haben. Elke hat mir am Telefon gesteckt, dass ihr wohl die kürzeste Ehe der Welt geführt habt."

Bluhm startete den V6 und der Keilriemen quietschte protestierend. Er schaltete das Gebläse auf höchste Stufe und half mit einem schmutzstarrenden Handtuch nach, das er unter dem Sitz hervorzog. Die verschlissenen Wischer rubbelten über die Windschutzscheibe und der Strafzettel flog davon.

Der Kommissar schnitt einen wütend hupenden Taxi-fahrer und bog verbotswidrig links ab. Wieder jammerte der Keilriemen. Im Kreisverkehr schwankte der alte Granada wie ein Schiff im Sturm und die Karosserie ächzte, als wollte sie sich auflösen. Auf der Rückbank rasselten die Flaschen in einem Bierkasten. Eichbaum Aktiv Alkohol-frei. Tatsächlich. Tarzan konnte es kaum glauben.

Bluhm kurbelte das Fenster herunter und spie seine Kippe in den Regen.

„Was hat sie alles gesagt?" Tarzan wurde übel, was aber nicht alleine an dem Geruch im Auto lag.

„Na, dass da so 'ne Schicki-Micki-Tussi aufgeschlagen ist, auf eurer Feier. Mit 'nem Balg, das angeblich von dir sein soll. Du bist dann Hals über Kopf abgehauen und hast dem alten Solomon seinen Benz in den Wald geballert. Das haben mir die Kollegen aus Lampertheim verraten. Ja, jetzt darfst du erstmal 'ne Zeitlang zu Fuß gehen und dir 'ne Jahreskarte von der RNV holen, Alter. Wenn du willst, gebe ich dir ein paar Tipps. Naja, ich bin dann erstmal zum Hausboot gefahren, wollte mit Solo quatschen. Deine zornige Amazone ein bissel runterholen, gut Wetter machen und so. War leider nicht zuhause, die Gute. Der Firebird war nicht da und auf dem Parkplatz lag dein Zeug im Regen. Hab ich alles hinten reingeschmissen. Da, wo ich dich jetzt hinbring', hast du genug Platz zum Trocknen."

„Wo bringst du mich denn hin, ins Männerwohnheim?" Tarzan lachte humorlos.

„Näääää! Da lassen sie solche Schmutzfinken wie dich nicht rein. Wir fahren jetzt zur Casa Flora. Du wirst staunen!"

2. Kapitel

Eine pensionierte Ermittlerin versucht zu vermitteln und scheitert kläglich.

Während der alte Ford über die B38 in Richtung Mannheim fuhr, servierte eine korpulente ältere Dame ihrer Besucherin einen etwas klotzig geratenen Rührkuchen und eine Tasse Kakao.

„Hat schon bei mir geholfen, als ich noch ein kleines Madel war, wenn ich Kummer hatte. Kakao und Kuchen. Greif zu Kleine, du siehst scheiße aus."

Der Geruch des Kakaos, die heimelige Atmosphäre in dem etwas modrig riechenden Wintergarten der Gründerzeitvilla und der gegen die Glasscheiben prasselnde Regen weckten auch in Bertha Solomon, die von Freunden nur Solo genannt wurde, Kindheitserinnerungen. Dankbar nahm sie die Tasse in beide Hände und blies in die dampfende Flüssigkeit. Frust und Zorn zogen sich ein stückweit zurück. Sie musterte ihre Freundin. Elke Lukassow war alt geworden. Aber auf eine anmutige und durchaus attraktive Art. Das Bulldoggengesicht mit dem Merkelmund hatte sanftere Züge angenommen. Die streng zu einem Knoten gebundenen Haare waren nun komplett grau und die wachen hellblauen Augen blickten fast schon gütig. Die ehemals sowohl bei den Guten als auch bei den Bösen gefürchtete Erste Kriminalhauptkommissarin sah auf den ersten Blick aus wie die Schablonen-Omi aus dem Vorabendprogramm. Wie gesagt, auf den ersten Blick. Sie genoss die Vorteile ihrer ansehnlichen Pension genauso wie gelegentliche Anfragen aus Polizeikreisen, wenn es mal wieder um einen ihrer alten „Kunden" ging, oder ihre Tätigkeit als freie Dozentin an der Polizeischule. Dort führte sie ein eisernes Regiment und niemand wunderte sich über ihren Spitznamen „Der Rottweiler". Wo die stets in grünem Loden gekleidete Fränkin auftauchte, zollte man ihr Respekt und Anerkennung. Seit vielen Jahren war sie mit Solo und Tarzan befreundet. Eine Freundschaft, die aus tiefster Abneigung gegen die beiden „Amateurschnüffler" entstanden war und sich über viele Jahre hinweg entwickelt hatte.

Sechsundzwanzig genau genommen. Es war 1990, als Solo und Tarzan ihr das erste Mal in die Quere kamen. Mit einer Leiche im Schlepptau (Tod im Saukopftunnel, Heyne Verlag, 2008). Mittlerweile betrieben die beiden eine kleine Firma, die sich auf verdeckte Ermittlungen in sensiblen Bereichen von Unternehmen und Sicherheitsberatung spezialisiert hatte. Sie lebten auf einem zum Hausboot umgebauten ehemaligen Fahrgastschiff, das im Lampertheimer Altrhein fest vertäut war. Nach den dramatischen Ereignissen im Umfeld des Mannheimer Maimarkts vor drei Jahren (Maimarktmord, Verlag Waldkirch, 2013) hatte Tarzan um die Hand seiner Dauerfreundin angehalten und sie hatte ja gesagt. Typisch für Solo war, dass es dann doch noch drei Jahre gedauert hatte, bis endlich die Hochzeitsglocken, Pardon der Aufzugsgong im Standesamt, geläutet hatte(n). Gut Ding will schließlich Weile haben.

***

„Ihr werdet's euch scho wieder zammraufen", orakelte die Lukassow. Solo stellte die Tasse ab und schüttelte energisch den Kopf mit den feuerroten kurzen Haaren.

„Ich hab ihn rausgeschmissen. Ich will ihn nicht mehr sehen. Ist mir so was von egal, ob wir verheiratet sind oder nicht. Das Auto von meinem Papa hat er auch noch zu Schrott gefahren. Papa dreht sich im Grab um. Der Wagen war sein ein und alles." Eine Träne rollte über ihre Wange. Sie wischte sie mit einer energischen Handbewegung weg.

Elke Lukassow schaute ihr ernst in die Augen. „Bist net erleichtert, dass dem Tarzan nix passiert ist, bei dem Crash?"

„Nein! Doch! Ja natürlich bin ich froh, dass er nicht schwer verletzt ist oder Schlimmeres. Aber das macht es auch nicht besser, oder?"

Elke wiegte den massigen Kopf. „Ich hab' ein bissel rumgehorcht. Wegen dem Unfall, weißt. Es gibt da einige Sachen, die net so ganz zammpassen." Solo hob den Blick. Der Kuchen lag unberührt auf dem Teller.

„Wie meinst du das denn? Der war besoffen und ist aus der Kurve geflogen … Der Arsch!", fügte sie trotzig hinzu.

„Eben nicht. Geflogen mein ich. Der ist nicht aus der Kurve getragen worden. Der ist schlicht und ergreifend geradeaus gefahren. Ohne Bremsspur. Schnurgerade. Mitten in den Woid. Nicht einmal vom Gas ist der gangen. Die Feuerwehr hat die Lenksäule demontieren müssen, weil der rechte Fuß immer noch das Bodenblech hat durchtreten wollen und eingeklemmt war. Wenn du mich fragst, …" Sie brach ab.

Solos grüne Augen wurden groß. Sie presste die Lippen zusammen und brauchte einige Minuten, bis sie sie wieder öffnete. „Du meinst, der wollte Schluss machen? Tarzan? Sich selbst ..." Sie schüttelte den Kopf. „Der nicht. So was kann der überhaupt nicht. Der nicht. Tarzan nicht. Den Mumm hat der nicht. Im Leben nicht!" Solo war immer lauter geworden. Sie sprang auf und ging zur Terrassentür. Sie schob den altmodischen Riegel zur Seite und öffnete die protestierend quietschende Glastür mit dem rostigen Eisenrahmen. Ihre Brust hob und senkte sich, als sie die nach altem Laub, nassem Gras und Erde riechende Luft tief einatmete. Tarzan ... sich umbringen. Eine absolut irrwitzige Vorstellung. Leise begann die Uhr des Zweifels in ihr zu ticken: und wenn doch? Ausnahmesituation. Alkohol. Verzweiflung. Flucht. Flucht? Ja, das war typisch für ihn. Abhauen, wenn es brenzlig wird. Konflikten aus dem Weg gehen. Bloß keinen Ärger! Weglaufen, verschwinden, verstecken, verkriechen ... für immer? Elke Lukassow beobachtete Solos Kampf mit sich selbst. Trotz ihres resoluten Habitus war die Polizistin a. D. eine äußerst sensible Frau und eine exzellente Menschenkennerin. Solos Mauer hatte Risse bekommen. Ganz feine. Die Bunkerwände bröckelten. Elke beschloss, es gut sein zu lassen. Zuviel Input könnte das Erreichte gefährden. Solo kehrte zu dem riesigen geblümten Ohrensessel zurück. Die Tür ließ sie offen.

„Iss!", befahl Elke und schob den Teller mit dem Kuchen näher zu Solo. Wie ein gehorsames Kind brach ihr Gast ein Stück davon ab und kaute mit nachdenklichem Blick drauf herum, als sei es aus Gummi.

„Weißt' überhaupt, wo der Tarzan is?" Lauernd fixierte die Lukassow Solo.

Kopfschütteln. Schlucken. Mundwischen. „Will ich gar nicht wissen. Ist mir egal."

„Soll ich mich mal umhör'n?"

„Lass es einfach. Danke für Kaffee und Kuchen." Solo erhob sich abrupt. Elke stand auch auf, allerdings bedeutend gemächlicher. Die beiden Frauen umarmten sich und Elke kniff ihrer Freundin in die Wange, was diese früher immer zur Weißglut gebracht hatte. Heute ließ sie es sich kommentarlos gefallen.

„I bin auf deiner Seite, hörst? Morgen Abend komm i zu dir. Im SWR bringen's an alten Tatort. Mit der Odenthal und dem Kopper. Die magst du doch. I bring was zu knabbern mit und du stellst Weißbier kalt. Host mi?"

„Morgen habe ich aber ...", versuchte Solo eine dünne Ausflucht.

„Na! Nix host. Brez'n und Weißbier. Des host. Pfüati!"

Traurig schaute sie den Lichtern des alten Pontiac Firebird nach, als dieser mit grummelndem Achtzylinder vorsichtig über die Bodenschwellen der Anliegerstraße wippte.

Die Kollegen hatten ihr regelwidrig Einsicht in die Unfallakten gewährt. Das Thema Suizid war erörtert worden. Lothar Zahn hatte so etwas vehement bestritten. Laut war er geworden. Aufgeregt und völlig außer sich. Elke kannte diese Reaktion. Typisch.

„Getroffene Hunde bellen", murmelte sie und schloss die Eingangstür. Sie machte sich große Sorgen um Solo und Tarzan. Mehr um Tarzan, als um Solo. Der vierschrötige Mann mit dem dunklen Bartschatten, der wegen galoppierenden Haarausfalls immer öfter eine Sportmütze trug, war ein Weichei. Probleme, die er nicht umgehen konnte, fraß er in sich hinein. Auf solche Menschen musste man achtgeben. Bisher hatte Solo das gemacht.

Die Lukassow ging zurück in den Wintergarten, aß die Reste von Solos Kuchen und schloss die Tür zum Garten. Dann ging sie in die Küche und nahm das Telefon zur Hand.

3. Kapitel

Der Held des Dschungels erhält Asyl in floraler
Umgebung und versucht sich in führerscheinfreier
Fortbewegungstechnik, während zwei Kriminalisten
sich Sorgen um ihn machen.

Bluhm verließ die B38 in Richtung Käfertal und bog nach
der Feuerwache Nord links ab.

„Wo fahren wir überhaupt hin? Zum Benz?", fragte
Tarzan. Bluhm nahm wieder einen Schluck aus der Bier-
flasche, rülpste ungeniert und versenkte sie wieder in der
Türablage.

„Direktemang zu deinem neuen Zuhause. Wenigstens bis
ihr euch wieder vertragen habt. Wirst schon sehen. Wird dir
gefallen." Was Tarzan stark bezweifelte.

Bluhms Handy meldete sich mit einem nervtötenden
Martinshorn-Klingelton. Er fischte es aus seiner Mantelta-
sche, was den Ford ins Schlingern brachte und den Fahrer
eines entgegenkommenden Transporters auf den Bürger-
steig zwang. Hupen, Stinkefinger. Bluhm ignorierte die
Show und drückte den Anruf weg. Jetzt nicht, Elke. Wenig
später überquerten sie die Diffené-Brücke, passierten die
Ampel an der Einmündung Friesenheimer Straße und bogen anschließend links in die Einsteinstraße ab. Das alte
Pumpwerk, Gewerbebetriebe und jede Menge abgestellte
Lkw-Anhänger säumten die triste Straße. Bluhm fuhr bis
zum Ende durch und Tarzan, der sich in dieser Gegend
auch ganz gut auskannte, schwante etwas. Er sollte Recht

behalten. „Kleingärtnerverein Friesenheimer Insel", stand auf einem Schild, dass der alte Granada passierte. Wippend stoppte der Ford vor einer hohen Hecke. Eine Tafel mit der Nummer 81 zierte ein schief in den Angeln hängendes Holztor, dessen Farbe großflächig abblätterte.

Bluhm stieg ächzend und schnaufend aus, leerte die Bierflasche und schüttete den schaumigen Rest auf den Boden. Er puhlte seinen Schlüsselbund aus der Jackentasche und schloss auf. Mit einem beherzten Tritt öffnete er daraufhin das erbärmlich knarzende Tor. Tarzan blickte auf einen unkrautüberwucherten Pfad, der zu einer Holzhütte führte. Ein Teil des Daches war mit einer Plane abgedeckt, die mit Feldsteinen beschwert war. Ein Ofenrohr lugte aus der Seite heraus und neben dem ansehnlichen Holzstoß, halb verborgen hinter dem Stamm einer mächtigen Kastanie, stand ein schmaler Verschlag mit einem Herz in der Tür. Eine altmodische Handpumpe vor einem halb eingegrabenen blauen Chemiefass komplettierte die Idylle.

Tarzan war stehengeblieben. Bluhm, der weitergestapft war, blieb ebenfalls stehen und drehte sich grinsend zu ihm um.

„Zugegeben, das Adlon ist es nicht. Aber es hat Fernsehen. Musst nur vorher den Generator anschmeißen. Ist noch von meinem Paps. Der Fernseher auch. Auf dem ist noch Wim Thoelke und Hans Rosenthal gelaufen."

Das Innere der Laube entpuppte sich als recht gemütlich. Eingerichtet mit einem bunten Mix aus Möbeln von den fünfzigern bis hin zu den siebziger Jahren. Ein altes Eisenbett war erst vor einem Jahr mit einer neuen Matratze samt darunter befindlicher Schaltafel aufgewertet worden und zwei Elektrokochplatten sowie ein Mikrowellenherd versprachen leibliche Genüsse nach Tarzan'scher Art. Unter den rohen Deckenbalken zog sich ein Netz aus Wäscheleinen hin, an denen eine halbe Stunde später die Klamotten hingen, welche Tarzan nicht gleich aussortiert hatte. Bluhm hatte den Kanonenofen befeuert und es verbreitete sich ein Aromamix aus Fußballerkabine und Jagdhütte samt ausgeweideter Beute.

Bluhm zeigte Tarzan den Schrank, in dem eine Auswahl an Obstbränden, Wein und Bier stand und schenkte ihm gleich einen doppelten „Bluhmenfeuer" ein, den sein längst verstorbener Vater noch hatte brennen lassen.

„Du kannst das Gift heute gut gebrauchen. Ich lass es bleiben. Meine Leber sieht aus wie ein vierzig Jahre alter Spülschwamm, hat der Doc gesagt. Ich hau jetzt auch wieder ab. Wenn du Hunger hast: Die Vereinskneipe hat seit einigen Wochen wieder auf. Die sollen dort ganz ordentliche Schnitzel klopfen, habe ich gehört. Mach's gut Alter. Übrigens ...", er drehte sich in der Tür noch einmal um, „Oben bei der Kammerschleuse is 'ne Bushaltestelle ..." Tarzan winkte ab und prostete dem alten Freund mit dem halbgeleerten Schnapsglas zu.

„Komm schon klar. Danke für alles, Peter."

„Dafür nicht. Wir sehen uns." Die tapsenden Schritte entfernten sich auf dem Weg und kurz darauf hörte er das Gejammer des Keilriemens, als Bluhm den Granada wendete.

Die darauffolgende Stille traf Tarzan wie ein Faustschlag.

Komm schon klar? Einen Scheißdreck kam er klar. Er räumte die Flaschen wieder in den Schrank zurück und knallte die Tür zu, dass die Glasscheiben im Mittelteil klirrten. Saufen ist keine Lösung, Saufen ist das Ende. Ende hatte Tarzan gerade so satt wie nichts anderes auf der Welt. Er suchte in dem Haufen, der es nicht auf eine der zahlreichen Leinen geschafft hatte, nach den Laufschuhen, zog noch ein paar verkäste Socken heraus und brauchte etwas länger, bis er eine Laufhose gefunden hatte. Eine von den kurzen. Er spähte durch das Fenster. Es regnete. Seit drei Wochen. Mit mehr oder weniger kurzen Pausen. Und mit mehr oder weniger heftigen Unwettern, die Keller fluteten, Straßen unterspülten und Schlammlawinen durch Dörfer drückten. Der Altrheinarm, in dem die Lady Jane, ihr altes Wohnschiff vertäut war, war fast so breit wie der Mississippi. Vom Sonnendeck aus konnte man schon über den Damm sehen. Solo witzelte, wenn das so weiterginge, wäre das Schiff bald das höchste Gebäude Lampertheims.

Solo ... Tarzan zog die Nase hoch. Schnupfen. Klar. Bei dem Wetter.

Er wurstelte sich in die klamme Sportkleidung, fand noch eine seiner zahlreichen Kappen und öffnete die Tür. Wenigstens war fast kein Wind zu spüren. Der Regen rann gleichmäßig und sanft rauschend aus bleigrauen Wolken. Er patschte durch den Garten, schloss das Quietschetor und trabte los. Der Hauptweg war bucklig und voller Schlaglöcher, aber immerhin geteert. Kein Mensch war zu sehen. Hinter der Kammerschleuse führte der Fuß- und Radweg auf der Dammkrone am Neckar entlang. Voraus im Regendunst die Eisenbahnbrücke und dahinter die Jungbuschbrücke. Tarzan hatte keinen Plan. Keinen Plan und schon gar keine Uhr. Wozu auch? Es war Sonntag, er war allein. Theoretisch konnte er von hier aus bis nach Stuttgart laufen.

Seine Fitness würde ihn aber höchstens bis zur MaRuBa führen, dem Gasthaus hinter dem Klinikum. Vor drei Wochen war er mit Solo dort gewesen. Solo … Tarzan spuckte aus. Tief sog er die feuchte Luft ein. Sein Körper wurde warm, die Muskeln lockerer. Einige Rippen spürte er, dort, wo der altmodische Gurt sie geprellt hatte. Also dann: MaRuBa und zurück. Bei seinem Tempo etwa eine Stunde. Dann Duschen … Duschen? Scheiße. Dann eben waschen an der Pumpe. Egal, heute würde ihn eh niemand heiraten. Heiraten … Mann! Vielleicht sollte er sich später doch noch besaufen. Er steigerte das Tempo. Energisch trampelte er den verlassenen Weg entlang. Laufen! Nix denken, nix grübeln, nix fühlen. Laufen!

***

Bluhm bog gerade in die Heilsberger Straße ein, als sein Handy wieder Sondersignal gab. Ach ja, die hatte er ganz vergessen. Mit knarrenden Federn wuchtete er den Granada den hohen Bordstein hinauf und parkte direkt vor den Müllcontainern seines Wohnblocks. Tarzan hatte nicht alles mitgenommen. Etwa ein Drittel der Klamotten hatten so sehr gelitten, dass er ihn gebeten hatte, sie zu entsorgen. Bluhm stellte den Motor ab, der noch ein paarmal nachdieselte, und nahm das Gespräch an.

„Was gibt´s Teuerste?", knurrte er in das völlig veraltete Gerät.

„Nenn mich nicht Teuerste, du Nase. Hast was von Tarzan g'hört?" Besorgnis klang in Elke Lukassows Stimme mit, die vom Hochdeutschen übergangslos in ihren heimischen Dialekt verfiel.

„Dem hab ich gerade Asyl gewährt. In der Laube von meinem alten Herrn. Aber das musst du Solo nicht auf die Nase binden. Ausdrücklicher Wunsch meines Mandanten."

„Einen Deifi werd i! Die sollen sich alle beide erst mal einkriegen. Mein Lieber, des hätt´st erlehm sollen. Was da abgangen is auf der Hochzeit. Als die Tuss mit ihr´m Balg da aufgschlong is und die des Gör dem Tarzan unter die Nosn grieben hat. Ha!"

„Glaubst du den Zirkus etwa?" Bluhm steckte sich eine Eckstein an. Gut gegen den Modergeruch in der Karre.

„Zu laufenden Ermittlungen sog i nix, des weißt. Aber zutraun tät ich dem des scho. Weißt noch, wie i den mol aus´m Whirlpool zogen hab? Was da sonst noch drin g´schwommn is, wird normalerweise von Körbchen Doppel-D gebändigt." (Die Raben vom Mathaisemarkt, Heyne-Verlag, 2011) Bluhm seufzte und blies Rauch durch die Nase aus. Er kannte Solo und Tarzan nun schon einige Jahre. Die konnten sich ab und zu richtig ordentlich fetzen. Aber bisher hatte sich immer alles wieder eingerenkt. Von der Sache mit dem Whirlpool und der hübschen Bademaus hatte er auch schon gehört. Ein in Polizeikreisen immer wieder gern vorgetragenes Bonmot. Damals war es knapp gewesen. Solo war eine ganz Liebe. Wenn man sie nicht anlog. Wenn sie sich betrogen fühlte, wurde aus der aparten Rothaarigen eine Furie. Tarzan hatte die Karten damals komplett auf den Tisch gelegt. Nichts verschwiegen, nichts beschönigt. Trotzdem hatte es fast ein halbes Jahr gedauert, bis erste haarfeine Grashälmchen aus der verbrannten

Erde sprossen. Die Doppel-D-Maus hatte ein fieses Spiel gespielt. Und Tarzan war der Ball. Sie hatte es selbst ausgesagt. Auch, dass der kleine Tarzan nicht zum Einsatz kam, weil sein Herrchen viel zu aufgeregt war. Aber diesmal? Ein Kind? Wenn da wirklich was dran war, sollte man Lothar Zahn lieber gleich in Schutzhaft nehmen. Na ja, immerhin war die Casa Flora so etwas Ähnliches wie ein sicheres Haus. Mannheim hatte fast so viele Schrebergärten wie Berlin.

„Bluhm?", die schnarrende Stimme der pensionierten Kollegin riss ihn aus seinen Gedanken.

„Hrrrm", grunzte er und warf die Kippe aus dem Fenster.

„Tu mir einen Gefallen, bittscheen. Pass a weng auf den Tarzan auf, sei so guat."

„Mach ich, Elke, ich ..." Aufgelegt. Diese Unart hatte sich die Lukassow noch immer nicht abgewöhnt. Kopfschüttelnd steckte der Kommissar das Handy wieder ein und kletterte umständlich aus dem Wagen. Er öffnete den Deckel des Restmüllcontainers und ging zum Heck des Autos.

***

Ich bin zufrieden. Ein Gefühl, dass ich in den letzten zwanzig Jahren vermisst habe. Wirklich zufrieden? Nicht ganz. Sagen wir, ich fühle mich wohl bei dem Gedanken an baldige Zufriedenheit. Ich werde ernten. Leben werde ich ernten. Tausende Leben. An diese Ernte werden sich die Menschen noch in hundert Jahren erinnern.

34

Ich schaue auf mein Handy. Das Display ist dunkel. Bis auf eine Uhr, deren nostalgisch grüne Ziffern rückwärts laufen. 27 Tage, 16 Stunden, 48 Minuten und 23 Sekunden bis zur Zufriedenheit.

Vor drei Jahren fand ich das Samenkorn. Nun habe ich es zum Keimen gebracht. Die Saat geht auf. Die Frucht wird wachsen. ICH werde ernten. Bald.

4. Kapitel

Es wird Klartext gesprochen, was Tarzans Magen nicht
verkraftet und ihn nach Feierabend in die Kneipe treibt,
wo ihn ein Freund gerade noch vor dem Delirium rettet.

Friesenheimer Straße, Montag, 18.04.2016, 07:24 Uhr

Der Mann in der ausgebleichten Armeejacke hatte sich
die Mütze tief in die Stirn gezogen und die Hände in den
Taschen der M65 vergraben. Gerade war er bei der Zahn-
radpumpenfabrik um die Ecke gebogen. Schnurgerade ver-
lief der Rest der Straße in Richtung Osten. Rechts verliefen
die dicken Fernwärmerohre auf ihren sechs Meter hohen
Stelzen. Am Straßenrand parkten Sattelauflieger, Anhänger
und vereinzelte Lastwagen. Die Bebauung war ein wilder
Mix aus allen möglichen alten und neuzeitlichen Gewerbe-
und Industriegebäuden. Es regnete nicht. Etwas sehr Selte-
nes in diesem Frühjahr. Ein grünweißer Stadtbus fuhr vorbei und hielt einige hundert Meter weiter. Vier Männer und
eine Frau stiegen aus und gingen zielstrebig in Richtung
Öl-Fuchs. Überall strebten die Menschen zu ihren Arbeits-
stätten. Auch der Mann in der Armeejacke. Zweihundert
Meter vor ihm erhoben sich die mächtigen Klinkermau-
ern der Burg. Tatsächlich wirkte der sorgsam gemauerte
Gebäudekomplex aus der Gründerzeit wie eine wehrhafte
Festung aus einem düsteren Werk von Orson Welles oder
Jules Verne. Gotham City würde auch passen, hatte Solo
einmal gesagt. Solo … Tarzan zog die linke Hand aus der
Tasche und schaute auf seine Armbanduhr: Sie war garan-

tiert schon da. Seit vier Wochen arbeiteten sie in der Burg. Offiziell als Brandschutz- und Sicherheitsexperten, die ein neues Meldesystem vorbereiteten. Sie waren dem Team einer Frankenthaler Spezialfirma zugeteilt worden. Die Leute von Massong waren informiert worden, dass die zwei Grünschnäbel von der Wirtschaftskontrolle wären und die Hygienevorschriften des Betriebes verdeckt dokumentieren sollten. Lügen mit Lügen erklärt, ist schon fast so was wie Wahrheit. Auch ein Spruch von Solo. Tarzan erreichte die Einfahrt, zeigte seinen Fremdarbeiterausweis und passierte die Sperre. BOROPACK AG stand in weißer Leuchtschrift auf dem Dach des Hauptgebäudes. Nach Krieg und Enteignung durch die Nazis war aus der altehrwürdigen Mannheimer Kartonagen & Pappenfabrik Goldstein, deren Kürzel MKPG noch im Muster der Klinkerfassaden zu sehen war, die Mannheimer Packmittel Gesellschaft MPG mbH geworden. In den späten Achtzigern wurde die von Insolvenz bedrohte Firma quasi im Handstreich Teil des BOROPACK-Imperiums. Dessen charismatischer Gründer und Hauptaktionär, Dr. Bonifatius Rohnburg, war innerhalb von zehn Jahren zu einem Global Player in der Kunststoff- und Papierverpackungsindustrie geworden. Im vergangenen Jahr hatte er seinen größten Konkurrenten, die kanadische Woodcube Inc. gekauft. Diese unterhielt Produktionsstätten in China und Bangladesch. Rohnburg hatte die Arbeitsbedingungen dort durch gewaltige Investitionen fast an europäisches Niveau herangeführt. Er hatte umfassende Umweltschutzmaßnahmen eingeleitet und war dafür mit dem International Earth Society Award, quasi ein Nobelpreis für Weltretter, geehrt worden. Die Kartellbehörden mussten zähneknirschend zusehen, wie Rohnburg zu einem der mächtigsten Monopolisten des Planeten wurde. Hilfreich war dem Magnaten dabei sein Ruf als Vorkämpfer für faire Handels- und Arbeitsbedingungen weltweit, sein Engagement in Kultur und Sport und nicht zuletzt sein persönliches Schicksal. Vom Hals abwärts gelähmt, saß der attraktive Endfünfziger in einem High-Tech-Rollstuhl, den er mit minimalen Bewegungen des Kinns und zwei Fingern der linken Hand steuern konnte. Bizarr: Seit 1988 das gesamte obere Stockwerk des Hauptgebäudes zu seinem persönlichen Wohn- und Arbeitsbereich umgestaltet worden war, hatte er dieses 1200 Quadratmeter-Loft nicht mehr verlassen. Immerhin verfügte die Immobilie über einen von außen nicht sichtbaren Dachgarten mitsamt Mannheims wohl einzigem Infinity-Pool. Dreimal wöchentlich kamen zwei Therapeuten und begleiteten den ehemaligen Leichtathleten auf seinen „Schwimm-Runden".

Er war das, was in Europa immer noch einen exotischen Beigeschmack hatte: ein waschechter Selfmademan. Alleinherrscher nicht nur über das Verpackungsimperium, sondern auch Vorstand der Rohnburg-Stiftung, die den Breitensport förderte, sowie Gründer des Museum Of Arts And Function in Miami, welches bereits vor seiner Eröffnung im Jahr 2014 die etablierten Institutionen von Met bis Prado, von Louvre bis Guggenheim in helle Aufregung versetzt hatte. Dabei war er stets Mensch geblieben, hatte ein Ohr für jede und jeden seiner Mitarbeiterinnen und Mitarbeiter und wurde von seiner Belegschaft in fast maoistischem Ausmaß verehrt.

Auch Solo und Tarzan hatten diese fast greifbare Aura aus Kompetenz und Warmherzigkeit gespürt, als sie durch die zahlreichen Sicherheitseinrichtungen bis ins Allerheiligste geführt worden waren, um direkt von Rohnburg die Details ihres sensiblen Auftrages zu erfahren. Sogar Solo, der dagobertianischer Reichtum stets suspekt war, schmolz dahin und Tarzan fragte sich zum wiederholten Male in seinem Leben, wann er diesen Zug verpasst hatte. Rohnburg war einige Jahre jünger als er und stammte nachweislich aus einer einfachen Arbeiterfamilie. Okay, der Typ saß im Rolli und bestand gefühlsmäßig nur aus Kopf, aber das taten Tausende andere auch, ohne dass das Schicksal Milliarden über ihnen auskippte. Im Gegenteil …

Sie sollten Professor Ernst-Ephraim Lanckwarth observieren. Der international renommierte Wissenschaftler war als Entwicklungschef und enger Berater Rohnburgs tätig. Ihm unterstanden in den Tiefen der Burg, die vier Kellergeschosse aufwies, die modernsten Labore und Werkstätten der Welt. Hier wurden auch Aufträge aus anderen Wirtschaftsteilen bearbeitet, sofern sie den hehren Prinzipien der BOROPACK AG nicht widersprachen. Außerdem konnte der Prof, wie ihn alle hier nur nannten, auch an seinen eigenen Projekten arbeiten. In letzter Zeit hatte sich in Rohnburgs Kopf allerdings der Verdacht eingenistet, Lanckwarth sei von externen Kräften „umgedreht" worden, um sein Monopol zu schwächen oder einfach nur, um selbst auch einige Millionen ins Trockene zu schaffen. Mit der Tarnidentität als Brandschutz- und Sicherheitstechniker ausgestattet, hatten Solo und Tarzan ungehinderten Zugang zu allen Bereichen, konnten überall Mikrophone und Kameras anbringen, Strippen ziehen, Rohre installieren, in Katakomben herumkriechen und auf Dächern turnen. Dazu kam die externe Observation, wenn der Prof Feierabend hatte. Die übernahmen allerdings verschiedene Teams von Rohnburgs Werkschutz, einer straff organisierten, hochprofessionellen Truppe, freundlich, kultiviert und absolut kompetent.

Solo bewunderte die Organisation der BOROPACK AG rückhaltlos. Tarzan bekam öfter mal eine Gänsehaut und fühlte sich zu oft an die dunkle Seite der Macht erinnert. Er hatte schallendes Gelächter von seiner Lebensgefährtin geerntet, als er Rohnburg in seinem fast lautlosen Rollstuhl einmal mit Darth Vader verglichen

hatte.

Tarzan begab sich zu einem der Eingänge im zweiten Innenhof, welche er problemlos mit seiner Besucherkarte betreten konnte. Neben zwei Transportern der Firma Massong stand ein metallicblauer 68er Pontiac Firebird Convertible. Solos Auto. Das regelmäßig dafür sorgte, dass sie trotz gutgehender Geschäfte niemals ganz aus dem Soll kamen. „Sollo", hatte er sie deswegen einmal genannt. Da war sie auch sauer geworden. Hatte sich aber recht schnell wieder eingekriegt. Vielleicht ist sie ja heute Morgen nicht mehr sooo sauer wie gestern. Immerhin, er hatte einen bösen Unfall überlebt. Das rechte Bein tat immer noch weh. Vielleicht sollte er ein wenig hinken? Nicht viel, aber ein bisschen … Ups! Da kam sie gerade aus der Tür. Im Sturmschritt, die Autoschlüssel schon in der Hand.

„Hallo Solo, guten Morgen, ich …" Nicht hinken! Bloß nicht! Sie rauschte an ihm vorbei, ohne ihn zu beachten, öffnete den Kofferraum des Cabrios und holte einen Plastikkoffer mit einem Akkuschrauber heraus.

„Solo, ich …" Das leutselige Schulbubengrinsen gefror. Sie blieb stehen und fuhr herum wie eine angriffslustige schwarze Mamba. Ihre grünen Augen waren fast schwarz vor Zorn.

„Komm mit!" Sonst nichts. Leise, aber mit 300 bar.

Sie marschierte vor ihm her, schleuderte ihre durchtrainierten langen Beine wie im Stechschritt, so dass er beinahe laufen musste, um ihr zu folgen. Die Eingangstür schwang summend auf, dahinter befand sich ein schräg nach unten führender Gang, der eher ins Pentagon gepasst hätte, als in diese Gründerzeit-Klinkerburg. Solos Schritte knallten wie Gewehrschüsse, der Koffer mit dem Akkuschrauber schlenkerte wie ein Kinderspielzeug in ihrer verkrampften Hand. Mit dem Ellbogen stieß sie die Tür zu einer Toilette auf.

„Solo, das ist eine Damentoi …"

„Rein!"

Der Werkzeugkoffer krachte auf eines der Waschbecken, das Tarzan schon befürchtete, es würde aus der Wand reißen. Schwer atmend lehnte sich Solo rückwärts dagegen und musterte ihn mit einem Blick, den er noch nie an ihr gesehen hatte. Nein. Sie hatte sich nicht beruhigt. Absolut. Nicht.

„Was ich dir jetzt sage …", ihre Unterlippe zitterte und ihre gewöhnlich vornehm blasse Haut hatte einen kränklichen Stich ins Gelbliche angenommen, „… sage ich nur ein einziges Mal." In der Herrentoilette nebenan gurgelte die Spülung. Tarzan sah förmlich, wie sich sein bisheriges Leben im Kreis drehte und zusammen mit dreckigem Papier im Orcus verschwand.

„Wir beide …", die Augen! Sie blinzelten nicht! Nicht ein einziges Mal! „… tun hier unsere Arbeit. So wie immer. Wir reden miteinander, wie immer, wir gehen miteinander um, wie immer und wir machen mit den anderen zusammen Pause, wie immer. Dieser Auftrag ist wichtig. Wir haben keinen Folgeauftrag. Es geht hier um unsere Existenz. Um MEINE Existenz. Nur darum bin ich hier. Nur darum ertrage ich deine Nähe. Geschäft, Lothar. Geschäft! Danach will ich dich nicht mehr sehen. Ich will weder wissen, wo du untergekrochen bist, noch, wie es dir geht, noch, was du vorhast. Es ist vorbei." Tarzan schaute nach links. Dort befanden sich die Kabinen. Alle Türen standen offen. Etwas stieg in ihm auf … Er stieß sich den Ellbogen am Türrahmen, als er mit zwei Sätzen die erste Kabine erreichte. Den Deckel bekam er nicht mehr auf. Riesensauerei. Auch seine Arbeitshose hatte was abgekriegt. Glücklicherweise reichte der Reinigungsschlauch bis hierher.

Als er mit rotgeäderten Augen und tränenüberströmtem Gesicht heraus wankte und sich schwer auf dem Waschbecken abstützte, war Solo weg. Er drehte kaltes Wasser auf, spritzte sich etwas davon ins Gesicht und hielt schließlich den ganzen Kopf darunter. Er verbrauchte ein halbes Paket Papierhandtücher und prallte beim Hinausgehen beinahe mit einer Frau im Laborkittel zusammen.

„Lass dich operieren, oder zieh Leine!", krächzte eine Vierzig-Zigaretten-Stimme, die Tarzan als die von Gaby Schuller erkannte, der Ulknudel vom Dienst. Er stammelte eine Entschuldigung und machte, dass er wegkam. Was für ein Montag! Ein Wort klang immer noch in seinem Kopf. Ein Name. Seiner. Lothar. Nicht Tarzan, Lothar hatte sie ihn genannt. Das war das Schlimmste an ihrer ganzen Predigt. Lothar. Er räusperte sich. Seine Kehle brannte, er hatte Schmerzen beim Schlucken und sein Nacken tat weh. Er brauchte dringend etwas zu trinken. Am Ende des langen Flurs stand ein Wasserspender.

***

Dieser Arbeitstag war für Tarzan die Hölle. Er mied die Zusammenarbeit mit Solo, wo immer es möglich war. Ihre kalte Ruhe und die professionelle Freundlichkeit, mit der sie ihn behandelte, verursachte ihm eine Gänsehaut nach der anderen. Gegen 17.00 Uhr verabschiedete sich der Prof und bestieg den unauffälligen Audi des Firmenfuhrparks, der von einem Werkschutzmitarbeiter gefahren wurde. Laut Terminplan, der zeitgleich über das interne Netzwerk auf Solos Tablet gespielt wurde, fuhr er zu einem Vortrag eines Kollegen nach Karlsruhe. Das hieß für Solo und Tarzan Feierabend. Nein, sie fragte nicht, ob er mitfahren wollte. Gerade als er seine Karte an den Scanner am Drehkreuz hielt, grummelte der Pontiac an ihm vorbei. Tarzan grüßte die Pförtner und trat auf die Straße. Lange sah er dem blauen Cabrio nach, das in Richtung Osten davonfuhr. Er vergrub die Hände in den Taschen seines Army-Kittels und schlurfte zurück in Richtung Kammerschleuse.

Der Regen hatte eine Atempause eingelegt. Am Himmel trieben windzerfetzte Wolken in abenteuerlichen Formen und ab und an blitzte die Nachmittagssonne durch. Die

Luft war frisch, und selbst die nahe Ölmühle hielt sich mit ihrem ranzigen Duft vornehm zurück. Gerade als er in den Hauptweg der Kleingartenanlage einbog, fing es wieder an zu regnen. Dicke Tropfen pladderten zunächst noch vereinzelt auf den Boden, ein Windstoß fegte Blätter vor ihm her und es wurde bedrohlich dunkel, als bräche gleich die Nacht herein.

Die Reklame des Restaurants Anker 107, welches auch den Schrebergärtnern als Vereinsheim diente, versprach Tagesessen für Sechsneunzig, Wärme und Alkohol. Tarzan betrat die gemütliche Gaststube, die zur Hälfte besetzt war. Meist ältere Herrschaften, mehr Männer als Frauen, beugten sich über ihre Teller oder saßen vor schimmernden Biergläsern. Kurze Blicke taxierten ihn. Sein Outfit und sein Habitus begünstigten ihn und einige nickten stumm zur Begrüßung.

„Nowend", brummte Tarzan und steuerte einen leeren Ecktisch an. Der Wirt polierte Gläser hinter dem Tresen und schaute ihn fragend an.

„Hefeweeze", orderte Tarzan und nach kurzer Überlegung: „…und das Tagesessen." Der Wirt nickte und bediente die Zapfanlage. Tarzan schälte sich aus seiner Jacke, nahm die Mütze ab und fuhr sich durch das lichte Haar. Ja. Hier ist gut sein. Er hatte keinen Appetit, spürte aber, dass es in seinen Eingeweiden rumpelte. Außerdem würde es heute bei dem einen Weizenbier nicht bleiben, da war eine Grundlage nicht schlecht. Der Wirt brachte das Bier und Besteck und versprach, das Essen käme gleich. Kein Schwätzer. Gut. Tarzan wollte einfach nur was essen und drei, vier Biere trinken, eventuell noch einen Schnaps, oder zwei … Scheiß drauf. Führerschein hatte er eh keinen mehr. Und die paar Meter zu Bluhms Villa Kunterbunt schaffte er auch noch. Der Schweinebraten mit Rotkohl und Kartoffeln war einfach, ohne Schnörkel, eben einfach nur gut. Wie früher bei seiner Oma, dachte Tarzan und aß langsam und mit Bedacht. Als Dessert orderte er noch ein Bier und einen Korn. Als ihm seine Blase nach dem dritten Bier signalisierte, dass vor dem nächsten ein Gang zur Toilette angebracht war, erhob er sich. Als er zurückkam hockte ein Kerl an seinem Tisch. Bluhm.

5. Kapitel

Tarzan macht eine „historische" Entdeckung und ist überzeugt, dass nun wieder alles gut wird.

„Lass uns gehen, Kumpel", sagte er und schaute Tarzan mit seinem Bullenblick in die Augen. „Ich habe schon bezahlt. Wenn du noch eins trinkst, wirst du blöd, das weißt du und das weiß ich. Ich habe einen Brief für dich. Von einem Anwalt aus Hannover. Ich denke, für so 'ne Kacke solltest du vielleicht halbwegs nüchtern sein." Tarzan glotzte den Umschlag an. Der Absender bestand aus einem halben Dutzend Namen, und die Adresse klang eher nach Schlossallee, als nach Badstraße. Da will wohl jemand direkt über Los gehen. ... Schlampe.

„Was?" Scheiße, hatte er wieder laut gedacht? Bluhm hat Recht. Drei Biere und zwei Kurze reichen für heute.

„Gehma!" Tarzan winkte dem Wirt zum Abschied und dieser zwinkerte ihm verschwörerisch zu.

Bluhm bugsierte Tarzan in die Laube und dort auf die durchgesessene Couch. Aus einer Schublade förderte er drei billige Lesebrillen zutage und legte sie auf den gefliesten Wohnzimmertisch, auf dem auch der Brief lag. „Hat mir Solo gegeben. War vorhin noch mal kurz dort. Deinen Laptop habe ich ihr auch abgeschwatzt. Mann, die ist wirklich stinkig auf dich. Die glaubt das wirklich, Mann. Dass du was mit der Tussi hattest. Weiber! Soll ich rausgehen, wenn du den aufmachst?"

Tarzan schüttelte geistesabwesend den Kopf. Er hatte das Schreiben längst in der Hand. Er tauschte die Lesebrille gegen eine andere und las angestrengt das eng beschriebene Blatt mit dem einschüchternden Briefkopf. Nach einer ganzen Weile ließ er das Papier sinken und lehnte sich seufzend zurück. Bluhm reichte ihm eine Flasche Eichbaum Aktiv und konnte seine Neugier kaum zügeln.

„Und? Wieviel will se? Zehn Millionen?"

„Achtzig."

Bluhms Augen wurden rund, was in seinem Gesicht allerhand in Bewegung brachte. „Achtzig Millionen? Denkt die denn, du wärst beide Aldi-Brüder, oder was?"

„Achtzigtausend." Tarzan sah aus, als wollte er gleich in Tränen ausbrechen, dann griff er nach der Flasche, nahm einen tiefen Schluck und rülpste ungeniert. „Kein Alk, aber gar nicht schlecht", sagte er und stimmte ein kurzatmigschnaufendes Gelächter an, das sich anhörte, als ertrinke ein Flusspferd. Dazwischen keuchte er immer wieder „Achtzisch … Kerle, Kerle … Achtzisch … Achtzisch … dausend!" Bluhm stimmte ein, bis alle beide nur noch nach Luft ringend und mit hochroten Köpfen im Sessel, bzw. auf der Couch saßen, oder besser gesagt, hingen.

„Darf ich?" Bluhm grapschte nach dem Brief und Tarzan machte eine gönnerhafte Geste. „Bist der letzte Freund, den ich habe. Lies das ruhig und freu dich, dass du nicht verheiratet bist."

Bluhm las das Schreiben, wobei er ab und zu mit der Zunge schnalzte und den Kopf schüttelte.

„Die hat se doch nicht mehr alle. Da kommt die doch nie durch mit. Wundert mich, dass ein Anwalt sich überhaupt für so was einspannen lässt. Tarzan geht fremd", er lachte humorlos. „Eher hält Heidi Klum um meine schwielige Pranke an, als dass Tarzan seine Solo betrügt." Er legte das Papier auf den Tisch und schaute seinen Kumpel augenzwinkernd an.

„Blas hier kein Trübsal, Alter. Solo wird irgendwann dahinter kommen, dass die Tussi nur deine nicht vorhandene Kohle will, und dann könnt ihr wieder zusammen auf eurem Dampfer Schnaken erschlagen. Was is? Du siehst aus wie die Mutter aller Mondfische."

„Es ist wahr", Tarzan grinste schief, „Ich hatte was mit der. Solo war wegen eines Auftrags in Düsseldorf. Alleine. Ich hab mir bei Gianni eine Pizza geholt, und als ich ins Auto steigen wollte, stand sie plötzlich neben mir. Richtige Business-Schnecke. Kostüm, High-Heels. Hab die erst gar nicht erkannt. Erst als sie mich angequatscht hat. Wir waren zusammen in der Berufsfachschule. Ewig her. Die hat sich ungefragt zu mir in die Karre gesetzt und mir 'ne Story erzählt, dass mir der Kopf geraucht hat. Dass ihr Geschäftspartner verhaftet worden ist, weil der krumme Sachen im Ausland gemacht hat. Dass die Bullen ihr Auto beschlagnahmt haben und ihr Wohnsitz in der Schweiz enteignet wurde. Lauter so Zeug. Klang mir ein bissel arg nach RTL II. Aber die ist dann in Tränen ausgebrochen und hat mir ihre Sammlung von Kreditkarten gezeigt. Schicke Dinger in Mattschwarz und Gold. Alle gesperrt, hat sie gesagt. Sie hätte nur noch das bisschen Bargeld. Knapp fünftausend. Das hat sie mir auch noch gezeigt."

Jetzt war es an Bluhm, den Mondfisch zu geben. „Darauf bist du reingefallen? Kerl! Du bist in der Sicherheitsbranche! Die hätt' ich sofort rausgeschmissen, die Schmieren-komödiantin!"

„Jetzt hör aber auf!" protestierte Tarzan, „Ich hab ja auch geglaubt, dass die auf die Mitleidsschiene und die Alte-Freunde-Masche reist, aber als die mir die Fünftausend unter die Nase gehalten hat, dachte ich, okay, deine Kohle will und braucht die wohl nicht."

„Und da hast du sie mit in euer Schiff genommen und durchgevögelt? Du Idiot!"

„Hab ich nicht!" Tarzan schlug mit der flachen Hand auf den Tisch. Leiser fuhr er fort: „Sie hat gesagt, ich solle die Pizza vergessen und hat mich zum Essen eingeladen. Ins Maritim am Wasserturm. Da hat sie gewohnt."

Bluhm hob die Hände in einer verzweifelten Geste. „Und danach bat sie dich, ihr mit ihrem Gepäck behilflich zu sein und in ihrer Suite bist du so unglücklich gestolpert, dass du dich plötzlich splitternackt in ihrem Bett wiederfandest?" Tarzan sagte nichts. Er schob die Unterlippe vor wie ein trotziges Kind und spielte mit dem Brief.

„Mann!" Bluhm fasste sich an den Kopf und klopfte eine Eckstein aus der zerknautschten Weichpackung.

„Jetzt könnte ich glatt was Stärkeres gebrauchen. Du bist so ein Esel! Hast ein Weib wie die Solo, und kaum lässt die dich alleine, pimperst du dich durch fremde Betten. Beinahe hätte ich gesagt, geschieht dir grad recht! Weißt du, was ich glaube?" Er beugte sich vor und seine in ihren Faltenmeeren schwimmenden kleinen Augen fixierten Tarzan. „Ich glaube, die Story mit dem entschwundenen Geldgalan war gar nicht so falsch. Die hatte wohl damals schon den Braten im Rohr und hat einen Hein Blöd gesucht, dem sie den unterschieben konnte." Er zündete die verbogene Kippe an und blies Tarzan den Rauch ins Gesicht. „Du Arsch, du gutgläubiger. Da hast du aber volle Kanne ins Klo gegriffen."

Tarzan stieg die Zornesröte ins Gesicht. „Dann sag mir mal, warum sie nicht gleich nach der Geburt bei mir aufgeschlagen ist? Ich habe die noch zum Flughafen gefahren und seitdem nie wieder etwas von ihr gehört. Wie passt das denn zu deiner verbastelten Bullengeschichte?" Bluhm ließ sich nicht aus der Ruhe bringen. Er sog an seiner Zigarette und schnippte mit den Fingern. „Vielleicht hat die Dame ja jemanden gefunden, der ihr neue Kärtchen besorgt hat und ein neues Sportwägelchen samt Villa. Du bist vielleicht so 'ne Art Altersvorsorge, falls der Gönner mal keine Lust mehr hat oder den Zollfahndern auf die Eier geht."

„Du hast auf alles eine Antwort, oder?"

„Ich kenne die Menschen, alter Freund. Ihre guten und ihre nicht so guten Seiten. Ich gebe dir einen Tipp: Lass das alles checken und lies dir den Wisch noch einmal gründlich und in aller Ruhe durch. Am besten morgen, wenn du wieder nüchtern bist."

„Hallo? Ich bin nicht besoffen! Ich bin höchstens …"

„Etwas betüddelt. Trotzdem, hör auf einen erfahrenen Ex-Säufer: Morgen! Klaro? Morgen nach drei Tassen Kaffee. Hau dich aufs Ohr und träum was Schönes. Nacht!" Bluhm drückte seine Zigarette aus und stand auf. „Bleib sitzen, sonst tust du dir noch weh. Ich weiß, wo's rausgeht."

Lange nachdem sein Freund gegangen war, saß Tarzan noch am Tisch und starrte vor sich hin. Schließlich beherzigte er Bluhms Rat und ging ins Bett. Wider Erwarten schlief er fast augenblicklich ein. Es war 03:14 Uhr, als er aufschrak. Er wusste nicht, ob ihn ein Geräusch geweckt hatte, oder ob seine wirren Träume daran schuld waren. Er fühlte sich ziemlich matschig. Fetzen aus der Traumwelt sausten ihm immer noch im Kopf herum. Ein Mann im weißen Kittel, eine Sichtblende aus grünem Tuch, Geklapper von Instrumenten ... eine eiserne Kugel, die langsam über seine edlen Teile gerollt wurde ... Ängstlich konzentrierte er sich auf seinen Unterkörper. Alles okay. Die Kugel! Je mehr er aus der wattigen Welt des Schlafes auftauchte, umso mehr wurde aus einem Alptraum eine reale Erinnerung. Dann war ihm, als dröhne ein heller Glockenklang durch seinen Kopf. Das war wohl der Augenblick, wo sie in den Comics immer Glühbirnen oder Ausrufezeichen über die Köpfe der Figuren zeichneten. Tarzan schlug die karierte Bettdecke zurück, suchte erst gar nicht nach seinen Pantoffeln und tappte barfuß in Unterhose und T-Shirt in die Wohnküche. Er knipste das Licht an, ließ sich auf einen der wackeligen Stühle fallen und faltete das Schreiben der Anwälte auseinander. Fluchend stand er wieder auf, um die Lesebrille zu holen. Hektisch überflog er den Brief, bis er fand, was er suchte: Das Geburtsdatum des Mädchens, das angeblich seine Tochter sein sollte. 24. April 2002. Mit einiger Mühe und unter Zuhilfenahme der Finger rechnete er neun Monate zurück. August 2001. So blöd! Er war ja so blöd! Wie hatte Bluhm ihn genannt? Hein Blöd? Nä! Der dappere Matrose aus Käpt'n Blaubär war ein Einstein gegen ihn. Er hatte es noch nie mit Daten gehabt. Alles, was mehr als eine Woche zurücklag, war Historie für ihn. 2001. Odyssee im Weltraum. Das Jahr, in dem Stanley Kubricks

Film spielte, war das Jahr, in dem sich ein gewisser Lothar Zahn einer Vasektomie unterzogen hatte. In seltenen Fällen kam es nach dem Eingriff zu einer schmerzhaften Entzündung im Gehänge. Die Eisenkugel. Aber das bekamen die Docs mit Antibiotika schnell in den Griff. Solo hatte schon immer Probleme mit der Verträglichkeit von Antibabypillen. Kinder wollten sie mittlerweile keine mehr, und so hatte sich Tarzan entschlossen, seinen kleinen Freund vom Netz zu nehmen. Februar 2001. Es war Oktober, als er in die Fänge dieser Männerfresserin geraten war. Ha! Das Balg konnte gar nicht von ihm sein! Im Leben nicht! „Ha!", rief Tarzan laut und knallte die Faust auf den Tisch, dass draußen erschrecktes Geflatter zu vernehmen war. Augenblicklich verflogen Trübsal und Depressionen. Der Beweis! Er hatte jetzt einen Beweis! Solo musste das akzeptieren! Er würde ihr die Arztrechnung unter das sommersprossige Näschen halten. Unschuldig wegen Unfähigkeit! Keinen Cent bekäme dieses fiese Miststück von ihm. Sollte sie mit zwei Dutzend Anwälten aufmarschieren. Er brauchte keinen einzigen! Er musste sofort nach Lampertheim zur Lady Jane, in ihrem Büro den Schrank mit den Ordnern durchwühlen. Irgendwo waren die Arztbriefe und die Rechnungen abgeheftet. Da war er ordentlich in solchen Sachen. Solo, ich komme! Ich komme zu dir zurück, mein Herz! Er schaute auf die Uhr: 03:35 Uhr. Geht gar nicht. Aber an Schlaf war nun nicht mehr zu denken. Er öffnete die hölzerne Haustür und schaute in die blaue nasse Nacht. Es regnete nicht. Na dann! Er schloss die Tür wieder und trottete ins Schlafzimmer. In dem wirren Haufen auf dem Boden kramte er nach seinen Laufklamotten und zog sich an.

Den altmodischen Bartschlüssel versteckte er unter einem Stein. Dann machte er sich auf den Weg. Diesmal wählte er eine Strecke durch die Felder und Äcker der Friesenheimer Insel, machte einen Schlenker zur alten Orderstation und genoss den Lauf entlang des Rheins mit der pittoresken, lichterflirrenden Skyline der BASF am Pfälzer Ufer. Er lief bis fast zur Altrheinmündung und kehrte um, als der Weg zu einem überwucherten Trail wurde. Zurück lief er über die Max-Planck-Straße, vorbei an der Müllverbrennung mit ihrem hohen, beleuchteten Kamin und danach durch das Gewerbegebiet in der Einsteinstraße, das zu dieser frühen Stunde wie die Kulisse aus einem Schimanski-Film wirkte. Tarzan „duschte" trotz der kühlen Morgentemperatur an der Gartendusche, die aus einem Tank auf dem Dach der Laube gespeist wurde. Dabei pfiff er fröhlich vor sich hin und freute sich auf sein Frühstück. Bluhm hatte ihn mit dem Nötigsten ausgestattet: abgepacktes Sandwichbrot und ein großes Glas Nutella. Löslicher Kaffee war vorhanden und sogar Eier fanden sich in dem gasbetriebenen Kühlschrank. Tarzan klappte den Laptop auf und holte sich den Fahrplan der RNV auf den Schirm. Entmutigt beschloss er, sich ein Taxi zu nehmen. Er bestellte es für 05:00 Uhr, wusste er doch, dass Solo gegen halb sechs frühstückte und er würde frische Brötchen mitbringen. Was war er doch für ein Schatz!

6. Kapitel

Eine Frau läuft im Regen und lässt ihren Fast-Ex beinahe in demselben stehen, erklärt ihm dann aber ganz genau, was ihr alles wurscht ist.

Das helle Band des Weges war trotz der Dunkelheit gut zu erkennen. Der Belag bestand aus feinem Split, nur ab und zu musste sie einer Pfütze ausweichen, die schwarz schimmernd vom letzten Regenschauer zeugte. Der Wind wehte frisch aus West, tief sog sie die würzige Luft in ihre Lungen. Ihre Beine liefen wie ein mechanischer Antrieb. Federnd setzten ihre Füße auf, um im nächsten Moment wieder mit kraftvollem Abdruck den nächsten Schritt einzuleiten. Sie lief schnell. Ihr Atem im Einklang mit dem Rhythmus ihres Körpers. Das war es, was sie am Laufen so liebte: alles griff ineinander. Der ganze Körper war ein komplexes, fein aufeinander abgestimmtes System. Nicht denken, nicht grübeln, nur laufen. Laufen! Durch den frühen Morgen zu einer Zeit, in der garantiert kein Mensch sich hierher verirrte. Links schlief die kleine Stadt im orangenen Schein der Straßenbeleuchtung. Rechts glänzte die weite Wasserfläche des Altrheins vor der dunklen Kulisse des Auwaldes. Weit voraus, am Horizont, flirrten die Lichter der Schwesterstädte Mannheim und Ludwigshafen. Weiter! Immer weiter auf der Krone der Hochwasserdeiche. Auf der Höhe des Hofgutes ein kleiner Schwenk nach rechts auf das schmale Asphaltband des Wirtschaftsweges. Kurz vor dem Rheinufer dann wieder links in Richtung der Kläranlage, deren wuchtige Faultürme wie fette, träge Hennen aus dem Morgennebel ragten. Die GPS-Uhr piepte. Kilometer vier. Einer noch. Dann war der Wendepunkt erreicht. Zehn Kilometer morgens um 04:30 Uhr. Knapp unter fünfzig Minuten. Für eine 49-jährige, die erst seit einem Jahr regelmäßig lief, gar nicht so schlecht. Sie brauchte nicht auf die Uhr zu sehen. Sie kannte ihren Schnitt. Sie trainierte seit einem halben Jahr für den Mannheimer Dämmermarathon. Einen Plan hatte sie nicht. Vier- bis fünfmal pro Woche lief sie. Sonntags ein langer Lauf zwischen fünfzehn und dreißig Kilometern und unter der Woche eine Tempoeinheit auf der Bahn des nahen Stadions, bei der sie sich regelmäßig völlig verausgabte. Das sollte reichen für eine Zielzeit unter vier Stunden. Mehr wollte sie nicht. Zu Beginn war Tarzan noch mitgelaufen. Tarzan … Hallo? Sie war nicht so früh aufgestanden, um auch nur einen einzigen Gedanken an den treulosen Lügenbeutel zu verschwenden. Adrenalin strömte durch ihren Kreislauf. Sie zog das Tempo noch einmal an, verpasste fast den Wendepunkt und legte einen rasanten Zwischenspurt hin. So. Tarzan war weg. Im Osten rissen die dräuenden Regenwolken kurz auf, ließen eine fahle Ahnung der Morgendämmerung erkennen. Wetterleuchten. Der Wind raschelte in den Erlen. Es roch nach nasser Muttererde und faulenden Blättern. Die ersten Tropfen. Solo drosselte das Tempo auf ihr normales Niveau und atmete bewusst tief, bis sich ihr rasender Herzschlag wieder normalisierte. Kurz vor fünf. Regen benetzte ihr Gesicht. Sie schloss für einen Augenblick die Lider und legte den Kopf in den Nacken. Das Gewitter war noch weit weg. Der Wind kam jetzt direkt von vorn. Sie saugte ihn auf, entnahm ihm

Energie, schwamm in ihm und pumpte ihn in ihre Lungen. Das leise Trappen ihrer Schuhe und ihr gleichmäßiger Atem versetzten sie in eine Art Meditation. Sie ließ zu, dass es sie einlullte, Besitz von ihr ergriff. Deshalb lief sie so gerne in der Nacht oder am frühen Morgen. Nur sie. Allein. Sie und die Elemente. Drüben auf der Bundesstraße rollte die erste spärliche Welle des Berufsverkehrs. Der Regen schluckte die Geräusche der Wagen. Voraus das markante Hochhaus in der Carl-Lepper-Straße. Beim Start hatte nur ein einziges kleines Fenster geleuchtet. Nun waren es schon einige mehr. Wegen des Hochwassers sah sie die weißen Aufbauten der Lady Jane schon lange bevor sie das Deichwärterhäuschen erreicht hatte. Leichtfüßig, pitschnass und doch zufrieden trippelte sie die Treppe zum Uferparkplatz hinunter. Unten angekommen, blieb sie stehen und ließ die Arme kreisen. Noch immer schlug ihr Herz schnell. Ein Blick auf die Uhr: 48:37:22. Gut. 49:00:00 hatte sie getippt. Schön, wenn frau ihren Körper kannte. Sie wischte sich die Nässe aus den Augen und wandte sich dem schmucken ehemaligen Fahrgastschiff zu, welches seit vielen Jahren ihr Zuhause war. Eine vertraute Silhouette stand vor dem hohen, stacheldrahtbewehrten Eisentor, welches den Zugang zum Ponton sicherte, an dem die Lady Jane vertäut war. Schlagartig verschwand das Hochgefühl aus Solos Kopf. Tarzan. Morgens um halb sechs. Konnte ein Tag blöder beginnen?

„Moin. Der Schlüssel passt nicht …" Er hatte die Kapuze seiner Militärjacke über seine Schiebermütze gezogen und eine ziemlich aufgeweichte Tüte Brötchen von der Tanke in der Hand.

„Moin." Solo grüßte ihn wie einen Zeitungsausträger, ohne ihn direkt anzuschauen, während sie ihre Schlüssel aus der Gürteltasche puhlte.

„Der passt nicht, weil das Schloss, welches zu deinem Schlüssel gehört, im Schlamm dieses Gewässers liegt."

„Du hast …"

„Es ausgewechselt. Damit nicht jeder einfach so hier reinspaziert und mir auf den Wecker geht."

Solo spürte, wie ihre Worte ihren Ex-Lebensgefährten und Fast-Ex-Ehemann trafen wie Peitschenhiebe. Sie bemerkte aber auch, wie Tarzan einen Kloß von der Größe eines Handballs hinunterwürgte und tief Luft holte. Quietschend schwang das Tor auf und Solo betrat den Steg. Sie drehte sich halb um und versperrte dabei mit dem linken Arm den Zugang.

Tarzans Dackelblick war hart an der Grenze der Erträglichkeit.

„Ich muss mit dir reden. Solo ich …"

„Du …!" Solos Kopf zuckte vor wie der einer Schlange. Ihr Zeigefinger stach in Richtung Tarzan wie ein Florett, „ … sagst jetzt aber nicht, ‚es ist nicht so wie du denkst', oder? Das sagst du jetzt nicht wirklich, oder?"

„Hier", er hielt ihr die Tüte hin, „die sind noch warm. Bis nachher auf der Arbeit."

Sie fing den Beutel gerade noch auf, als er ihn einfach fallenließ, sich umwandte und durch den nun stärker werdenden Regen davonschlich. Schlich. Wie ein geprügelter Hund, um dieses abgedroschene Wort einmal mehr zu strapazieren.

Solos Wangen waren nass. Der Regen. Ihr Gesicht war heiß. Vom Laufen. Ihr Herz klopfte. Die Anstrengung.

„Tarzan!" Die traurige Gestalt in der viel zu großen Army-Joppe trottete weiter.

„Tarzan, bleib stehen, verdammt!" Der Mann blieb stehen, drehte sich langsam um. Eine Szene wie aus einem uralten Schwarz-Weiß-Schinken, zuckte es Solo durch den Kopf.

„Komm schon rein, bei dem Sauwetter!" Sie ging über den Steg und drehte sich vor dem Eingang zum Hausboot noch einmal um.

„Aber zieh die Schuhe aus, ich habe gestern geputzt!"

Als sie eine Viertelstunde später aus der Dusche kam, roch es in der Küche nach gebratenem Speck und Rühreiern. Tarzan füllte gerade Wasser in den Kaffeeautomaten und stellte ihre Tasse unter den Auslauf.

„Ist nur, weil es regnet. Ich kann keinen kranken Partner brauchen."

„Klar!" Tarzan verteilte die Eier und den Speck auf den Tellern und setzte sich auf seinen Platz. Seinen Platz? Er presste die Lippen zusammen. Es muss einfach eine Lösung geben.

„Solo …"

„Guten."

„Danke, dir auch."

Solo langte tüchtig zu. Der Lauf hatte sie hungrig gemacht. Das Frühstück war für sie schon immer die Hauptmahlzeit gewesen. Sie brauchte dann den ganzen Tag nichts mehr. Tarzan hatte immer Hunger. Er war außerdem ein Süßigkeiten-Junkie, was die Unterschiede in Figur und

Fitness erklärte. Solo war drahtig und schlaksig, Tarzan eher stämmig. In drei Jahren wurde er sechzig und es wurde immer schwerer für ihn, das ungehemmte Wachstum um die Körpermitte herum im Griff zu halten.

„Zweitausendeins", er warf die Zahl in den Ring. Er hatte natürlich gemerkt, dass Solo absolut keinen Bock auf Erklärungen und Rechtfertigungen hatte. Aber er musste es ihr klarmachen. Musste ihr einfach beweisen, dass er unmöglich der Vater dieses Mädchens sein konnte.

„Nine eleven", nuschelte sie zwischen zwei Bissen.

„Das auch, aber ich habe mich in dem Jahr knipsen lassen." Er lehnte sich zurück, jedoch alles andere als entspannt.

Ihre Lider hoben sich und die grünen Augen ruhten ruhig auf Tarzan. Sie legte die Gabel auf den Teller, griff nach einer Serviette und tupfte sich mit entnervender Langsamkeit den Mund ab, ohne den Blick abzuwenden. Kaffee. Einen Schluck. Gespitzte Lippen wie ein Weinkenner. Ein unmerkliches Heben des Kopfes, verbunden mit einem leichten Absenken der Lider. War da ein spöttischer Ausdruck in den Mundwinkeln?

„Ich weiß mein Lieber. Ich weiß." Wie macht sie das? Warum klingt das „mein Lieber" wie Dummkopf? Sie schiebt das Kinn nach vorn und öffnet den Mund, ein nachdenklicher Schnalzlaut, ein tiefer Atemzug. Dann wird das Urteil verlesen.

„Carla Velden, 56 Jahre, ehemalige von Darnbeck, geschiedene Korsakow. Gelernte Friseurin, Ex-Boxenluder, Mitinhaberin des ersten Flatrate-Bordells in Heidelberg, verurteilt wegen Insolvenzverschleppung und Steuerhinterziehung. Vor vierzehn Jahren Einweisung in eine psychiatrische Klinik. Sie hat versucht, mittels einer Schere bei sich selbst eine Abtreibung vorzunehmen. Der Vater des Kindes ist unbekannt. In der fraglichen Zeit war Carla Velden drogenabhängig und in der Sado-Maso-Szene unterwegs. Ihre Tochter Charish riss mit zwölf von zu Hause aus und schloss sich einem Sektenguru in Südfrankreich an. Der Guru wurde von der Gendarmerie festgenommen, er sitzt wegen Unzucht mit Minderjährigen in Haft. Die Abtreibung bei dem Mädchen wurde in einer Klinik in Rotterdam mit dem Einverständnis der Mutter durchgeführt. Das Schätzchen ist nicht von dir, wenn es das ist, was du mir sagen wolltest." Konzentriert widmete sich Solo ihrem Rührei.

Tarzan hing auf dem Küchenstuhl wie ein verschwitztes Hemd. Er war blass und hielt immer noch sein angebissenes Nutellabrötchen in der linken Hand.

War er tatsächlich so ein Idiot? Sado-Maso-Szene. Drogen! Möglich, dass Carla bei dem Treffen damals ein wenig mitgenommen wirkte. Nervös vielleicht. Die attraktiven hohen Backenknochen waren vielleicht doch nur der Ausgezehrtheit geschuldet. Bei ihm mussten sämtliche Sicherungen durchgebrannt sein. Ihr weltläufiges Auftreten, die Suite im Maritim. Alles Fassade. Wahrscheinlich hat die sich noch monatelang über diesen notgeilen, tapsigen Burschen amüsiert, der da an ihrer Angel zappelte. Zugegeben, der Sex mit ihr war Hammer. Wild, ungestüm, brutal. Sie war wie ein Raubtier und er, gestatten Trottel, Voll-Trottel, hatte sich gefühlt wie Schwänzlein im Wunderland. Sein Gesicht lief tiefrot an. Scham. Scham und Verbitterung bro-

delten in ihm auf wie ein Nudeltopf kurz vor dem Über-
kochen. Sie hatte ja so Recht. Solo hatte so Recht, ihn aus
ihrem Leben zu schmeißen.

„Alles gut bei dir?" Tarzan erkannte für einen kurzen Moment echte Sorge in ihren Augen. Er schüttelte den Kopf.

„Nein. Nichts ist gut. Es tut mir leid, dass ich dich hier
einfach so überfallen habe. Scheißidee."

„Da stimme ich dir zu. Aber da du jetzt schon mal hier
bist, lass uns die Dinge ein für alle Mal gerade rücken.
Jetzt und hier. Punkt eins: Ich habe nicht die Kraft für eine
Anklageerhebung, keine Lust auf tränenreiche Entschuldi-
gungen und nicht die Nerven für einen Rosenkrieg. Zwei:
wir hatten gute Jahre. Klar, auch mal schlechte, aber die
guten überwogen. Drei: lass es uns einfach beenden. Keine
gegenseitigen Forderungen, kein ständiges Gebuckel und
Wiederangraben. Einfach tuck."

Tuck. Ganz einfach, oder? Tuck. Tarzan wurde schwindelig. Er war nun mal ein zutiefst in der Wolle gefärbter
Optimist. Hurra, die Kleine ist nicht von mir. Solo hat mich
wieder lieb. Alles easy, alles gut! Das Schlimmste für ihn
war der Tonfall, in dem Solo ihren Monolog gesprochen
hatte. Ruhig, gefasst, freundlich beinahe. Es war der Ton,
in dem Meteorologen das Ende einer langen Regenperiode
vorhersagen. Seht her, es gibt sie noch, die Sonne. Wie zum
Hohn prasselte ein heftiger Graupelschauer an die Fenster
der Lady Jane. Die Dunkelheit draußen war einer aschgrau-
en Dämmerung gewichen, die wirkte, als würde sich dies
den ganzen Tag über nicht mehr ändern.

Wie konnte er nur annehmen, dass die Tatsache, dass
er nicht Vater eines unehelichen Kindes war, irgendetwas

ändern sollte. Solo war gekränkt, fühlte sich belogen und betrogen, und das auch noch am Hochzeitsabend. Sie hat Schluss gemacht, weil er mit einer anderen Frau geschlafen hatte. Okay, okay, das ist nun schon vierzehn Jahre her, aber wer auch nur ein winzig kleines bisschen von weiblichen Gefühlen versteht, der weiß, dass es das nur noch schlimmer macht. Beim Seitensprung erwischt, reumütiges Geständnis, Suff, Affekt, das Kleinhirn zwischen den Beinen, böse, böse Sexbombe greift armen, triebgesteuerten Mann an. Alles Sachen, die man/frau meistens wieder gerade rücken kann. Aber wer vierzehn lange Jahre darauf vertraut, dass Gras über seine frevelhafte Untat wächst, lügt seine Partnerin eben auch vierzehn Jahre lang an. Das war der einzige Grund: Lügen durch Verschweigen. Für Solo war das fast schlimmer als die Kissenschlacht in der Hotelsuite.

Nun gut. Sie hatte gesprochen. Die Fronten sind geklärt. Tarzan weiß nun, woran er ist. Am Ende. Tuck.

7. Kapitel

Ein etwas übergewichtiger Gelegenheitsläufer macht eine äußerst unbedachte Bemerkung, hat aber nun immerhin wieder ein Ziel.

Die Wischer des Firebird ruckelten über die niedrige Windschutzscheibe. Der Drehzahlmesser in seiner Hutze, weit draußen auf der langen Motorhaube, war kaum noch zu sehen. Mehr als siebzig war nicht drin. Eine lange Reihe Autos schob sich über die B44 in Richtung Mannheim. Das war kein Regen mehr, das war Monsun.

„Trainierst du noch für die Staffel?", fragte Tarzan, um das drückende Schweigen zwischen ihnen zu brechen. Solo schüttelte den Kopf und blickte konzentriert nach vorne.

„Und da rennst du in aller Herrgottsfrühe durch den Regen?"

„Hab umgemeldet. Gleich nach der Hochzeit. Ich lauf den Ganzen. Staffel ist für Mädchen." Sie grinste ihn spöttisch an und für wenige Sekunden war alles wieder wie früher. Tarzan hätte heulen können.

„...spekt", würgte er hervor und blies die Backen auf, „Ich mach den Halben, ich zieh dich ein Stück." Tarzan wurde heiß, obwohl die Heizung des Oldies gar nicht funktionierte. Hatte er da eben gerade gesagt, er liefe den Halben? War er jetzt völlig gaga? Solo lachte hell auf und ihre großen Zähne leuchteten im Dämmerlicht des Cabrios.

„Mit der Wampe? Na dann sage ich auch Respekt. Re-Speckt!" Wieder lachte sie ausgelassen wie ein Schulmädchen. Das Lachen. Das war eines von den Dingen, für die er sie liebte. Ja, verdammt noch mal, er liebte Solo wie nichts anderes in seinem Leben. Immer noch! Jetzt gerade! Sollte die sich von ihm trennen, ihn wegjagen wie einen Straßenköter, er würde sie trotzdem lieben. Jetzt erst recht. Tuck. So!

„Da trainierst du ja schon seit mindestens acht Wochen. Komisch, dass ich davon nichts gemerkt habe."

„Ich verfüge eben über eine solide Grundlagenausdauer."

„Im einarmigen Reißen von Bierkrügen vielleicht, du Schauspieler. Im Ernst jetzt: Du musst mir nichts beweisen. Lass den Scheiß, du machst dir nur aua." Wenn er noch Zweifel an der Durchführung seines soeben unbedacht gefassten „Plans" hatte, dann waren die jetzt weg. Schauspieler! Aua machen! Na warte! Heute, gleich nach Feierabend: Mannheim City. Brääd Schdrooß. Laufschuhe kaufen. Drei Paar! Die zerlatschten Schlappen, in denen er gestern losgedackelt war, hatten schon die Olympiade in Tokio miterlebt. Ein Ziel! Hurra, er hatte ein Ziel! Er würde den Halbmarathon laufen. In einer richtig guten Zeit. Na ja, in einer für ihn richtig guten Zeit. Kein Alk, kein Nutella, keine Schokolade mehr! Nun, da hatte Solo allerdings Recht: das macht aua.

***

Wer Tarzan kennt, der wird annehmen, dass der verwegene Vorsatz, in weniger als vier Wochen die Halbmarathonreife zu erlangen, den Tag nicht überstehen wird. Mitnichten! Nicht nur, dass er sich nach Feierabend tatsächlich drei

Paar Laufschuhe gekauft hatte, hatte er hat sich zusätzlich auch noch einen Vorrat an Gels, isotonischen Mixgetränken und Nahrungsergänzungsmitteln zugelegt. Ach ja, neue Laufhosen auch. XL. Was auch einigermaßen wehgetan hatte, aber er war es leid, sich bei jedem zweiten Schritt die Hose hochzuziehen. Männer werden eben Äpfel, wenn sie über fünfzig sind. Im Internet lud er sich einen Trainingsplan für ambitionierte Läufer herunter, schmiss die ersten vier Seiten weg und übertrug die letzten vier Wochen in seinen anachronistischen Filofax. Sein Laufrevier hatte er auch schon abgesteckt. Da er wusste, wo Solo immer trainierte, war es für ihn ein Leichtes, zumindest die längeren Einheiten so zu planen, dass sie sich mit Solos Pfaden kreuzen würden. Die würde Augen machen, wenn er plötzlich von links angeschossen käme und lässig grüßend mit federnden Schritten an ihr vorbeiziehen würde. Fantasie hatte er ja schon immer gehabt, der Gute. Ja, es war ihm Ernst mit dem „Halben". Die Arbeitstage bei BOROPACK verloren so langsam auch ihren Schrecken für ihn.

Wirkte ihre Konversation am Anfang noch recht aufgesetzt und verkrampft, so pendelte sich ihr Verhältnis langsam auf einer professionell-freundlichen Ebene ein, die manchmal sogar Raum für Frotzeleien ergab, wie sie früher bei ihnen an der Tagesordnung waren. Die Überwachung des Prof war stellenweise schweißtreibend, da die echten Monteure der Brandschutzfirma die beiden nur zu gerne in ihre realistische Arbeit einbanden. Ansonsten war dieser Auftrag eher einer der langweiligen Art, da sie absolut keine Ahnung davon hatten, an was der Wissenschaftler da eigentlich arbeitete. Jedoch war ihr Auftraggeber sehr zufrieden, wenn er die täglichen Berichte kommentierte, die sie einreichten und die bei den wöchentlichen Meetings bewertet wurden.

Als die Installateure ihren Tätigkeitsschwerpunkt auf die Brandmeldezentrale im Keller verlegten, war es Tarzan, der die passende Idee hatte, noch weiterhin in den verzweigten Laboren und Lagerräumen der Entwicklungsabteilung zu malochen. Er regte an, einige der bereits installierten Rauchmelder so zu programmieren, dass sie Fehlalarme auslösten. Daraufhin klapperten er und Solo sämtliche Geräte ab, klemmten Leitungen ab und verlegten neue, machten ordentlich Sauerei, was die Laborkräfte fast zur Weißglut brachte, und wanderten mit allen möglichen Detektoren bewaffnet durch sämtliche Räume und Kammern der Abteilung. Tarzan konnte nach Herzenslust mit seinem Lieblingsspielzeug, einem brachialen Boschhammer agieren. Einmal durchbrach er eine Wand, die nicht aus Beton (wie er angenommen hatte) sondern aus Rigips bestand, und kontaminierte den dahinter befindlichen Reinraum mit Bauschutt, Bohröl und unflätigen Flüchen. Rohnburg hatte herzlich darüber gelacht und ihn aber trotzdem gebeten, es etwas angepasster angehen zu lassen. Der Chef der Laborratten, Professor Ernst-Ephraim Lanckwarth, hatte nicht gelacht. Er verlangte die sofortige Entlassung des Störenfrieds und fing Tarzan einmal sogar am Werkstor ab, um ihm eine Strafpredigt zu halten, wie einem flegelhaften Schulbuben. Solo und Tarzan waren von Beginn ihrer Tätigkeit über das aufbrausende Wesen und die Arroganz des Professors unterrichtet worden und hatten strikte Anweisung, den Mann nicht zu verärgern und seine Wünsche so gut es ging zu respektieren. Was Solo leichter fiel als Tarzan, der den cholerischen Weißkittel von Anfang an nicht leiden konnte. Aber Geschäft ist Geschäft. Immerhin hatte das Verhalten des Profs zur Folge, dass Tarzan sehr gewissenhaft schnüffelte und sich auf den Tag freute, an dem sie den Fatzke bei unlauterem Tun erwischen würden. Sie würden seinen Eierkopf auf einem Silbertablett in Rohnburgs Büro tragen.

8. Kapitel

Zwei Schnüffler verbrennen und ein Mann im Rollstuhl verschenkt einen Marathon-Trainingsplan.

BOROPACK AG Zentrale Mannheim
Freitag, 06.05.2016, 15:45 Uhr.

Solo und Tarzan marschierten durch den langen Gang im Kellergeschoss des Hauptgebäudes, der zu den Labors und Werkstätten der Entwicklungsabteilung führte. Mittels ihrer Chipkarte öffneten sie auch die Türen, die nur dem engsten Kreis der Mitarbeiter um Professor Lanckwarth zugänglich waren. Tarzan zog einen ramponierten Werkzeugtrolley hinter sich her, Solo trug eine schwere Umhängetasche mit Elektrowerkzeug und hatte eine Trittleiter geschultert. In ihrer schwarzen Arbeitskluft mit dem Aufdruck Massong - Brandschutz - Rettungswesen - Sicherheit, verströmten sie die Art professioneller Autorität, wie sie sonst nur Feuerwehrleuten oder Sanitätern vorbehalten war. Tarzan hielt die Karte mit dem Transponder an das Lesegerät. Es summte, eine grüne Lampe leuchtete und die mächtige, druckdichte Tür zum Hauptlabor glitt zur Seite. Tarzan bedauerte, dass die Tür nicht dieses charakteristische Geräusch macht, dass er aus den Star-Trek-Filmen kannte. Sie hatten bewusst diese Zeit am Freitagnachmittag gewählt, da die Räumlichkeiten dann nahezu leer waren. In einigen der kleineren Labors waren noch Mitarbeiter beschäftigt, die auf Bildschirme starrten, Mikroskope benutzten oder Kartons und Plastikbecher testeten. Wenn sie überhaupt Notiz von den beiden nahmen, nickten sie ihnen freundlich oder geistesabwesend zu und konzentrierten sich dann gleich wieder auf ihre Arbeit. Der Prof war ein anspruchsvoller Chef und hatte seine Leute im eisernen Griff.

„So", sagte Tarzan und öffnete mit seiner Karte die letzte Tür, „da wären wir. Willkommen in der Kammer des Schreckens!" Es war das persönliche Arbeitszimmer des Professors. Der war natürlich über die Befugnisse der Monteure informiert worden und hatte dem zähneknirschend zugestimmt: Begeistert war er darüber sicher nicht. Tarzan stellte den Trolley ab, öffnete die Verschlüsse und begann damit, Werkzeug auf dem edlen Orientteppich auszubreiten. Solo stellte die Trittleiter und die Tasche ab und holte einen Rauchmelder daraus hervor. Der Teppich und die barocke Schrankwand waren das einzige Inventar mit persönlicher Note. Ansonsten dominierte nüchterne Sachlichkeit. Ein zweckmäßiger, nichtsdestotrotz gewaltiger Schreibtisch mit Computer, Druckern und mehreren Monitoren stand ziemlich in der Mitte. An einer der Längsseiten des Raumes befand sich eine penibel aufgeräumte Arbeitsplatte mit allerlei elektronischem Gerät, welches Tarzan nicht zuordnen konnte. Ein massiv aussehender Wandschrank mit Kombinationsschloss und furchteinflößenden Warnschildern enthielt ein ganzes Sortiment von kleinen Kanistern, Flaschen, Dosen und Kunststoffbehältern, die ihrerseits aussahen, als umhüllten sie das Ende der Welt. In der Mitte der Schrankwand befand sich eine Tür, die in einen Ruheraum und ein komplett ausgestattetes Badezimmer führte. Ein Privileg, das nur dem Professor zustand. Tarzan stellte die Trittleiter unter den Rauchmelder, der, wie alle in dem

Gebäude, vor zwei Wochen erst von den echten Monteuren angebracht worden war, die auch die moderne, hocheffiziente Sprinkleranlage installiert hatten. Er bewaffnete sich mit Schraubendreher und Kombizange und erklomm die Leiter. Gerade als er die Abdeckkappe des Rauchmelders abgenommen hatte, ging die Tür des Ruheraums auf und ein hochgewachsener Mann in einem tadellos weißen Kittel und auf Hochglanz polierten englischen Schuhen stand vor ihnen. Das lange Gesicht mit den stets nach unten gezogenen Mundwinkeln hatte etwas von einem traurigen Gaul an sich. Dieser Eindruck wurde noch verstärkt, wenn der Prof seine Zähne zeigte, was äußerst selten ein Lächeln ankündigte. So auch jetzt. Die riesigen gelben Schneidezähne bleckend, schnarrte der Mann: „Was! Machen! Sie! Hier?" Das abgehackte Sprechen gehörte zum Prof wie sein fürchterlicher Mundgeruch und seine sadistische Art, mit Untergebenen umzugehen.

Tarzan, der fast von der Leiter gefallen wäre, als die Tür aufging, hatte sich rasch wieder gefangen, als er das Observationsobjekt erkannte.

„Tach, Herr Professor. Wir wechseln den Rauchmelder aus, damit Ihnen keiner Feuer unterm Hintern machen kann." Der Weißkittel lief rot an, und Solo sah förmlich, wie er innerlich bis zehn zählte. Sie schenkte dem Mann ihr charmantestes Lächeln und sagte, „Herr Professor Lanckwarth, wir haben in den Labors der Zone blau alle Melder ausgetauscht. Die neuen reagieren nicht nur auf Rauch, sondern auch auf Dämpfe chemischen Ursprungs. Die Anordnung dafür kommt direkt von Herrn Rohnburg. Wir sind auch gleich fertig, dann sind sie wieder ungestört." Den letzten Satz hatte sie in einem Ton gesagt, als beschäftige sich der Prof gerade mit peinlichen Dingen. Solo beherrschte diese Technik perfekt und hatte sie auch schon öfters Tarzan gegenüber angewandt. Solo hatte den neuen Rauchmelder in der Hand und hielt ihn demonstrativ in die Höhe.

„Sehr schön!" Der Mann trat blitzschnell näher, nahm ihr das flache Gehäuse ab und entfernte den Deckel. Solo und Tarzan hielten den Atem an.

„Ein Modell der Firma Safetec/Boston. Für seine Labore ist Rohnburg nichts zu teuer." Er machte einen anerkennenden Schnalzer.

„Darüber hinaus ...", er beäugte das Innere des kleinen Gerätes, als lebe etwas darin, „ ... verfügt es über eine hochauflösende Kamera, Bluetooth-gesteuert, mit einer ordentlichen Reichweite und beweglichem Linsensystem zur Überwachung von Räumen mit bis zu 100 Quadratmetern Fläche. Ein feines Teil. Ich bin beeindruckt." Mit diesen Worten ließ er das Gerät in eine der Taschen seines Kittels gleiten.

„Herrschaften: Ich teile Ihnen hiermit mit, dass die Unversehrtheit meines Allerwertesten durch den vorhandenen Rauchmelder völlig ausreichend gewährleistet wird. Sie haben hier nichts mehr zu tun und können sich nun anderen Überwachungstätigkeiten widmen. Ich bezweifle allerdings, dass Sie mit Ihrem dilettantischen Schmierentheater jemals wieder Kundschaft in dieser Liga haben werden. Bewachen Sie Diskotheken oder Spielhallen. Da können Sie auch schicke schwarze Uniformen tragen. Packen Sie hier zusammen, aber flott. Die Rechnung für die Teppichreinigung schicke ich Ihnen an Ihre Geschäftsadresse in Lampertheim."

„Herr Professor, wir …", begann Solo. Der Prof bedachte sie mit seinem starren Medusenblick „Sie haben drei Minuten, dann rufe ich den Werkschutz. Schönes Wochenende." Danach zog er sich in den Ruheraum zurück, aus dem er gekommen war, wie eine Muräne aus ihrer Riffhöhle.

Wortlos packten Solo und Tarzan ihre Siebensachen zusammen und machten sich auf den Weg zum zentralen Lift.

***

Richard Gere, dachte Solo, der Mann sieht aus wie Richard Gere für Arme. Nein, nicht für Arme, korrigierte sie sich im Stillen selbst. Wie ein jüngerer Bruder. Jünger und hübscher. Sie musterte unauffällig das sonnengebräunte markante Gesicht mit dem Mund, der stets verschmitzt zu lächeln schien. Das eisgraue Haar perfekt frisiert, die Brauen professionell gestylt und, ja tatsächlich, die gleichmäßigen Züge dezent geschminkt. Dr. Bonifatius Rohnburg war ein Bild von einem Mann. Tarzan hatte zu Anfang ihrer Geschäftsbeziehung die Vermutung geäußert, ihr Auftraggeber wäre schwul, revidierte diese Meinung aber recht schnell, als er bemerkte, wie offen der Mann seine Solo anflirtete. Das Schlimmste: Ihr schien das auch noch zu gefallen! Sie kanzelte ihn sogar einmal wütend ab, als er zu sagen gewagt hatte, dass Rohnburg sicher auch Pyjamas mit Bügelfalten trüge und sich seine Jogginghosen maßschneidern ließe.

„Der Mann trägt keine Jogginghosen! Niemals! Wer Jogginghosen trägt, hat die Kontrolle über sein Leben verloren! Weißt du, wer das gesagt hat?"

„Prinz Charles?"

„Karl Lagerfeld, du Kind!"

Tarzan hatte sich schnell wieder beruhigt. Soll sie doch die Zuneigung dieses armen Teufels genießen. Wie fast alle Nichtbehinderten konnte sich Tarzan nicht vorstellen, sein Leben in einem Rolli zu verbringen. Auch wenn das Ding, in dem Rohnburg saß, ein Ausbund an High-Tech war. Der Industriekapitän konnte nur den Kopf und zwei Finger der linken Hand bewegen. Damit bediente er das Steuerdisplay ohne hinzuschauen. Ein zusätzlicher Monitor verband ihn im buchstäblichen Sinne mit der Welt.

Sie saßen in bequemen Chesterfield-Sesseln in der Bibliothek mit Blick über den Pool, der übergangslos in den Bonadieshafen überzugehen schien. Zum ersten Mal waren sie in der Privatwohnung des Magnaten. Solo hatte nach ihrer Enttarnung durch den Professor augenblicklich die Handynummer angerufen, die ihr Rohnburg für Notfälle gegeben hatte. Er bat sie in sein Vorzimmer, wo sie von seinem Assistenten erwartet wurden. Mit dem privaten Lift fuhren sie hinauf in das riesige Loft. Der Assistent versorgte sie mit Getränken und einem kleinen Imbiss, während Rohnburg noch ein Telefongespräch in französischer Sprache beendete. Der Mann sprach acht Sprachen fließend, darunter auch Mandarin und Arabisch. Mit einem breiten Lächeln drehte er den lautlos arbeitenden Rollstuhl und kam auf seine Besucher zu. Solo und Tarzan blieben sitzen, eine Empfehlung, die sie vor dem ersten Besuch vom Assistenten erhalten hatten. So begrüßten sie sich auf Augenhöhe, wobei sie seine linke Hand berührten. Der Mann schien bester Laune zu sein, obwohl ihm Solo schon am Telefon gesagt hatte, dass sie aufgeflogen waren.

„Lassen Sie uns zunächst auf Ihre bisherige ausgezeichnete Arbeit trinken, meine Lieben." Man hob die Gläser, wobei das bei Rohnburg ein perfekt programmierter Hydraulikarm machte. Solo, die den Rollstuhlhersteller einmal gegoogelt hatte, wusste, dass er mit diesem Arm sogar schwere Handfeuerwaffen bedienen konnte. Mit dem entsprechenden Programm waren sogar Messerwürfe über vierzig Meter machbar, die mit der Präzision einer Smart-Bomb ihr Ziel fanden. Der Rollstuhl konnte Treppen steigen, war begrenzt schwimmfähig und erreichte eine Geschwindigkeit von knapp 35 km/h. Im Falle eines Um- oder Unfalles aktivierten sich Airbags, die das Gerät in der Waagrechten hielten und die schlimmsten Folgen einer Kollision zu 80% abmilderten. Eine Minidrohne konnte auf Wunsch in drei Metern Höhe jeder Bewegung des Rollstuhls folgen und im Umkreis von 360° alles registrieren, was da kreucht, fleucht und sich sonst wie bewegte. Das Gerät war eine Spezialanfertigung, ein Einzelstück, das aus einem Militärroboter für Bombenentschärfung entwickelt worden war.

„Hat sich der gute Ernst-Ephraim sehr echauffiert, als er Sie bei Ihrem schändlichen Tun erwischte?" Der Roboterarm stellte das Glas, ohne ein einziges Geräusch zu verursachen, auf der Glasplatte des Tisches ab. Rohnburg versprühte immer noch Entspannung pur und die lässige Heiterkeit eines Menschen, der alles unter Kontrolle hat.

„Er war", Solo schaute entschuldigend zu Tarzan, „etwas ungehalten, als mein Partner ihm erklärte, das Wechseln des Rauchmelders diene dem Schutze des professoralen Hinterteils vor offenem Feuer."

Rohnburg brach in schallendes Gelächter aus, was irritierend wirkte, da sich außer seinem Kopf nichts an ihm bewegte. Schenkelklopfer ist nicht, dachte Tarzan und rügte sich sofort selbst über diesen Gedanken. Der Roboterarm förderte ein Papiertaschentuch zutage und tupfte damit dem Gelähmten das Gesicht ab. Feine Spuren einer Abdeckcreme blieben auf dem Papier zurück.

„Sie!", die hellblauen Augen Rohnburgs richteten sich auf Tarzan, „Sie sind gut! Die meisten haben die Hosen voll vor dem arroganten Eierkopf. Aber Sie nicht. Na ja, Sie müssen ja auch nicht mit ihm arbeiten. Ich auch nicht. Nicht mehr." Befriedigt registrierte der Mann im Rollstuhl die verblüfften Gesichter seiner Kontraktoren.

„Sie haben richtig gehört. Das Projekt, an dem er forschte, steht unmittelbar vor dem Abschluss. Was jetzt noch zu tun ist, ist Arbeit für die zweite Reihe. Viel Arbeit, aber eines Professors mit derartigem Renommee nicht würdig. Das Ergebnis darf er für sich beanspruchen, es in Fachzeitschriften und Abhandlungen veröffentlichen und Preise dafür einheimsen. Da ist er ganz wild drauf, der Gute. Die Lizenzen für die praktische Anwendung sind in meinem Besitz und weltweit geschützt. Professor Lanckwarth ist auf Lebenszeit an den Gewinnen beteiligt und hat gerade die Zusatzklausel mit den Konventionalstrafen unterzeichnet. Damit sehe ich die Gefahr eines Geheimnisverrats gebannt. Der Professor wird aber weiterhin für uns tätig sein. Er wird in zwei Tagen nach Shanghai fliegen. Er wird dort mit der Führung der Wang Shengbo Boardmill zusammentreffen. China ist mit 100 Millionen Tonnen pro Jahr der weltgrößte Papier- und Kartonhersteller. Ich habe dort mehr als nur einen Fuß in der Tür. Ein Rad!" Wieder lachte er wie über einen guten Witz, und Solo und Tarzan stimmten halbherzig mit ein. Klartext: Ihr Auftrag war beendet. Vorzeitig. Ohne Ergebnis, bzw. der Grund für die wochenlange Observation hatte sich gerade in Luft aufgelöst. In chinesische Luft. Rohnburg hörte abrupt auf zu lachen, als er Solo und Tarzan in die Gesichter schaute.

„Sie sorgen sich um Ihr Honorar?" Solo bekam eine Gänsehaut. Dieser Mann las in ihren Gesichtern wie in einem offenen Buch.

„Entschuldigen Sie! Das war nicht sehr höflich von mir. Ich hatte Sie ursprünglich bis Mitte Mai gebucht, nicht wahr?" Solo nickte stumm. SOS! Ihr Handy meldete mit nervigem Morsesignal, dass es gerade eine SMS empfangen hatte. Nur für eine Millisekunde zuckte ein Mundwinkel Rohnburgs über die Störung, dann lächelte er wieder. Solo machte eine entschuldigende Geste.

„Robert", sprach Rohnburg in Richtung des stecknadelkopfgroßen Mikrophons an seinem Revers, und augenblicklich trat der athletische Assistent ein, als hätte er vor der Tür gelauert.

„Nimm dir bitte den Vertrag dieser Herrschaften und veranlasse, dass das gesamte Honorar überwiesen wird." Robert nickte, als Rohnburg noch etwas bemerkte: „Ach Robert, sei so gut und lege noch die Erfolgsprämie und einen persönlichen Bonus von zweitausend dazu. Ich war sehr zufrieden mit der Arbeit dieser Firma. Ich werde später noch ein Referenzschreiben diktieren." „Wird erledigt, Chef." Robert nickte Solo und Tarzan zu, tätschelte die Schulter Rohnburgs und ging auf leisen Sneakersohlen hinaus. Tarzan hatte das kumpelhafte Verhalten zwischen dem Assistenten und seinem Chef zuerst irritiert, bis ihn Solo darüber aufgeklärt hatte, das Robert Karoh ein unehelicher Sohn Rohnburgs war, den der nach dem Krebstod der Mutter bei sich aufgenommen hatte. Welch ein Gutmensch, hört, hört. Tarzan hütete sich, das Thema unehelich zu vertiefen.

„Vielen Dank, Herr Dr. Rohnburg, das ist sehr großzügig von Ihnen."

Solo nickte Tarzan auffordernd zu. Der berappelte sich und schluckte rasch ein Stückchen Käse hinunter. Der ovale Teller war fast leer. Solo hatte nichts angerührt.

„Ja, danke. Besonders für die Boni. Wenn Sie unsere Dienste wieder mal benötigen …"

Tarzan dachte zuerst an seinen persönlichen Bonus. Den musste sie rausrücken, ob sie wollte oder nicht. Solo verwaltete auch die Finanzen ihres Unternehmens und überwies jeweils zum Monatsende jedem von ihnen ein kleines Grundgehalt. Die zweitausend standen ihm aber persönlich zu. Vielleicht sollte er Rohnburg fragen, ob er ihm den Bonus in bar …? Nein, entschied er, das sähe unprofessionell aus.

Rohnburg fuhr um die Sitzgruppe herum und Tarzan beobachtete fasziniert wie ein Kind, wie der Roboterarm ihnen Wein nachschenkte. Solo wehrte ab und das Gerät reagierte unmittelbar.

„Für mich bitte nichts mehr, ich muss noch Auto fahren."

„Sehr löblich. Wie ich hörte, sind Sie auch sportlich sehr aktiv, nicht wahr? Sie haben für den Dämmermarathon gemeldet. Wenn Sie noch ein paar Minuten für mich hätten? Ich würde Ihnen gerne etwas mitgeben." Er fuhr wieder hinter seinen Schreibtisch. „Wie Sie sicher wissen, ist die BOROPACK AG einer der Hauptsponsoren dieser Veranstaltung. In aller Bescheidenheit: Ohne uns gäbe es in diesem Jahr keinen Marathon in Mannheim. Es war mir ein persönliches Anliegen, dass dieser von den Sportlern sehr gut angenommene Lauf in meiner Heimatstadt weiter fortbesteht. Wir haben die Verträge gerade um zwei Jahre verlängert. Vielleicht können wir Sie dann auch einmal am Start erleben, Herr Zahn?" Tarzan war sich nicht sicher, aber er meinte zu erkennen, dass der Mann im Rollstuhl für einen kurzen Augenblick seinen Blick auf seinen unter dem engen Arbeitshemd deutlich sichtbaren Bauchansatz gerichtet hatte. Solo machte einen komischen Schnaufer und war plötzlich ganz rot im Gesicht. Sie schien sich verschluckt zu haben und spülte rasch mit Wasser nach.

„Ich habe für den Halben gemeldet." Wenn der jetzt lacht, steh ich auf und geh, Bonus hin oder her, dachte Tarzan. Der aristokratische Kopf des Managers neigte sich ein wenig und eine Augenbraue rückte dezent nach oben.

„Respekt, mein Lieber, Respekt. Diese Distanz wird im Allgemeinen unterschätzt. Was haben Sie sich für eine Zielzeit vorgenommen? Wenn ich das fragen darf."

„Ankommen, Herr Doktor Rohnburg, aber ich hoffe noch unter 02:30 h zu bleiben." Rohnburg nickte und der Hydraulikarm öffnete eine der unteren Schubladen. Als er zurückrollte, lag eine dünne Dokumentenmappe auf der Ablage des Rollstuhls.

„Wie Sie sicher wissen, war ich als junger Mann selbst in der Szene aktiv. Vor meinem Unfall. Ich habe 1982 die deutsche Meisterschaft über 800 Meter gewonnen und bin dann über die Mittelstrecke zum Marathon gekommen. Mein Herz schlägt bis heute für die Leichtathletik und ich fördere den Breitensport, aus dem ich ja auch gekommen bin. Vielleicht haben Sie in der Zeitung von meinem neuesten Projekt gelesen?"

„Das Förderprogramm für Flüchtlinge?", fragte Solo und beugte sich interessiert vor. Rohnburg strahlte sie an. Tarzan merkte rasch, dass dieses Projekt für den sonst so kühlen Manager eine Herzensangelegenheit darstellte.

„Genau, obwohl ich die Bezeichnung Geflüchtete bevorzuge, aber auch diese so weit wie möglich vermeide. Für mich sind das einfach nur Menschen. Menschen mit Potenzial. Es sind naturgemäß viele junge Menschen darunter. Speziell für diese Gruppe habe ich kostenlosen Zugang zu allen Sportarten geschaffen, die ich persönlich und durch meine Firmengruppe unterstütze. Das reicht von Golf, Tennis über Badminton, Fußball bis hin zum Motorsport und natürlich zum Laufen. Die Vereine freuen sich über den Nachwuchs. Ausrüstung und Kosten übernehmen wir. Die ersten Erfolge haben sich auch bereits eingestellt. Denken Sie nur an Isaac Kibrom. Ein Geflüchteter aus Eritrea, der gerade die Laufszene aufmischt. Der Dämmermarathon ist sein erster Lauf über diese Distanz. Ich sehe ihn unter den ersten Fünf. Hier …" Der Roboterarm reichte Solo mit der Grazie eines ausgebildeten Butlers die Mappe.

„Dies ist ein Trainingsplan für Marathon unter 3:30 h Stunden. Er wurde von Martin Grüning entwickelt, der ...“

„Der Chefredakteur von Runner's world!“, platzte Tarzan dazwischen und Solo schaute ihn mit ihrem berüchtigten Mutti-Blick strafend an.

Rohnburg lächelte, „Genau der. Wir waren damals zusammen bei der TG Neuss. Wir haben uns nichts geschenkt, glauben Sie mir, aber es hat sich sogar eine Freundschaft daraus entwickelt. Leider haben wir uns aus beruflichen Gründen in den letzten Jahren aus den Augen verloren. Martin wurde 1990 Dritter beim Houston-Marathon. 2:13:30 h. Das Jahr meines ...“, er stockte kurz, „... nun ja, Unfalls. In Frankfurt sind wir einmal nebeneinander ins Ziel gelaufen. Sie mussten die Zielbilder auswerten. Martin war schneller. Er hat die längere Nase.“

Solo blätterte in dem Ordner. „Der ist ja handschriftlich, im Original. Das nehme ich nicht an. Wenn Sie mir etwas Gutes tun wollen, dann reicht mir auch eine Kopie.“

Rohnburg lehnte den Kopf entspannt an die Rückenlehne seines Rollstuhls. „Glauben Sie mir, nur das Original transportiert den Geist, der in diesem Papier steckt. Nehmen Sie es als Ansporn und Anerkennung für Ihre sportliche Leistung. Und Sie:“ Er drehte den Rollstuhl so, dass er Tarzan direkt anschaute, „Sie vergessen Ihre Zielzeit und laufen auf Ankommen. Wenn Sie die Zehn-Kilometer Marke nicht in über einer Stunde und zehn Minuten erreichen, werden Sie es nicht schaffen.“

„Aber ...“ Tarzans Protest war noch lahmer als seine letzte Trainingsrunde.

Die Tür öffnete sich und der Assistent trat ein.

„Meine Herrschaften, ich habe noch einiges zu bearbeiten. Ich wünsche Ihnen weiterhin viel Erfolg, besonders auch im Sport." Tarzan und Solo berührten seine linke Hand und erhoben sich. Solo presste die dünne Dokumentenmappe wie einen Schatz vor ihre Brust.

***

Das große Ganze ist nun getan. Doch jetzt kommen noch die vielen kleinen Dinge. Dinge, die mich belasten, da sie mich zu Tätigkeiten zwingen, die ich verabscheue, weil sie so profan sind wie Schuhebinden. Aber ich kann niemanden damit beauftragen. Ich kann nichts delegieren. Schmutzarbeit. Eine elende Schmutzarbeit liegt nun noch vor mir. Vor mir, der ich nun die Macht habe, tausendfachen Tod leise und schleichend unters Volk zu bringen. Das Volk! Pöbel, Plebs, Bauern, Narren, Masse! Ich habe die Masse schon immer verachtet. Stumpfsinnige Idioten mit krummen Hälsen vom Starren auf ihre Handys. Nicht mal zu ordentlicher Sprache mehr fähig. Übelster Slang allerorten. Verformte Wörter, die aus Mündern quellen wie Schleim. Augen, blind von Drogen und Displays. Ich bringe dieser Stadt nicht den Tod. Ich bringe ihr Reinigung. Ich entferne diese Pest mit Stumpf und Stiel. Und ich werde dafür sorgen, dass sie noch erfahren werden, warum sie dieses Schicksal ereilt. Warum ICH sie richte. Dann zücken sie ein letztes Mal ihre Handys. Posten ihr Sterben, welches genauso langsam wie unumkehrbar sein wird. Ich werde es genießen. So lange, bis sie an meine Tür pochen. Dann werde auch ich diesen Weg gehen. Lachend. Glücklich. Ich kann es kaum erwarten.

Kapitel 9

In dem sich achtzigtausend Euro in Luft auflösen,
ein Messwagen nichts misst, ein Abschlepper nichts
abschleppt und Solo niemanden trifft.

… sollten Sie Zweifel an der Richtigkeit der kopierten Do-
kumente hegen, so bin ich gerne bereit, gegen Erstattung
der Kosten beglaubigte Exemplare anfertigen zu lassen. Ich
denke aber, dass in Anbetracht der unstrittigen Faktenla-
ge die Ansprüche ihrer Klientin nicht länger haltbar sind
und verbleibe mit freundlichen Grüßen … bla-bla-bla, gez.
Zahn, Lothar.

Tarzan leckte das Kuvert mit geschlossenen Augen ab,
als gelte es, wertvolle Trüffelaromen zu erschmecken,
klebte den Umschlag zu und schrieb die lange Namensliste
der Anwaltskanzlei auf die Vorderseite. Einschreiben mit
Rückschein, das war es ihm wert. Nicht, dass noch einer
behauptet, er hätte nie ein Schreiben eines gewissen Herrn
Zahn erhalten.

„Hähä", Tarzan lachte dreckig. Es sind die kleinen Freu-
den, die das Leben lebenswert machen. Mit diesem Schrieb
verpufften gerade achtzigtausend Euro samt den Urlaubs-
träumen einer Teenie-Mama.

„Har!" Recht geschieht ihr. Er schaltete den Drucker aus,
speicherte das Dokument unter CVelden-Aetsch.doc und
öffnete den Browser auf seinem Laptop.

Er rief ein großes Gebrauchtwagenportal auf, klickte
auf eines der Fahrzeugsymbole und öffnete dann die De-

tailsuche. Zwanzigtausend. Mehr wollte er nicht ausgeben. Dafür durfte das Ding auch ruhig etwas älter sein. Hauptsache groß. Am besten ein US-Bomber. Zwar hatte der Bluhmepeter ihm gesagt, er könne so lange in der Laube wohnen, bis er ins Pflegeheim musste, aber das klamme Holzhaus und die improvisierte Sanitärtechnik luden nicht zu dauerhafter Nutzung ein. Nach wenigen Minuten hatte er gefunden, was er suchte: 1995 Fleetwood Flair US Motorhome mit 7,4 Big Block V 8 Motor und LPG Autogassystem. Big-Block! 7,4 Liter! Das Ding hatte die Ausmaße eines Stadtbusses und stand in Lüneburg. Das Gesamtgewicht von 7,5 Tonnen passte zu Tarzans Führerschein … Führerschein? Na ja, irgendwann würde er den ja wohl wiederbekommen. Schließlich hatte er ja nur sein eigenes Ego totgefahren. Tarzan jagte gleich mal eine E-Mail los. Zusammen mit Bluhmepeter würde er den Koloss an irgendeinem Wochenende holen. Noch heute trauerte Tarzan dem alten Winnebago nach, den sie in den Neunzigern gefahren hatten. Doch die Annäherungsversuche eines Kieslasters gaben der Alukarosserie den Gnadenstoß. Dies und Solos große Liebe, der Pontiac Firebird. „Eine versoffene Umweltsau reicht in unserer Firma", hatte sie damals seine Pläne für einen Nachfolger des Rolling Homes gecancelt. Jetzt aber! Jetzt hatte er freie Hand. Außerdem brauchte er eine eigene Bleibe. Sie hat ihn ja schließlich rausgeschmissen, oder? Wenn dann irgendwann mal wieder alles gut ist, dann ist der Raumkreuzer eben da und da bleibt er dann auch. „Diese Dinger sind leider absolut unverkäuflich auf dem Gebrauchtwagenmarkt, Liebes", würde er mit zerknirschtem Gesichtsausdruck greinen. Na also. Trennungen haben auch ihre guten Seiten. Seit einigen Jahren hatten sie getrennte Konten. Sie war der Meinung, dass jeder sein eigenes Geld haben sollte. Er sollte aber ja nicht auf die Idee verfallen, sie anzupumpen, wenn er seine Kohle für irgendwelchen Männerscheiß auf den Kopf gehauen hatte. Nun, die Geschäfte liefen in den letzten Jahren nicht schlecht, zudem kam der Bonus von Onkel Rohnburg. Der Verkäufer würde auch noch etwas mit sich reden lassen, was den Preis betraf. Cash auf die Kralle! Das war noch immer ein zugkräftiges Argument.

* * *

Heidelberg-Bahnstadt, Montag, 09.05.2016, 19:30 Uhr

Der orangefarbene Transporter holperte über die Baustraße, umkurvte die rotweißen Absperrbaken und stoppte mitten auf einer neuen, gerade fertig planierten Trasse. Am anderen Ende standen ein großer Fertiger und zwei Straßenwalzen bereit. Morgen sollte hier der Straßenbelag aufgebracht werden. Die Heidelberger Bahnstadt war das größte Bauprojekt der Stadt am Neckar. Ein ganzer Stadtteil wurde hier aus dem Boden gestampft. Einige der avantgardistischen Wohn- und Geschäftshäuser standen schon, einige Straßenzüge waren fertiggestellt. Langsam kehrte urbanes Leben ein auf dem ehemaligen Bahngelände. Doch hier, am westlichen Zipfel, südlich der Eppelheimer Straße, dominierte eine Mondlandschaft aus Sand, Split und Kanalisationsrohren das Gebiet. Überall Container mit den Logos großer Baufirmen, abgestellte Kieslaster, Bagger und Baukräne. Der Transporter mit den rotweißen Reflektorstreifen und den gelben Rundumleuchten trug die Aufschrift „VER-MESSUNG" und ein Mannheimer Nummernschild. Er fiel hier auf wie ein Sandkorn in der Sahara. Der Motor wurde abgestellt, dann herrschte wieder feierabendliche Ruhe.

Vermessen wurde hier nichts.

Niemand stieg aus. Nach vierzig Minuten wurde der Motor wieder angelassen und das Fahrzeug fuhr rückwärts aus der Baustelle, wendete und fuhr in Richtung Pfaffengrund davon. Der Untergrund war bereits am Vortag verdichtet worden, so dass es so gut wie keine Reifenspuren gab. Eine etwa zwei auf einen Meter große Fläche war zu erkennen. Hier war der Boden etwas dunkler. So, als sei hier gegraben und wieder verfüllt worden. Dunkle Wolken wälzten sich von Westen heran. Die ersten Tropfen fielen. Langsam regnete es sich ein und schließlich färbte der Landregen die gesamte Oberfläche zu einem gleichmäßigen erdigen Braun. Das Frühjahr 2016 war entschieden zu nass.

Am Nachmittag des folgenden Tages dampfte an dieser Stelle eine schwarzglänzende Asphaltstraße. Der Bautrupp zog weiter. In wenigen Monaten würde aus der Mondlandschaft ein üppig begrüntes und freundliches Wohnviertel für gehobene Ansprüche entstehen.

***

Lampertheim, Elan-Tankstelle, 18:35 Uhr

Solos Firebird grummelte in die Zufahrt. „Lass den Motor laufen Solo, dann haben wir noch Zeit für einen Kaffee!" rief ihr Anita, die Pächterin, lachend zu, die gerade den Papierkorb an der Zapfsäule leerte.

Solo lächelte und stoppte trotzdem den V8.

„Wenn ich den laufen lasse, wird er niemals voll.“

Michael, Anitas Ehemann, kam aus dem Lagerraum und schleppte zwei Wasserkästen in den Shop.

„Na und? Du rettest unseren Umsatz, Babe.“ Solo hob grüßend die Hand und klinkte die Zapfpistole ein. Die Reserve hatte schon seit gestern geblinkt. Das würde heute wieder dreistellig werden. Solo kam gerne hierher. Und oft. Das lag an dem versoffenen Muscle-Car. Sie kannte die Pächter schon seit Jahren. Im Kassenraum warteten schon ein Latte Macchiato und ein Croissant auf sie. Ihr persönliches Tanke-Ritual. Gerade als sie ihre EC-Karte in das Lesegerät steckte, funkte ihr Handy wieder SOS.

„Schau besser gleich nach, womöglich ist Tarzan in Not“, riet ihr Anita. Klar. Die wussten ja noch nicht, was los war. Solo hatte auch keine Lust, die beiden jetzt ins Bild zu setzen. Sie tippte ihre PIN, lehnte den Beleg ab und fuhr den Wagen aus dem Weg. Danach stellte sie sich zu Michael an den Stehtisch und zückte ihr Telefon. Werbung. Harley Davidson Bergstraße lud sie ein, zu einem Frühjahrsfest mit Probefahrten und Barbecue-Abend. Seit sie einmal mit dem Kauf einer Sportster geliebäugelt hatte und leichtsinnigerweise ihre Handynummer genannt hatte, erhielt sie zwei-, dreimal im Jahr solche Nachrichten. Seufzend löschte sie die SMS. Dabei fiel ihr Blick auf eine zweite ungelesene Nachricht. Unterdrückte Rufnummer. Ach ja, das war heute Nachmittag, als sie bei Rohnburg saßen.

Sie öffnete die Nachricht und las ungläubig die paar Worte.

„Hey, was ist mit Deinem Latte?", rief ihr Michael hinterher, als sie wortlos aus dem Verkaufsraum stürmte und fast mit Anita zusammengeprallt wäre.

„Sorry, muss weg. Trink du ihn!" Ohne die Tür zu öffnen sprang sie in ihr Cabrio, was zwei jugendliche Rollerfahrer zu anerkennenden Pfiffen animierte. Der V8 sprang donnernd an, die Reifen rauchten und die Ausfahrt der Tankstelle zierten zwei breite schwarze Streifen. Ein weißer Smart legte eine Vollbremsung hin und der grauhaarige Fahrer brüllte irgendetwas über mit dem Schwanz fahrende PS-Proleten oder so. Er hatte wohl die kurzhaarige Gestalt hinter dem Steuer für einen Kerl gehalten.

Solo bremste an der Ampelkreuzung und zwang sich während der Rotphase zur Ruhe. Sie brauchte jetzt keine Polizeikontrolle und schon gar keinen Differentialschaden. Der rechte Blinker tickte. Endlich Gelb. Gemäßigt rollte sie durch die Hagenstraße. Dreißig. Schule, Kita, Altenheim. Alles strafverschärfend! Sie schaute kurz auf ihre Sportuhr: 18:46 Uhr. 19:00 Uhr stand in der SMS. Vierzehn Minuten. Klappte eh nicht. Die Ampel an der Andreasstraße sprang auf Gelb. Solo gab Gas. Gefühlte zehn Liter rauschten durch die Spritleitungen, als sie aus den Augenwinkeln noch eine Ahnung von Rot erhaschte. Richtung Mannheim auf die B 44. Vierspurig. Mittendrin ein Gehöft mit einer Bedarfsampel für Ausflügler und Landwirte. Tempo-Siebzig-Schilder. Mit 135 Sachen flog das blaue Cabrio durch. Lappen weg. Heute nicht. Glück gehabt. Solo konzentrierte sich auf das etwas schwammige Fahrwerk ihres Autos. Sie nahm das Tempo raus, als sie kurz vor Scharhof den Blitzerbusch passierte. Hier standen sie oft. Heute nicht.

Blick zur Uhr: 18:51 Uhr. Diesmal hatten die Ampeln ein Einsehen. Ohne Stopp gelangte sie auf die A6, Fahrtrichtung Frankfurt/Stuttgart. Viernheimer Dreieck, Viernheimer Kreuz, Mannheimer Kreuz. Keine Baustellen, kein Stau. Nicht mehr um diese Zeit. Der Fahrtwind brauste wie ein Orkan über die schmale Frontscheibe. Der Firebird war ein Cabrio. Ein richtiges. Kein weichgespültes Mädels-Auto mit bis über den Kopf reichender Windschutzscheibe, Windschott im Nacken und geschlossenen Seitenfenstern, in dem die Insassen ungefähr so viel Frischluft spürten, wie bei einem offenen Schiebedach. Die Betonfugen krachten direkt in ihr Kreuz, die starre Hinterachse trampelte und in der weiten Rechtskurve in Richtung Süden klammerte sie sich an dem dürren weißen Lenkrad fest, um nicht gegen die Tür gedrückt zu werden. Seitenhalt? Gurte? In einem Bird stirbt man noch wie ein Mann. Heute hatte sie kein Ohr für den vollen Sound des Big-Blocks. Sie schoss aus der Einfädelspur, registrierte große Lücken im Verkehr und zog diagonal auf die äußerste linke Spur. Die flache Silhouette und der markante Kühlergrill räumten ihr all die braven Hybriden und verbrauchsoptimierten Gut-Autos aus dem Weg. 18:57 Uhr. Weit voraus erschienen die ersten Hinweisschilder. Heidelberg - Mannheim-Zentrum. Bis kurz vor der Ausfahrt blieb sie links, dann grätschte sie wie ein übermütiger 3er BMW durch eine Phalanx aus Lkw und Transportern und driftete hart an der Haftungsgrenze auf die A656. Die Zufahrt zum Zentrum war mit Ampeln und Radarfallen gespickt, Solo musste sich zusammenreißen, um halbwegs regelkonform zu bleiben. Es war 19:00 Uhr, als sie die Augusta-Anlage erreichte, ein vierspuriger Boulevard, der auf dem Friedrichsplatz mit dem markanten Jugendstil-Wasserturm endete - das Wahrzeichen der Quadratestadt. Um 19:07 Uhr stellte sie den Pontiac verbotswidrig auf der Busspur ab, stieg aus und überquerte die Straße. Ihr Ziel war die Terrasse am südlichen Ende der Wasserspiele. Hier stand der „Donut"[3] eine Plastik, die in der Tat wie ein Schmalzkringel aussah. Solo war am Ziel. Gehetzt schaute sie sich um. Ein asiatisch aussehendes Pärchen machte ein Selfie mit dem Wasserturm im Hintergrund. Zwei alte Leute saßen auf einer der Bänke. Ein Penner lag auf einer anderen, eine Unmenge praller Plastiktüten um sich herum. Ein Liebespaar knutschte ungeniert und eine Frau in Pink zerrte ein dürres Hündchen von einer der Tüten weg.

– sie kennen mich – hatte der unbekannte Absender gesimst, – seien sie um 1900 auf der suedterrasse am donut – es ist wichtig – der ma marathon muss abgesagt werden sonst gibt es eine katastrophe – hockenheim war nur ein test –

Es war ein kühler Abend und ein leichter Wind machte die Großstadtluft erträglich. Trotzdem schwitzte Solo. Niemand zu sehen. Niemand, den sie kannte. - sie kennen mich - Sie trat an das Geländer, schaute den Wasserspielen zu, ohne sie bewusst wahrzunehmen. Welcher Teufel ritt sie da? Warum war sie wie eine Bescheuerte hierher gerast, bloß wegen einer kryptischen Mail? Es war nicht nur die Mail. Es war ihr Bauch. Sie hatte in ihrem turbulenten Leben gelernt, auf ihn zu hören. Irgendetwas an dieser Nachricht hatte in ihr Alarm ausgelöst. Sie spürte, die Nachricht war kein Scherz. Noch etwas fühlte sie: Verbitterung. Sie war zu spät. Wieder sah sie sich um. Das Publikum hatte gewechselt. Bis auf den Penner ... Sie schaute genauer hin. Nein. Das war kein verkleideter Tarzan, der fröhlich aufsprang und sie fragte, ob alles wieder gut sei. Der war echt. Das sagte ihr nicht nur ihr Bauch, sondern auch ihre Nase, als sie nähertrat. Sie ging zu einer leeren Bank und setzte sich. Keine zwei Minuten später stand sie wieder auf und ging ruhelos umher. Verdammt. Sie scannte die Restaurants unter den Arkaden. Fixierte jeden, der in die Nähe der Terrasse kam. Fehlanzeige. Niemand kam aufgeregt auf sie zu, um sich für sein Zuspätkommen zu entschuldigen. Aber sie war es doch, die zu spät war. Andererseits ... wenn jemand solch eine Mail versendet, dann pingelt der doch nicht rum wegen der paar Minuten. Der würde hier doch stehen, sitzen oder herumstapfen bis mindestens halb acht. Oder? Solo brummte der Kopf. Sie musste jetzt mit jemandem sprechen. Jemand, der keine dummen Sprüche aufsagte, der nicht mit den Achseln zuckte und der sie nicht wie ein hysterisches kleines Mädchen behandelte. Elke.

Solo setzte sich wieder auf die Bank und zückte ihr Handy.

Die pensionierte Kommissarin ging nach dem vierten Rufton ran. „Bittschenn?", schnarrte es gewohnt biestig aus dem Gerät. Solo hatte aus Gewohnheit die Rufnummerunterdrückung aktiviert.

„Solo. Grüß dich. Elke, ich brauch dich. Haste Zeit?" Sie wusste nicht, ob man ihrer Stimme die Unsicherheit anmerkte. Sie bemühte sich, nicht hilflos zu klingen.

„Passt scho. Wo bist?" Die gute alte Elke. Augenblicklich hatte sie gemerkt, dass etwas nicht in Ordnung war.

„Wasserturm. Am Donut. Vielleicht bin ich blöd, aber ich habe ein Scheißgefühl."

„I bin in zehn Minuten bei dir." Aufgelegt. Typisch. Zehn Minuten. Dann war sie wohl zu Hause gewesen. Die Aussicht, das Thema mit ihrer Freundin, die zudem eine erfahrene Ermittlerin war, zu erörtern, beruhigte Solo. Aber immer noch ertappte sie sich dabei, wie sie krampfhaft nach ihrem Rendezvouspartner Ausschau hielt. - sie kennen mich - sie kennen mich - …

Sie zwang sich dazu, die Wasserspiele zu beobachten. Sie registrierte das Rauschen der Fontänen, den Verkehrslärm, Kinderlachen, die Vielzahl von Sprachen um sie herum, das Klappern von Besteck und Porzellan in den Restaurants. Gleich halb acht. Sie war sich nun sicher, dass keiner mehr kommen würde. Sie hat's verschissen, wie Tarzan sagen würde. Tarzan … Energisch verbannte sie den Gedanken an ihren Partner. Dreckbacken. Elender. Die Kraftausdrücke halfen ihr über die depressive Anwandlung. Hinter ihr, auf der Augusta-Anlage, zischten Druckluftbremsen. Eine Tür klappte. Metall klirrte. Sie drehte sich um. Ein roter Abschleppwagen stand vor ihrem Firebird. Eine ganze Galerie blitzender Gelblichter flackerte und ein Mann in grellgelber Sicherheitsmontur fuhr gerade den hydraulischen Kran aus. Scheiße! Mannheim war schnell beim Abschleppen. Das war allgemein bekannt. Schnell und teuer. Sauteuer! Als sie die Straße überquerte, stoppte hinter ihrem Pontiac ein goldfarbener, ziemlich abgeranzter Ford Granada, auf dem ein Magnetblaulicht kreiste. Eine massige Gestalt in grünem Loden wuchtete sich heraus und ein Kerl in schäbiger

Lederjacke und verknautschtem Hut hielt dem Abschlepper-Fahrer einen Ausweis unter die Nase.

„Dies ist eine polizeiliche Maßnahme. Ich bin Hauptkommissar Bluhm. Machen Sie hier kein Aufsehen und fahren Sie weiter, sie behindern wichtige Ermittlungen!" Skeptisch musterte der Fahrer den barocken „Dienstwagen" samt der rotgesichtigen Beifahrerin. Dann unterzog er den Ausweis einer eingehenden Inaugenscheinnahme. Bluhm brachte den alten Trick mit dem Aufschlagen der Jacke, so dass der Mann die Waffe zu sehen bekam, und hielt ihm noch die Dienstmarke hin.

„Wer zahlt mir das jetzt?", maulte er und gab Bluhm den Ausweis zurück.

„Niemand", schnaufte die Lukassow, „aber wennst a Göld verdien' wüllst, dann fahrst in'd Kunststraß', do kannst Ferraris und Porsches lupfen. Z' hauf! Jetzt schleich di oder i krieg Blutdruck." Achselzuckend steuerte der Mann den Kran wieder in Ruhestellung, verzog sich in sein Führerhaus und schaltete die Lightshow aus.

„Danke!" Solo umarmte Elke und Bluhm. „Meine Schuld, ich hab ganz vergessen, dass die Karre hier noch steht. Danke, dass ihr so schnell gekommen seid."

„Na", sagte Elke und schaute Bluhm vielsagend an, „Wenn Solo ihren Ami vergisst, donn hots was Ernstes, des Madel." Zu Solo gewandt fuhr sie fort: „Den Bluhmepeter hob i mitbracht, der war grad bei mir. I bring dem Schafskopf bei", fügte sie beinahe entschuldigend hinzu.

„Was ist los Solo? Gibt's Probleme?" Bluhm schaute sie mit ungewohntem Ernst an.

„Das ist es ja gerade. Ich habe keine Ahnung. Jemand hat mich ziemlich dringend hierher bestellt und dann ist niemand erschienen. Ich weiß, klingt ein bisschen blöd, aber ihr solltet euch das hier einmal ansehen." Sie holte ihr Handy hervor, brachte die SMS auf das Display und hielt es den Freunden hin. Niemand machte eine bissige Bemerkung, niemand grinste und niemand zuckte die Achseln. Bluhm schaute auf seine zerkratzte Timex: „Viertel vor neun. Schätze, dieses Date ist geplatzt. Was hältst du davon, wenn wir zu Elke zurückfahren und uns eingehender damit beschäftigen? Mir geht da was in meinem Quadratschädel rum. Aber das verklickere ich dir nicht hier auf der Straße. Außerdem hat die Elke noch jede Menge Apfelstrudel, und ich bin ja Diabetiker, wie du weißt."

„Dafür host aber ordentlich zu'glangt, mein Lieber! Ja dann, pack ma's!"

Solo stieg erleichtert in ihren Firebird und schloss das Verdeck, da sich mittlerweile wieder einmal dicke Regenwolken über der Kurpfalz zusammenzogen.

Kapitel 10

Ein Kommissar hat einen Schafskopf, Tarzan betätigt sich als Chauvi und ein Buddha sorgt, entgegen seiner eigentlichen Funktion, für gehörig Spannung.

„Hockenheim war nur ein Test. Darüber bin ich gestolpert", Bluhm hatte gerade wieder einen ordentliche Portion Apfelstrudel verdrückt und schob den Zettel, auf den er sich den Text der SMS notiert hatte, zu Elke über den Tisch, „Du weißt warum, oder?" Elke nickte bedächtig und schaute Solo an, die überhaupt nichts kapierte.

„Was soll das jetzt? Große Bullengeheimnisse, oder was?" Elke nickte wieder.

„Rrrichtig. Ganz große Bullengeheimnisse san des."

„Blödsinn!" Bluhm nippte an seiner Bierflasche. „Du rennst doch andauernd durch die Gegend, Solo. Marathon willst du laufen, hat mir ein gemeinsamer, nicht mehr ganz so lieber Bekannter, ins behaarte Ohr geflüstert." Solo rollte genervt mit ihren grünen Augen.

„Reg dich nicht auf, ich sage nur: Hockenheim. Ring-Marathon vor vier Wochen. Das ganz große Event sollte das werden. Die Mannheimer waren ziemlich angeschissen, wegen der Konkurrenz. Und? Was ist passiert?"

„Abgesagt", sagte Solo tonlos, „Das wurde abgesagt, wegen schlechter Wetterprognose. Dann ist aber was ganz anderes durchgesickert."

Elke schenkte sich bereits den dritten Enzian ein, hob das Glas und brachte einen Toast aus: „Auf die unbekannten Spacken, die eine Attentatsdrohung in die Welt gesetzt haben, worauf die Veranstalter aus Sicherheitsgründen ois abbliesen. Hundertschaften und Spezialeinheiten haben's Unterste zuoberst gekrempelt. Gfund'n homs nix."

Bluhm unterdrückte einen Rülpser und ergänzte: „Noch dazu schien am Veranstaltungstag die Sonne. Da gab es dann so einen Dings, einen Shitstorm, oder wie das jetzt heißt. Alles hat auf die Veranstalter und auf uns Bullen eingeschlagen. Einige witterten sogar eine Verschwörung zugunsten des Mannheimer Dämmermarathons."

„Host an Verdacht, wer dir die SMS g'schickt haben könnt?", fragte die Lukassow, und ihre Augen funkelten vor lauter Enzian und Ermittlerdurst.

„Das ist es ja. Keinen Schimmer habe ich", antwortete Solo. „Aber ich wehre mich dagegen, das Ganze als Spinnerei oder üblen Scherz abzutun."

Bluhm kratzte sich seinen Viertagebart und brummte: „Vorsicht! Ich spekuliere: Angenommen, das stimmt, was der oder die hier geschrieben haben. Hockenheim war nur ein Test. Das heißt, wenn das eigentliche Ziel der um einige Klassen größere Mannheimer Dämmermarathon wäre, dann könnten wir die Veranstalter zwar warnen, aber die würden nach der Blamage am Ring nie im Leben die Veranstaltung kippen. Wobei ich nicht derjenige sein möchte, der aufgrund der bisherigen dürftigen Informationslage die Feuerglocke läutet."

Solo erhob sich. „Vielleicht meldet er sich ja nochmal. Sorry, Leute, ich fahr jetzt heim. Mir reicht's für heute."

Elke stand auch auf. „Geh Madel, i pack dir noch a weng von dem Strudl ein. Fürs Frühstück morgen."

Bluhm nutzte die Aufbruchsstimmung. „Ich hau auch ab. Hab jetzt selber einen Schafskopf. Lass uns ein andermal weitermachen, Elke.“

***

Kleingartenanlage Friesenheimer Insel
Mittwoch, 11.05.2016, 11:20 Uhr

Tarzan kam gerade von einem seiner Trainingsläufe zurück. Den goldenen Granada sah er schon von weitem, als er in den Hauptweg einbog. Bluhm kam ihm am Gartentor entgegen.

„Moin, Tarzan, ich hab dir einen fahrbaren Untersatz besorgt. Steht hinter der Hütte. Garantiert führerscheinfrei. Ist 'ne Fundsache und zur Versteigerung freigegeben. Kann also durchaus passieren, dass dich der Vorbesitzer irgendwann mal aus dem Sattel haut, aber da kommst du klar mit, oder? Was macht das Training? Alles fit im Schritt?“

„Moin, Peter“, schnaufte Tarzan und wischte sich mit einem am Flaschengurt befestigten Handtuch den Schweiß aus dem Gesicht, „Geht so. Aber ich denke, dass ich den Halben einigermaßen packen werde. Ist aber 'ne elende Schinderei.“

„Zu dem Thema habe ich auch was mit dir zu besprechen“, sagte Bluhm und folgte Tarzan zurück in den Garten.

„Was denn? Willst du eine Karriere als Laufwunder starten? Na ja, von der Eichbaum wirst du garantiert gesponsert, so wie du denen ihr Zeug weghaust.“

„Apropos", Bluhm verschwand in der Bude und kehrte kurz darauf mit zwei Flaschen zurück, „Hab auch die Vorräte aufgefüllt. Prost, mein Freund."

„Wohlsein", Tarzan trank die halbe Flasche in einem Zug und stellte sie schweratmend auf das Geländer. „Danke, tut richtig gut." Bluhm wischte sich den Mund ab und schaute Tarzan ernst an.

„Gruß von Solo. Die hat gestern etwas Merkwürdiges erlebt."

„Glaube ich nicht."

„Was? Dass die was Seltsames erlebt hat?"

„Dass du mir einen Gruß ausrichten sollst. Das hast du dir ausgedacht."

Bluhm lachte freudlos, „Stimmt. Aber setz dich mal, ich muss dir was erzählen." Tarzan zog sich sein verschwitztes Laufshirt aus und eine bereitliegende Kapuzenjacke über, bevor er sich zu seinem alten Kumpel auf die Bank setzte.

„Schieß los. Bin ich ihr im Traum erschienen und sie verzehrt sich nun nach dem besten aller Ehemänner?"

„Du bist ein Arsch. Hör einfach zu, okay?"

Bluhm berichtete von der mysteriösen SMS und seiner Theorie, die eine Verbindung zur Attentatsdrohung in Hockenheim sah. Als er geendet hatte, waren sie bereits bei der zweiten Runde Bier.

„Bissel dürftig", kommentierte Tarzan, „Was wirst du jetzt machen?"

„Ich werde heute Nachmittag Hubert informieren. Meinen Boss. Das ist kein Bürokrat. Der kommt von ganz unten, von den Streifenbullen, so wie ich. Das ist das erste Mal, dass sie den Richtigen zum Revierleiter gemacht haben. Nicht so 'ne Knallpfeife mit Studienabschluss und einem Gesetzbuch als Hirn. Der soll entscheiden, ob wir mit den Veranstaltern und der Stadt sprechen. Ich werde mal meine eigenen Netze auswerfen."

„So oder so, kannst Solo ausrichten, dass ich nicht will, dass sie da mitläuft."

„Du läufst doch selber."

„Das ist etwas anderes."

Bluhm schaut Tarzan entgeistert an. „Weißt du, wie du dich gerade anhörst? Wie der größte Spießer und Chauvi von allen! Solo wird, extra weil du es nicht willst, noch drei Extrarunden drehen. Ihr Arm wird ganz steif sein, weil sie den ständig mit ausgestrecktem Mittelfinger hochreckt. Mensch, Tarzan, wenn das wirklich dein Ernst ist, dann sag' ihr das gefälligst selbst. Ich leihe dir auch meine Schutzweste. Einen Helm wirst du ja noch haben." Nachdem der Kommissar sich verabschiedet hatte, ging Tarzan neugierig auf die Rückseite seiner hölzernen Pension.

„Okaaaaay", murmelte er gedehnt, als er das Fahrrad erblickt. Ein Mountainbike in Olivgrün. Markenteil. Etwas älter, aber mit guten Komponenten. Hardtail. Das heißt, nur vorne gefedert. Solo würde kichernd anmerken, dass dafür Tarzan selber hinten ganz ordentlich gefedert sei. Solo … Warum nicht gleich einen kleinen Ausritt nach Lampertheim? Da brauchte er noch nicht mal duschen. Auf dem Rad würde er ja sofort wieder schwitzen. Okay, aber frische Sportklamotten würde er sich noch anziehen. Eine Radhose hatte er zwar nicht, aber er wollte ja nun keine hundert Kilometer abspulen. Fahrrad. Gar nicht schlecht. War er wieder ein Stück unabhängiger von der RNV.

Eine Dreiviertelstunde später preschte Tarzan den Hochwasserdamm hinunter und bremste mit ausbrechendem Hinterrad vor dem Steg, der zu dem schneeweißen Hausboot führte. Solos Firebird stand auf dem Parkplatz. Wenn sie nicht wieder joggen war, sollte sie zuhause sein. Er betätigte die große Schiffsglocke über einen Seilzug am vergitterten Eingangstor, welches den Steg abschloss. Er kam sich vor wie ein Hausierer und der Hintern tat ihm weh.

Solo erschien in der Tür zum Boot und betätigte den Türöffner. Tarzan schob das Rad über den Steg auf den Ponton, an dem die Lady Jane vertäut war.

„Bist du jetzt unter die Triathleten gegangen?", fragte Solo belustigt. „Die Schwimmeinheit kannst du ja im Altrhein absolvieren. Dann haben die Enten was zu lachen."

Tarzan grinste säuerlich und schaute seine Frau unsicher an. Nein, Bussi ist nicht.

„Tach", sagte er und lehnte das Rad an die Reling des Pontons. Einen Ständer hatte das Ding nicht.

„Hi. Komm rein, ich habe noch Spaghetti warm. Kriegst 'nen Teller, wenn du willst." Aber sonst nichts. Hörte Tarzan zwischen den Zeilen.

„Gerne." Als er an ihr vorbeiging, rümpfte sie die Nase. „Du kannst auch duschen. Ist besser so, sonst kommen die ganzen Schmeißfliegen rein."

Ist sie nicht ein Goldstück?

Tarzan nahm das Angebot dankend an. Sie drückte ihm noch einen Stapel frischer Handtücher in die Hand und verschwand in der Küche. Nach der Dusche tappte er, ein Handtuch um die Hüfte, in sein Zimmer, in dem er einen Schreibtisch, einen großen Bücherschrank, einen alten

Fernsehsessel und den Schrank mit den Sportklamotten stehen hatte.

Als er die Tür geöffnet hatte, blieb er abrupt stehen. Das Zimmer war leer. Fast leer. Es war komplett in Sonnengelb gestrichen, der Holzboden frisch abgeschliffen und an den Wänden hingen großformatige Bilder von Orchideen und Wasserfällen. Ein lebensgroßer Buddha saß neben dem Fenster und lächelte ihn tuntig an. Eine Yogamatte aus Schaffell lag in der Raummitte und in den Ecken standen Kerzen.

„Solo, was zum Teufel ...“

„Du bist leider nicht David Beckham, deshalb hebe bitte dein Handtuch auf. Auf der linken Backe hast du Pickel.“ Tarzan lief rot an. Teils vor Wut, teils vor Scham. Pickel! Als gäbe es nichts Wichtigeres auf der Welt, als seine linke Arschbacke! Er trat das Handtuch wütend in den Raum und drehte sich um. Beckham oder nicht Beckham, das war hier nicht die Frage.

„Was hast du mit meinem Zimmer gemacht?“, schnaufte er und Solo schaute stirnrunzelnd auf das zerknüllte, feuchte Handtuch. Anschließend musterte sie Tarzans Vorderfront mit dem Interesse einer Fleischereifachverkäuferin.

„Hast abgenommen“, sagte sie, „das Training tut dir gut.“ Frauen! Brummend hob Tarzan das Handtuch auf und schlang es sich um seine vor einigen Wochen wieder aufgetauchte Hüfte.

„Deine Sachen sind im Keller. Ich hol dir frische Klamotten, bevor du dir noch was verkühlst.“ Genervt ging Tarzan zurück ins Bad und setzte sich auf den WC-Deckel. Der „Keller“ war das ehemalige Maschinendeck. Der Motor war längst ausgebaut und so nutzten sie die kühlen Räume unterhalb der Wasserlinie als Abstellraum und Depot für Getränkekisten und Lebensmittelvorräte.

Nach wenigen Minuten war sie wieder da und warf ihm ein Bündel Kleidungsstücke zu.

„Die Nudeln sind dann auch soweit. Wir essen draußen."

Fast wie früher. Tarzan beschlich Wehmut. Das mit dem Zimmer machte ihm zu schaffen. Ein deutlicher Hinweis, dass es sich bei dieser Trennung nicht um eine übereilte Kurzschlussreaktion handelte. Er kapierte, dass er sich immer noch Hoffnungen machte. Hoffnungen, die immer mehr im Altrheinnebel verschwanden. Es war aus. Aus und vorbei. Für immer. Für immer?

„Tarzan, kommst du?" Der Ruf der Herrin! Rasch zog er sich die dünnen Laufhosen und das Funktionshirt über. Sogar an Socken hatte sie gedacht. Und an eine leichte Windjacke. Ein Prachtweib. Leider nicht mehr seins.

Sie saßen auf der Terrasse auf dem Oberdeck und es war fast wie früher. Der Wind raschelte in den Blättern der Silberpappeln, ab und zu krächzte ein Blesshuhn und das Klatschen tauchender Kormorane unterstrichen die Idylle.

Tarzan langte tüchtig zu. Solo trank einen Weißwein und für ihn hatte sie einen Riesling-Schorle im Dubbeglas gemacht. Ein Prachtweib. Ach, das hatten wir schon?

„Startest du wirklich am Samstag?", fiel er mit der Tür ins Haus. Solo stellte das Weinglas ab und schaute ihn ungläubig an.

„Was ist denn das für eine Frage? Seit einem Vierteljahr trainiere ich für diesen Wettkampf. Warum sollte ich nicht starten? Wegen einer idiotischen SMS?" Sie verschwieg geflissentlich, welche Aufregung die Nachricht und das geplatzte Treffen bei ihr verursacht hatten.

„Ich wäre beruhigter, wenn du es lassen würdest."

„So. Wärst du das." Sie lehnte sich zurück und griff erneut zum Weinglas. „Du hast natürlich storniert. Du hast die Risiken sorgfältig abgewogen und bist zu dem Schluss gekommen, dass es ja nur ein sportlicher Wettkampf ist, den man ein andermal an einem anderen Ort zu jeder Jahreszeit wiederholen kann. Du hast storniert, ja?" Sie schaute ihm über dem Rand des Glases spöttisch in die Augen.

Tarzan kippte den Rest seiner Schorle und erhob sich.

„Danke für Speis und Trank. Ich gehe jetzt lieber." Dieser Frau etwas auszureden hieße, mit einem Feuerlöscher gegen einen Vulkanausbruch anzugehen.

„Hast du storniert? DU? HAST DU? Ja oder nein!" Aus Solos Augen sprühte der Zorn wie eine elektrische Entladung.

Tarzan wandte sich zu ihr um. Auch er war hart an der Grenze zu einem Wutausbruch.

„Nein, habe ich nicht! Aber ich hätte es getan, wenn du es getan hättest!"

„Haha!"

„Ja, genau: Haha! Und deinen Buddha, den schmeiß ich in den Keller oder gleich ins Wasser! Das ist immer noch mein Zimmer, hörst du? MEINS!"

„Das ist alles deine Schuld, und das weißt du genau! Hau jetzt endlich ab. Ich werde den Marathon laufen, und wenn du dich auf den Kopf stellst!"

Mitsamt drei Ehrenrunden mit hoch erhobenem Mittelfinger, ergänzte Tarzan in Gedanken und schwang sich auf das Fahrrad.

„Stell du dich doch selber auf den Kopf vor deinem albernen Gips-Buddha!", blökte er ihr noch zu, bevor er das Adrenalin in Schubkraft umwandelte und keuchend den Damm hinauf preschte. Auf einer Bank saßen drei alte Männer und schauten ihm kopfschüttelnd hinterher.

„Ihr mich auch, ihr Nasen!", keuchte er halblaut und stob in Richtung Mannheim davon.

Kapitel 11

Ein Wochenende wird versaut, ein Professor ist
verschwunden und ein Kommissar vermasselt
einen Safety-Check.

Heidelberg-Bahnstadt, Freitag, 13.05., 09:23 Uhr

„Was soll das heißen, es ist dicht?", schnauzte Frank Darres seinen Polier unwirsch an.

„Dicht ist dicht, Frank. Wahrscheinlich hat einer vergessen, einen Deckel zu entfernen. Auf jeden Fall haben wir keinerlei Durchfluss. Dicht eben."

„Können wir das verorten?" Der Ingenieur schaute die nagelneue, schwarzglänzende Straße hinunter. Goran Avdic zuckte die Schultern.

„Vom letzten freien Schacht aus kann es überall sein. Also so etwa fünfzig Meter."

„Fünfzig Meter?" Darres hörte sich an, als hätte der Polier fünfzig Kilometer gesagt.

„Das wirft uns zwei Tage zurück! Da geht unser Bonus flöten. Die Presse wird uns vorführen! Pfusch werden sie rufen! Pfusch!"

„Chef, was soll ich machen?"

„Was du machen sollst? Du sollst mit deinen Leuten das Wochenende durchmachen. Das sollst du! Am Montag will der Bürgermeister diese verdammte Straße einweihen. Dann muss das hier alles wieder wie ein Baby-Popo aussehen. Worauf wartest du noch? Her mit dem Bagger. Aufreißen! Sofort!"

Zehn Minuten später stoppte der gelbe Hydraulikbagger an der mit gelber Kreide markierten Stelle. Knirschend gruben sich die Zinken des Tieflöffels in den jungfräulichen Asphalt. Arbeiter mit Schaufeln sprangen in die freigelegte Grube und legten das Hauptsammelrohr des Abwasserkanals frei. Wenn sie den vergessenen Deckel ausfindig machten, konnten sie vielleicht herausfinden, wer der Schlamper war, der ihnen das Wochenende versaut hatte. Eine Kiste Bier reichte da bei Weitem nicht, um den Baufrieden wieder herzustellen. Vor ihnen rasselte der Case-Bagger weiter und riss Meter für Meter die Straßendecke auf. Verbissen wühlten sich die Männer durch den Sandboden. Nach einer Stunde erstarb urplötzlich der Motor des Baggers und Geschrei kam aus dessen Richtung. Neugierig reckten die Männer des Bautrupps ihre Köpfe, als der Ingenieur mit wehender Jacke an ihnen vorbeistürmte.

Frank Darres bot sich ein gespenstisches Bild, als er die Arbeitsstelle des schweren Geräts erreichte. Der mächtige Tieflöffel verharrte in einer Höhe von etwas über zwei Metern. In seinem Inneren Sand und Teile der Asphaltschicht. Quer über den Zinken hing ein menschlicher Körper, aufgespießt wie ein Stück Fleisch von einer Gabel. Immer mehr Arbeiter kamen hastig herbei und umringten den Bagger. Ein Azubi kotzte sich die Seele aus dem Leib. Der Baggerführer, ein älterer Kollege, hockte leichenblass in seiner Kabine. Vereinzelt wurden Handys gezückt.

„Handys weg!", brüllte der Ingenieur und schlug dem nächstbesten das Gerät aus der Hand. „Seid ihr noch zu retten! Alois! Runter mit dem Löffel! Runter, verdammt noch mal!" Es dauerte einige Sekunden, bis der Baggerführer wieder ansprechbar war, dann öffnete er ein Ventil, und mit verhaltenem Zischen senkte sich der Arm mitsamt seiner grausigen Fracht auf den Boden.

Darres rief die Polizei an und scheuchte seine Männer davon.

„Ab mit euch! In zwei Minuten will ich im Umkreis von fünfzig Metern keinen mehr sehen! Los, verschwindet und lasst die verdammten Handys stecken!" Dies war ein frommer Wunsch. Wenn sie schon das Wochenende opferten, dann wollten sie wenigsten etwas Spannendes zum Hochladen haben.

Das Polizeipräsidium war nur wenige Kilometer entfernt, die Arbeiter hörten die Sirenen praktisch schon, als die Einsatzwagen losfuhren.

***

„Die Leiche kann weg, hier ist spurenmäßig nichts mehr zu holen. Ich brauch die auf meinem Tisch, dann sehen wir weiter." Der Pathologe schüttelte den Kopf und der Assistent zog den Reißverschluss des Bodybags zu. Kriminalhauptkommissar Frank Furtwängler wiegte seinen langen Pferdekopf und ließ seinen Blick über die Szene schweifen. Dr. Bergler hatte Recht. Der Fundort des Toten war durch die Baggerarbeiten und die unzähligen Fußspuren der Arbeiter für die Spusi völlig unbrauchbar.

Der baumlange Kommissar wandte sich an den Bauleiter: „Die Leiche hat den Abwasserkanal verstopft, wenn ich Sie richtig verstanden habe?"

Der Ingenieur schüttelte heftig den Kopf, „Blödsinn! Verzeihung, Herr Kommissar, der Tote hat mit der Durchflussstörung absolut nichts zu tun. Mein Baggerführer hat ja zunächst nur die Asphaltdecke abgetragen, dann das darunter liegende Erdreich, um überhaupt an den Sammler heranzukommen. Wie ich ihren Kollegen schon gesagt habe, war die Leiche wohl nicht sehr tief vergraben."

Furtwängler machte sich Notizen in einer altmodischen Kladde.

„Sagen Sie, Herr Darres, wann haben Ihre Leute die Asphaltdecke aufgebracht?"

„Na gestern. Heute sollten die Schachtdeckel angepasst werden, die Ränder gefinisht und die Kanalisation durchgespült werden. Dabei haben wir gemerkt, dass irgendwo eine Sperre ist."

Furtwängler schaute mit seiner traurigen Don-Quichotte-Miene auf das teilweise freigelegte Kanalrohr.

„Und vorher? Wann haben Ihre Leute zum letzten Mal hier gearbeitet, bevor asphaltiert wurde?"

„Am Dienstag und Mittwoch. Da wurde alles vorbereitet und der Fertiger rübergefahren. Wir hatten vorher die Parallelstraße gemacht."

Furtwängler machte sich eine Notiz und kreiste sie dick ein. Dr. Bergler hatte den Todeszeitpunkt auf den Zeitraum zwischen dem 11. und dem 12.05. festgelegt. Das hieß, die Leiche musste irgendwann zwischen Mittwochabend und Freitagfrüh hier vergraben worden sein. Teufel ... Furtwängler schaute sich um. Die Gegend war topfeben. Einsame Straßenlampen standen Spalier. Hier und da ein Container, ein Bauwagen und einige Baumaschinen. Der

Fundort besaß keinerlei Sichtschutz. Selbst wenn hier nicht gerade reger Publikumsverkehr herrschte, würden ein oder mehrere Menschen, die ein Bündel mitten auf einer frisch planierten Trasse verbuddelten, auffallen wie Pferdeäpfel auf einem Billardtisch. Der Ingenieur riss ihn aus seinen Gedanken: „Wann können wir hier weitermachen, Herr Kommissar? Die Leiche ist ja nun fort und wir müssen zusehen, dass wir ..."

Er schwieg verdutzt, als Furtwängler die Hand hob.

„Mein lieber Herr Darres. Wenn Sie mal ausprobieren möchten, wie man sich als Beschuldigter in einer Mordsache fühlt, dann sagen Sie mir einfach klipp und klar, dass dieser bedauernswerte Zeitgenosse, der jetzt dort in dem Kastenwagen liegt, die einzige Leiche ist, die hier unter ihrer schönen schwarzen Straße liegt. Na? Wollen Sie?"

Der Bauleiter wurde bleich. „Sie meinen ... Sie wollen damit sagen, dass hier noch mehr ... Ein Massengrab? Ein ... ein ..."

Frankfurts dunkle Augen mit den Tränensäcken blinzelten nicht, als er dem Ingenieur aus kürzester Distanz in die Augen sah.

„Gar nichts will ich sagen. Ich bin Ermittler, kein Hellseher. Wir möchten Sie darum bitten, uns den Bagger samt Baggerführer für den Rest des Tages zu überlassen. Das Land Baden-Württemberg wird Ihre Firma dafür entschädigen. Ich habe einen Leichenspürhund angefordert. Wenn wir mit unserer Arbeit fertig sind, können Sie sich um ihre Verstopfung kümmern. Die des Kanals, meine ich." Frankfurts Handy klingelte und er ließ den sich aufplusternden Darres einfach stehen.

***

Mannheim, Friesenheimer Straße
Zentrale der BOROPACK AG, 10:40 Uhr

„Verschwunden? Präziser bitte. Du weißt, dass ich Allgemeinplätze verachte." Rohnburgs Augen fixierten die seines Sohnes.

„Der Professor ist nicht in Shanghai angekommen."

„Du hast natürlich …", weiter kam Rohnburg nicht. Robert unterbrach ihn „… die Fluggesellschaft kontaktiert, andere Flüge gecheckt, das Hotel in Shanghai angerufen und den deutschen Zoll eingeschaltet. Professor Lanckwarth hat Deutschland nicht verlassen. Jedenfalls nicht auf offiziellem Weg."

„Herrgott!" Zornbebend stieß Rohnburg dieses Wort aus. Zwar konnte er auch den Roboterarm dafür benutzen, etwas zu zerknüllen oder Gegenstände zu werfen, aber das war nicht dasselbe. Eines der medizinischen Geräte, die ständig die Vitalfunktionen Rohnburgs überwachten, begann zu zirpen und Robert ergriff die linke Hand seines Vaters.

„Beruhige dich. Bitte. Du weißt, dass der Prof ein Eigenbrötler ist. Vielleicht hat er sich entschieden, mit der transsibirischen Eisenbahn zu fahren." Rohnburgs Blick ließ ihn verstummen. Robert verstand auch so. Lockere Sprüche waren das Letzte, was sein Chef und Vater jetzt von ihm hören wollte.

„Bleib dran Robert. Informiere unsere chinesischen Geschäftspartner. Erzähle ihnen etwas von einer plötzlichen Erkrankung, einem Unfall oder sonst was. Du fliegst heute mit der Abendmaschine und rettest, was zu retten ist. Sieh zu, dass von unseren Partnern keiner das Gesicht verliert."

Wortlos aber zielstrebig verließ Robert das Büro. Bonifatius Rohnburg wusste, dass sich sein Sohn über das entgegengebrachte Vertrauen freute und alles tun würde, um die asiatischen Geschäftspartner zufriedenzustellen. Zeit, dass der Junge flügge wird, dachte der Konzernchef und aktivierte seinen sprachgesteuerten Computer.

„Telefonische Verbindung zu: Polizeipräsidium Mannheim." Nach einer halben Minute klang die routinierte Stimme des diensthabenden Beamten aus dem Lautsprecher.

„Polizeipräsidium Mannheim, Gaspari, was kann ich für Sie tun?"

„Bonifatius Rohnburg. Ich möchte eine Person als vermisst melden."

***

Polizeipräsidium Heidelberg-Mitte
Römerstraße 2 - 4, 12:40 Uhr

„Negativ, Herr Furtwängler", Hassan Arslan legte seinem Chef einen Ausdruck auf den Schreibtisch, „Wir haben europaweit Daten abgeglichen. Die Fingerprints, die uns die Pathologie übermittelt hat, waren qualitativ vom Feinsten. Entweder hat sich die Person nie etwas zuschulden kommen lassen oder ist noch nie erwischt worden. Der Doc schätzt das Alter des Toten auf Ende fünfzig bis knapp über sechzig. Gepflegter Körper, ohne Auffälligkeiten, kein Schmuck, allerdings Spuren einer Armbanduhr mit

Metallarmband und eines Ringes an der rechten Hand, der recht unsanft entfernt worden ist. Postmortal. Die Zähne im Oberkiefer sind Implantate. Teuer. Der Doc sagt, er werde wahrscheinlich herausfinden, wo die gemacht wurden. Dauert aber noch. Bis jetzt keinerlei Spuren, die auf einen gewaltsamen Tod hindeuten." Der rundliche Beamte mit dem breiten Mannheimer Dialekt grinste.

„Der Doc sagt, bis jetzt sieht es ganz so aus, als habe sich der Mann zum Schlafen die falsche Stelle ausgesucht."

„Kollege Hassan, Sie wissen, dass ich …"

„Ist vom Doc! Ist nix meins! Ich schwör, Cheffe!" Arslan hob die Hände und machte ein Gesicht, als fürchte er Schläge. Frankfurt musste jetzt doch lächeln. Der in dritter Generation in Mannheim aufgewachsene Hassan konnte blitzschnell in den Slang eines Neckarstädter Jungtürken wechseln, was bei manchen Ermittlungen durchaus schon Vorteile gezeigt hatte.

„Besorgen Sie mir ein Foto von der Leiche. Sagen Sie dem Doc …", Furtwängler überlegte, während seine langen Finger auf der Schreibtischplatte einen Stepptanz aufführten. „Sagen Sie ihm, ich will ein Porträt, ein bearbeitetes natürlich, das pressetauglich ist. Weiterhin will ich eine Ganzkörperaufnahme in bekleidetem Zustand, sobald die Spusi die Klamotten freigibt."

„Geht klar, Chef", Hassan steckte sein Smartphone wieder ein, mit dem er die stakkatoartigen Anweisungen seines Vorgesetzten mitgeschnitten hatte. So etwas prähistorisch Analoges wie ein Notizbuch hätte der bekennende Nerd nicht mal mit einer Beißzange angefasst.

„Äh, Chef?" Furtwängler blickte auf. „Ja?"

„Sie wollen jetzt schon die Presse einschalten?"

„Sie haben Recht, Hassan, das wäre in der Tat etwas früh. Aber wenn die Leiche bis heute Abend immer noch nicht identifiziert worden ist, werden wir das wohl tun."

„Halbe Stunde, dann haben Sie die Sedcard vom Asphaltmann, Chef."

„Was?"

Hassan war schon halb durch die Tür, als er sich noch einmal umdrehte. „Die Bilder. Halbe Stunde, höchstens eine."

„Asphaltmann", brummte Furtwängler in sein langes Kinn und schüttelte den Kopf. Die Suche nach weiteren Leichen war glücklicherweise erfolglos verlaufen und das Nervenbündel von Bauleiter konnte endlich seine Leute wieder an die Arbeit schicken. Der Kommissar holte sich die Bilder vom Fundort auf den Schirm und ging sie der Reihe nach durch. Eine Leiche in einer Straßentrasse zu vergraben, die am nächsten Tag asphaltiert wurde, war schon kreativ. Das ausgerechnet in diesem Bereich bei den Abwasserleitungen gepfuscht worden war, war einer dieser wahnwitzigen Zufälle, mit denen auch das klügste Gangsterhirn nicht rechnen konnte. Furtwängler erinnerte sich an die Geschichte von den Meteorleichen in Arizona. Das war auch so was. Er hatte es nie geglaubt, bis ihm die amerikanischen Kollegen die Unterlagen gezeigt hatten. Vor drei Jahren war das gewesen. Er war im Zuge eines Austauschprogramms vier Wochen mit den FBI-Agents aus dem Büro in Phoenix zusammen. Ein Meteor war über der Wüste ganz in der Nähe der mexikanischen Grenze zerplatzt. Ein Bruchstück hatte einen kleinen Krater von etwa zehn

Metern Durchmesser verursacht. Nachrutschender Sand hatte die Leichen von acht Frauen und Kindern freigelegt, die Ermittlungen zufolge, von Schleppern getötet wurden, nachdem diese ihren Lohn wohl erhalten hatten.

Mittlerweile war an der Einschlagstelle ein kleines Dorf aus Wohnmobilen und Trailern entstanden. „Finger Gottes" nannte sich die Sekte, die einem geschäftstüchtigen Reverend zu Ansehen und Wohlstand verhalf. Amerika eben.

Und nun der Asphaltmann. Wenigstens würden sich am Fundort keine Jünger einfinden. Hoffte der Kommissar. Seufzend wandte er sich seinen anderen Fällen zu. Nur im Fernsehen verbissen sich Ermittler in „ihren" Fall. Im richtigen Leben bearbeitete ein Team stets mehrere Fälle gleichzeitig. Wobei Tötungsdelikte eher selten dabei waren. Heidelberg ist nicht Boston. Der Mann unter der Straße war bisher lediglich eine nicht identifizierte männliche Leiche. Die Sache mit den Bildern war fast schon zu viel des Guten. Trotzdem ... Der hagere Furtwängler hatte das Gefühl, dass dieser Tote noch für einige Aufregung sorgen würde. Zu komplex war die Beseitigung gewesen. Wäre nicht das Abwasserrohr verstopft gewesen, die Leiche wäre in hundert Jahren nicht gefunden worden. Da hatte sich einer richtig reingekniet. Sich was einfallen lassen. Da wollte einer einen verdammt guten Job abliefern.

***

„Polizei!" Bluhm hielt seinen Dienstausweis in die Höhe und wartete darauf, dass der Pförtner den Schlagbaum an der Werkseinfahrt öffnete. Das tat er aber nicht. Stattdessen schepperte seine Stimme aus dem Lautsprechergitter der Kabine: „Setzen Sie bitte zurück und halten Sie auf der Wartespur für Pkw. Kommen Sie anschließend mit Ihrem Ausweis zu mir in die Anmeldung. Linke Tür." Bluhm schnaubte und schleuderte das Plastikkärtchen auf das Armaturenbrett, wo es in einen der Luftschlitze rutschte. Krachend rammte er den Rückwärtsgang hinein und wäre beinahe gegen einen hinter ihm stehenden Lkw gefahren.

„Das üben wir aber noch, nicht wahr, Ali?", rief der Kutscher gönnerhaft zu ihm herunter. Bluhm zeigte ihm den Finger und wurstelte seinen Granada aus der Einfahrt.

„Selber Ali, du Vollpfosten", brummelte er, als er endlich auf der ihm zugewiesenen Fläche parkte. Wo ist der Dienstausweis? Verdammt, wo hatte er den denn … (!) Scheiße! Er stieg aus und beäugte die Luftaustritte hinter der Windschutzscheibe von außen. Auf der linken Seite glaubte er, ein Stück des Plastikkärtchens zu erkennen. Er setzte sich wieder auf den Fahrersitz und versuchte, mit der Hand in die Nähe zu gelangen. Selbst als er schon akute Luftnot verspürte, da sich das Lenkrad in seinen Bauch presste, waren seine Arme immer noch etwa zehn Zentimeter zu kurz. Ganz zu schweigen von seinen arthritischen Wurstfingern, die für ein solches Vorhaben denkbar ungeeignet waren. Heftig schnaufend wuchtete er sich wieder aus dem Auto, tastete nach seiner Geldbörse in der Lederjacke und stiefelte mit hochrotem Kopf in die Portierbude.

„Linke Tür, der Herr! Links, habe ich gesagt!", trompetete der Werkschützer und fuchtelte gebieterisch mit den Armen. Bluhm stiefelte zur anderen Seite und baute sich vor dem verschrammten Tresen auf. „Mein Dienstausweis ist, äh, der ist …“

„Perso reicht“, erklärte der Mann und streckte die Hand fordernd aus. „Wenn Sie mit dem Wagen ins Werksgelände möchten, brauche ich noch den Führerschein, wenn Sie bitte nach links schauen würden …“ Verdutzt wandte Bluhm den Kopf und blickte direkt in eine kleine Kamera, die auf einem Tischstativ befestigt war.

„Danke, lächeln brauchen Sie nicht, ist nur für den Tagespass.“ Bluhm reichte dem Mann noch seinen Führerschein und dieser begann, emsig auf einer Tastatur herumzuhacken.

„Zu wem möchten Sie denn?“

„Herr Rohnburg erwartet mich.“ Bluhm hörte einen Drucker arbeiten und der Pförtner entnahm dem Gerät einen Bogen Papier, von dem er einen schmalen Streifen abtrennte, diesen faltete und in ein durchsichtiges Plastikgehäuse steckte, an welchem ein Clip befestigt war. Den Rest des Zettels legte er auf den Tresen.

„Unterschreiben sie unten links. Den Schein bitte deutlich sichtbar im Wagen auslegen, den Tagespass befestigen Sie bitte an Ihrer Kleidung.“ Bluhm machte eine Grimasse, als er das Foto auf dem Ausweis sah. Er sah aus wie ein Idiot.

„Ich frage bei Herrn Rohnburg nach. In der Zeit können Sie an der Bildschirmsäule hinter Ihnen den Safety-Check machen.“

„Hä?“

„Berühren Sie einfach den Bildschirm. Das System startet dann von alleine. Schauen Sie sich den Film an und beantworten Sie im Anschluss die Fragen. Einen Fehler dürfen Sie machen. Hier, Ihr Führerschein, den Ausweis behalte ich bis zum Ende Ihres Besuchs."

„Sie ..." Der Mann schaute ihn mit einem Blick an, der sehr deutlich machte, wer hier der Chef im Ring war. Bluhm war es ganz sicher nicht.

Zehn Minuten später, Bluhm hatte den Safety-Check wiederholen müssen, da er zwei Fragen falsch beantwortet hatte, führte ihn eine attraktive ältere Dame mit außerordentlich bemerkenswerter Rückfront in das Büro von Bonifatius Rohnburg.

Der Mann im Rollstuhl lächelte und fuhr ihm ein Stück entgegen. Augenblicklich erkannte er die Unsicherheit, welche die meisten Menschen befällt, wenn sie einem Behinderten begegnen.

„Hauptkommissar Bluhm, Guten Tag, Herr Dr. Rohnburg."

„Guten Tag. Ich kann Ihnen nicht die Hand geben, Herr Kommissar. Nicht mal einen Finger, aber ich heiße Sie willkommen und möchte mich dafür bedanken, dass Sie mir den Weg ins Präsidium erspart haben." Das mit dem Finger war Absicht! Bluhm wurde das klar, als er den gigantischen Bildschirm bemerkte, der verschiedene Bereiche des Werks zeigte. Unter anderem auch die Betriebszufahrt mit dem Pförtnerhaus ...

„Bitte nehmen Sie Platz. Tee, Kaffee?"

„Kaffee wäre nicht schlecht."

Wie auf Kommando erschien die breithüftige Sirene mit einem Tablett, auf dem Tassen und eine silberne Kanne standen.

Als sie den Raum wieder verlassen hatte und Bluhm die Arbeit des Hydraulikarms staunend beobachtete, der ihm den Kaffee eingoss, ergriff Rohnburg wieder das Wort:

„Ein leibhaftiger Kriminalhauptkommissar. Dabei wollte ich nur eine Vermisstenanzeige aufgeben. Was verschafft mir diese Ehre?"

Bluhm schlürfte den Kaffee hörbar und stellte die zierliche Tasse vorsichtig wieder ab.

„Wir leisten Amtshilfe für die Kollegen aus Heidelberg. Dort wurde heute Morgen bei Bauarbeiten eine männliche Leiche gefunden. Sie haben bereits am Telefon Daten und Beschreibung Ihres Mitarbeiters angegeben. Es besteht durchaus die Möglichkeit, dass es sich bei dem unbekannten Toten um die vermisste Person handelt. Ich habe ...", Bluhm nestelte mehrere längs gefaltete Blätter aus der Innentasche seiner Lederjacke, glättete sie auf dem Tisch und drehte sie so, dass Rohnburg sie sehen konnte, „... Ausdrucke von Bildern mitgebracht. Sie sind natürlich bearbeitet worden und es ist möglich, dass die Person vor ihrem Tod durchaus anders ausgesehen haben könnte."

Der letzte Satz war unnötig. Rohnburg wurde bleich, seine Lippen bebten und etwas an seinem Rollstuhl begann zu zirpen. Bluhm erschrak. Das hätte ihm noch gefehlt, dass der hier irgendwelche unappetitlichen Anfälle bekam oder noch Schlimmeres. Ein Blick in Rohnburgs Augen, als dieser wieder den Kopf hob, beruhigte ihn jedoch schnell wieder. Rohnburg fixierte ihn mit beinahe hypnotischer Intensität.

„Er ist es." Die Stimme des Industriellen zitterte nur leicht. „Dieser Mann ist ... war ... mein wissenschaftlicher

Entwicklungsleiter Professor Ernst-Ephraim Lanckwarth. Was ist mit ihm geschehen? Was, um Himmels Willen, ist mit ihm passiert?" Rohnburg hatte die Stimme nur ganz leicht erhoben. Trotzdem bemerkte Bluhm die Wut, die in dem gelähmten Mann aufstieg.

Bluhm zuckte die Schultern. „Die Kollegen in Heidelberg sind dran. Ich darf Ihnen natürlich keine Auskunft über Einzelheiten geben, aber die Lei…, der Körper weist keine Merkmale von Gewalt auf. Diese Information ist streng vertraulich, Herr Rohnburg." Der Mann im Rolli nickte unmerklich. Er wirkte für einen Moment wie weggetreten. Dann begann er zu sprechen. So leise, dass sich der Kommissar vorbeugen musste, um etwas zu verstehen.

„Er sollte jetzt eigentlich in Shanghai sein. Wir sind seit zwei Jahren dabei, in China Fuß zu fassen. Die Verhandlungen sind in einer entscheidenden Phase angelangt. Lanckwarth spricht … sprach … fließend Mandarin. Er war außerdem Gastprofessor am Ostasieninstitut. Er hat über zehn Jahre in China gelebt. Er war unser Trumpf in der Geschichte. Die Chinesen vertrauten ihm. Als er nicht zur vereinbarten Zeit dort ankam, drohte alles zusammenzubrechen. Chinesen sind da sehr speziell. Ich habe meinen Sohn geschickt. Er fliegt noch heute Nacht. Aber das ist nicht dasselbe. Eine Katastrophe … Herr Kommissar!", Bluhm zuckte zusammen, als Rohnburg wieder in gewohnter Lautstärke sprach, „Finden Sie heraus, was mit dem Professor passiert ist. Ich werde Sie und Ihre Kolleginnen und Kollegen mit allen Kräften unterstützen! Germaine!" Aha. Germaine heißt das Vollweib. „Herr Rohnburg?" Irgendwo musste es verborgene Bühnenaufzüge geben, so plötzlich stand die dralle Lady wieder im Raum.

„Der Herr Kommissar kommt gleich bei Ihnen vorbei. Weisen Sie den Werkschutz an, ihm einen Dauerausweis auszustellen. Der Kommissar entscheidet, wie viele davon er noch benötigt. Ich möchte, dass die Herrschaften von der Polizei jederzeit direkten Zugang zu meinem Büro erhalten.

Der Prof ist tot."

Germaine war gut geschult. Lediglich ein kurzes, tiefes Einatmen belastete die Statik ihres BHs, dann gewann wieder ruhige Professionalität die Oberhand.

„Ich kümmere mich sofort darum. Das tut mir sehr leid, mit dem Professor." Die Etikette verbot wohl ein direktes Nachfragen, aber Bluhm hätte seinen eigenen, ebenfalls enormen Hintern verwettet, wenn er hier nicht gerade die Aktivierung des betriebseigenen Buschfunks miterlebt hätte.

Apropos Buschfunk. Da gab es doch einen Asylanten, dem er großzügig Unterschlupf gewährte. Der war doch hier in genau diesem Laden tätig gewesen.

***

Polizeipräsidium Heidelberg-Mitte
Römerstraße 2 - 4, 14:10 Uhr

„Was soll das sein?" Kommissar Furtwängler schaute Arslan fragend an. „Ein Handy, Herr Furtwängler."

Der Kommissar schaute seinen Kollegen mit einem Blick an, den er eigentlich für die Ich-war's-nicht-Beteuerungen von Meuchelmördern nutzte, deren Hände noch um den Hals des Opfers gekrallt waren.

„Ich erkenne durchaus, um welches Gerät es sich hier handelt, auch wenn es aussieht, als stamme es aus dem Technoseum."

Arslan grinste sein Gebrauchtwagenverkäufergrinsen und legte eine dünne Mappe dazu. „Hier, ich habe alles ausgedruckt, so haben Sie es doch am gernsten, oder? Aber ich fasse mal kurz zusammen. Erlaube, Kommisario?"

Furtwängler, dem die italienisch-türkische Kanaksprak, die Arslan manchmal benutzte, fast immer die Laune hob, zuckte diesmal nur genervt die Schultern und machte eine zustimmende Handbewegung.

„Also!", Arslan warf sich in Positur, als wolle er gleich eine Arie schmettern, „dieses museale Gashandy gehörte dem Asphaltma…, dem mittlerweile identifizierten Toten aus der Bahnstadt, diesem Doktor Tankwart oder so."

Der Kommissar verzichtete auf eine Berichtigung, Hassan wusste sehr genau, wie der Professor hieß, die Verballhornung, Verballerung, wie er selber sagte, war eines seiner Markenzeichen. Ein Clown. Aber wenigstens einer, der gute Arbeit ablieferte.

Hassan fuhr fort, „Also, da gibt es doch diesen Kollegen aus Mannheim, diesen Tulpenpaul, oder wie immer der genannt wird. Der hat doch in dieser Marathonsache etwas losgelassen, von wegen Attentatsdrohung, oder so. Ich habe die Mannheimer kontaktiert. Weil von diesem schönen historischen Stück", er hielt es demonstrativ gegen das Licht, als handelte es sich um einen Diamanten, „genau die

SMS gesendet wurde, die den Bloomäulern solche Bauchschmerzen beschert!"

Jetzt horchte Furtwängler auf. Bisher war man bei den Ermittlungsbehörden sehr vorsichtig und äußerst reserviert mit dieser ominösen SMS umgegangen. Ausgerechnet Solo und Tarzan hatten die bekommen. Inhaber einer Sicherheits- und Beratungsfirma, an die er sich nur allzu gut erinnerte. Damals hatte er noch unter der Fuchtel des legendären Rottweilers, wie Elke Lukassow hinter vorgehaltener Hand genannt wurde, gestanden und war im gleichen Dienstrang wie jetzt Hassan Arslan gewesen. Die beiden schienen von einem Kriminalfall in den nächsten zu stolpern. Allerdings arbeiteten die zwei für die BORO-PACK AG, genau die Firma, für die auch der asphaltierte Professor gewerkelt hatte. Der sollte ausgerechnet die zwei Figuren, die ihn überwachten, vor einem Attentat auf den größten Marathon der Region gewarnt haben? Das war TV-Modus pur, wie Furtwängler solche krampfig zusammenkonstruierten Geschichten nannte. Tatort-Plot, aber nicht für einen guten. Trotzdem. Der tote Prof und diese Kartonklitsche, die auch noch einer der Hauptsponsoren des Marathons war, hatten eine wasserdichte Verbindung. TV hin oder her. Der Fund des Handys schloss einen Kreis. Er musste unbedingt mit den Kollegen aus Mannheim darüber reden. Seine Dienststelle hatte den Mord, wenn es überhaupt einer war, zu klären. Die Mannheimer sollten sich mit dieser komischen Drohung abgeben. Bei Ergebnissen schloss man sich sowieso miteinander kurz.

Furtwängler widmete sich wieder seinem Kollegen: „So wie Sie mit dem Ding umgehen, nehme ich an, dass die

Spusi schon damit fertig ist. Ab damit in den Asservatenraum und holen Sie mir den Bluhmepeter, ich meine den Kollegen Bluhm aus Mannheim, ans Rohr."

Hassan nickte und schaute ihn mit großen Augen an. Der Kommissar begriff. „Danke Arslan, gute Arbeit." Zufrieden trollte sich der Kollege.

***

Liebevoll drapierte Tarzan seine Laufausrüstung auf dem flüchtig gemachten Bett: T-shirt, Funktionsjacke, kurze Hose, Laufsocken. Alles in Blau. Die Zeiten, da man(n) in bunt zusammengestoppeltem Outfit in der Öffentlichkeit Schweiß vergoss, waren auch für ihn vorbei. Das Arrangement wurde komplettiert von Mütze, Vaseline, einer Hüfttasche mit Halterungen für fünf kleine Trinkflaschen, das Handy, einen Zehn-Euro-Schein und die Hausschlüssel. Gerade wollte er mit dem Handy das Stillleben festhalten, da klingelte es. Die Nummer kannte er nicht, Festnetz Mannheim. Die ersten drei Ziffern der Rufnummer wiesen auf ein Behördentelefon hin.

„Ja", meldete er sich reserviert.

„Polizeipräsidium Mannheim, melden Sie sich gefälligst ordentlich mit Namen, Dienstgrad und Standort, Sie Flachpfeife!", dröhnte es gutgelaunt aus dem Gerät.

„Selber Flachpfeife, Bluhmepeter! Was liegt an? Sehnsucht nach richtigem Bier?"

„Stetig wie die Passatwinde, mein Freund, aber ich bleibe hart. Pass auf: Es geht um diese komische SMS, die Solo erhalten hat. Erinnerst du dich?"

„Das Treffen, was geplatzt ist, meinst du?"

„Genau das, hör zu!" Bluhms Stimme hatte jede Flapsigkeit verloren. Tarzan horchte auf.

„Das sage ich dir jetzt im Tiefflug unter dem Radar, verstanden? Die Heidelberger Kollegen haben das Handy gefunden, von dem aus die Nachricht verschickt wurde. Es gehörte einem gewissen Professor Ernst-Ephraim Lanckwarth, der …"

„Unser Prof, den wir observiert haben. Der Obereierkopf der BOROPACK. Der größte Widerling unter der Sonne der Kurpfalz."

Tarzans Zorn auf den arroganten Prof kochte sofort wieder hoch.

„Nicht mehr, mein Freund, nicht mehr. Er hat diesen Platz geräumt und liegt jetzt in einem Kühlfach in der Gerichtsmedizin. Also bitte etwas mehr Respekt vor dem Verblichenen, Herr Zahn."

„Ups!"

„Genau. Ich muss jetzt los. Mein Chef hat einen Termin beim Veranstalter des Marathons, und ich will dabei sein. Sieht ganz so aus, als hätten wir tatsächlich ein Problem, ich …", Tarzan unterbrach ihn, „Der Prof, was ist mit dem passiert? Wurde der ermordet? Wisst ihr schon …?"

„Er ist tot. Das wissen wir mit Sicherheit. Der Fall liegt in Heidelberg. Wir haben alles aus zweiter Hand. Todesursache bisher nicht bekannt. Keine äußeren Verletzungen. Er wurde im Untergrund einer Straße verscharrt, die kurz darauf asphaltiert wurde. Weil beim Abwasserrohr gefuscht wurde, haben sie die Straße am nächsten Tag wieder aufreißen müssen. Mord oder nicht. Jedenfalls hat sich irgendwer mächtig einen Kopf gemacht, wie er die Leiche effektiv verschwinden lassen kann. Ich denke nicht, dass es darum ging, Bestattungskosten zu sparen. Ich rufe dich später nochmal an. Ich brauche sämtliche Informationen von dir und Solo über den Professor. Ihr wart seit Wochen an ihm dran. Alles ist wichtig. Ich muss weg!"

Aufgelegt. Tarzan schaute verdutzt das Handy an. Bluhm war definitiv zu oft mit Elke Lukassow zusammen.

Kapitel 12

Solo entdeckt, dass ein Pontiac Firebird kein wirkliches Stadtauto ist, Tarzans politische Orientierung wird offengelegt und ein Marathon wird nicht abgesagt.

„Ja?" Solos Stimme klang reserviert. Er musste sein Handy auf Rufunterdrückung schalten. Doch was sollte das nützen? Es tat weh. Dieses kleine kalte Wörtchen „ ja". Der Ton, den man anschlägt, wenn das Telefon zur Unzeit klingelt. Oder, wenn ein Kotzbrocken anruft. Hoffte er wirklich noch auf ein erlösendes Erwachen aus diesem Alptraum? Haha, Spaß, Spaß, Spaß, alles wieder gut? So naiv war nicht einmal er. Trotzdem. Hoffnung. Die wird ihn wohl für immer begleiten. Er räusperte sich, gerade als er ihren ungeduldigen Atemzug hörte.

„Hallo … ich bin's." Gekünstelte Normalität, wie ein Zehnjähriger beim ersten Auftritt auf der Schülerbühne. Lächerlich. Zur Sache, Mensch.

„Der Prof ist tot."

„Ich weiß, Elke hat es mir erzählt." Elke. Klar. Ihr Verbindungsoffizier. So, wie Bluhm seiner ist.

„Peter will mit uns über ihn reden. Unsere Arbeit in der BOROPACK. All das eben. Ermittlungen."

„Du weißt, dass wir über unsere Klienten keine Auskunft geben, nicht wahr? Das weißt du doch?"

Es war haargenau der Ton, den eine ungeduldige Mama gegenüber ihren quengeligen Sprösslingen anschlägt, die nicht einsehen wollen, dass rohe Möhrchen gesünder sind als Kinder-Pingui. Tarzan wurde ungeduldig.

„Herrgott, der Professor ist tot. Verscharrt unter einer frisch asphaltierten Straße! Was soll der noch dagegen haben?"

„Der Prof ist nicht unser Klient." Stimmt. Ihr Kunde hieß Bonifatius Rohnburg. Der lebte. Zumindest sein Kopf. Tarzan rief sich selbst zur Ordnung. Ist doch wahr!

„Wir sollten das gemeinsam besprechen. Hast du Zeit?" Tarzan zwang sich zu einem geschäftsmäßigen Tonfall. Solo seufzte.

„Ich fahre nachher in den Rosengarten. Ich hole meine Startnummer ab und wollte über die Marathonmesse bummeln. Sechzehnhundert?" Tarzan überlegte nicht lange. Jetzt war es kurz vor fünfzehn Uhr. Kein Problem. Gute Idee, die Startnummer heute schon abzuholen. Brauchte er morgen nicht Schlange stehen. Wenn der Bluhmepeter anrief, konnte er ja zu ihnen stoßen. Zeugenbefragungen bei Cappuccino und Käsesahne waren ihm bedeutend sympathischer als im Präsidium.

„Vier Uhr, abgemacht, bis …" Aufgelegt. Solo war definitiv zu oft mit Elke Lukassow zusammen.

***

Lampertheimer Altrhein, Wohnschiff „Lady Jane",
gleiche Uhrzeit

„Wenn'd nix dagegen host, komm i mit zu dieser Mess'n." Elke schlürfte ihren Kaffee und stellte die leere Tasse auf den Küchentisch. Untertassen gab es nur sonntags. Außerdem passten die nicht zu den Pötten, in denen man zur Not auch einen ordentlichen Rührteig zubereiten konnte.

„Ja, mach mal. Ist vielleicht ganz gut, wenn du dabei bist." Solo fasste sich an die sommersprossige Nase. Elke, die Körpersprache deuten konnte wie ein geschulter Psychologe, lächelte.

„Des kratzt di immer noch gewoltig, wos?"

„Ach, Elke …"

Die korpulente Ex-Kommissarin erhob sich und nahm ihre Freundin in die Arme.

„Des basst scho. Ois wird gut. Egal, wie und egal wann. Mit dem Schatzerl oder ohne den. Aufi, pack ma's! Aber i nehm mein eigenes Auto. In deim Cabrio zieht's wie in am rasenden Heuschober. Geh ma!"

Auf der Fahrt nach Mannheim musste sich Solo zwingen, ihre Aufmerksamkeit auf den Straßenverkehr zu richten. Mit dem Schatzerl oder ohne den … Wie eine defekte Platte rotierte Elkes Spruch in ihrem Kopf herum wie ein gefangener Hamster. Ohne den … Bisher hatten ihr Frust und ihre Wut über die geplatzte Hochzeitsfeier wie ein stetig wärmendes Feuer in ihr gebrannt. Jetzt, da so viel Zeit vergangen war, dass sie diese unselige Sache mit etwas mehr Abstand und Sachlichkeit betrachten konnte, jetzt war da diese Unsicherheit. Klar, Tarzan war ein Schwein. Männer sind Schweine. Ist so. Aber sie hatte sich noch keinerlei Gedanken über ihr weiteres Leben gemacht. Ohne das „Schatzerl", wie ihn Elke genannt hat. Zwistigkeiten und Kräche hatte es immer schon gegeben. Rausgeschmissen hatte sie ihn auch schon. Paar Tage. Aber es hatte sich immer wieder irgendwie gegeben. Das Schicksal, der große Chiropraktiker, hatte alles wieder eingerenkt. Mit Knirschen und mit Schmerzen, aber dann war alles wieder gut. So lange wie diesmal hatte es noch nie gedauert. Vermisste sie ihn? Den? Zornig gab sie Vollgas und die Kraft des Achtzylinders drückte sie in den Sitz. Aufpassen, die Hinterachse! Solo ließ das Gaspedal los. Sie hatte keinen Bock, wieder sechs Wochen auf Ersatzteile aus den USA zu warten. Feixend überholte sie ein junges Kerlchen im geleasten CLS. Mach mal, Bubi, und pass auf, dass du deinen Pflegebonus nicht gefährdest, dachte Solo und lächelte. Morgen ist Marathon. Ihr erster! Zweiundvierzig Kilometer Zeit, um sich Tarzan aus dem Kopf zu treiben. Schatzerl! Pah! Bin ja mal gespannt, ob der wirklich den Halben läuft!

Die Ampeln in Richtung Waldhof waren ausnahmsweise nicht alle rot und Solo kam recht flott vorwärts. Bis zur Jungbuschbrücke, die in einer weiten S-Kurve den Neckar überspannte. Stau. Genervt beobachtete sie, wie die Ampel zweihundert Meter vor ihr zweimal grün wurde, ohne dass Bewegung in die Autoschlange kam. Zwischen den Häuserschluchten der Innenstadt tönte ein sich näherndes Martinshorn. Weit vorne öffneten sich Autotüren und Leute stiegen aus. Na toll. Sie schaute auf die Uhr: Halb Vier. Zeit genug.

Einige Meter unter ihr fuhr Tarzan auf dem Mountainbike den Neckaruferweg entlang. Der Blechlawine auf der Brücke schenkte er ein Lächeln. Solos 68er Firebird konnte er nicht sehen, sie befand sich auf der linken Spur und ein Paketdienstwagen, der die gesamte Umgebung mit türkischer Musik beschallte, stand daneben.

Radfahren in der Stadt machte Spaß. Man musste nicht ständig irgendwo einen Parkplatz suchen und konnte direkt bis vor die Tür fahren. Tarzan fuhr bis zur Friedrich-Ebert-Brücke, überquerte den Neckar, folgte der B38 bis zum Nationaltheater und bog dort in die Berliner Straße ein, die ihn direkt zum Congress Center Rosengarten führte. Er kettete das Rad an einem der zahlreichen Absperrgitter an und stiefelte in Richtung Haupteingang. Auch heute schon ging hier ordentlich die Post ab. Die Marathonmesse war in vollem Gang. Der Platz um den Wasserturm, das Wahrzeichen Mannheims, war für den kompletten Verkehr gesperrt. Überall Buden und Zelte, ohrenbetäubende Musik wechselte sich mit Lautsprecherdurchsagen ab und das kunterbunte Läufervolk belebte die Szene. Tarzans Herz schlug höher. Wettkampfatmosphäre! Lange her, dass er sich hier zugehörig gefühlt hatte. Aber das Training hatte sich gelohnt. Vier Kilo hatte er verloren, obwohl das regelmäßige Training auch für Muskelzuwachs gesorgt hatte. Vor einer Woche hatte er seinen letzten langen Lauf absolviert: Fünfzehn Kilometer. In knapp zwei Stunden. Inklusive einer Blase am linken Fuß und wundgescheuerter Achselhöhlen. Rasur plus Vaseline sollten zumindest diese Problemzone eliminieren. Das andere, üblere Problem war nicht so leicht zu behandeln: Vier Wochen Training reichen nicht für einen Halbmarathon. Nicht, wenn man vorher nur sporadisch kleine Alibiläufchen gemacht hatte. Nicht, wenn man fast zwanzig Kilo Übergewicht mit sich herumschleppte und schon gar nicht, wenn man 57 Jahre alt war. Tarzan wusste das. Trotzdem. Sein Unterbewusstsein flüsterte ihm schon seit Tagen ein, wenn er den Halben packte, dann würde das

auch wieder was mit ihm und Solo. Eine Tarzan-Spezia-
lität, diese Selbstversprechungen: Bei einem Trainingslauf
letzte Woche war er auf der Ludwigshafener Rheinseite in
Richtung Parkinsel gelaufen. Ein Containerschiff fuhr neben ihm zu Berg. Der Koppelverband schaffte mit singen-
den Turbos und schäumendem Kielwasser knapp 10km/h.
Tarzan nahm sich vor, das Schiff bis zum Ostasieninstitut
überholt zu haben. Den Kopf so rot wie die Backbordleuch-
te des Frachters, der Atem rasselnd wie eine alte Ankerkette
und das Herz wummernd wie ein Deutz-Diesel hatte er es
schließlich geschafft. Knapp! Aber das wird wieder, mit
Solo! Jetzt also der Halbmarathon. 21,1 Kilometer.

Er schaute auf die Uhr: Viertel vor vier.

Um diese Zeit hatte es Solo endlich bis zur Abfahrt in
die Hafenstraße geschafft. Hundertfünfzig Meter! Das war
möglich, weil noch andere vor ihr diese Idee hatten. Nun
versuchte sie, über die Neckarvorlandstraße auf den Ring
zu gelangen. Auch hier stockender Verkehr, aber immerhin
zögerliche Bewegung.

Tarzan betrat das Foyer des Rosengartens. Das Congress
Center Rosengarten bestand aus dem prächtigen Jugendstil-
bau direkt am Friedrichsplatz und modernen Anbauten.
Insgesamt 44 Säle mit 22 000 Quadratmetern Platz standen hier für Veranstaltungen und Kongresse zur Verfügung.
Die Laufmesse befand sich im Foyer im 1. OG. Aufzüge,
Rolltreppen und Stufen kanalisierten die Besuchermengen.
Überall sah Tarzan Menschen mit schwarzen Beuteln mit
dem Aufdruck 42,195. Die gab es bei der Startnummern-
ausgabe, die direkt an den Messebetrieb anschloss. Tarzan
suchte die richtige Warteschlange. Lange musste er nicht

anstehen, der Andrang war überschaubar und das Team an den Ausgabestellen arbeitete routiniert und zügig. Als er endlich die 2687 erhalten hatte und nun auch ein Beuteltier war, schaute er sich suchend um. Solo müsste mittlerweile auch schon hier sein, oder?

Oder: In der Tiefgarage des Dorint-Hotels quietschten die breiten Redline-Reifen des Pontiac auf dem Weg ins dritte Tiefgeschoss. Drei freie Parkbuchten hatte sie schon frustriert wieder aufgegeben. Europäische Parkplätze waren eher am Golf orientiert. Endlich gelang es ihr, den Straßenkreuzer auf zwei nebeneinanderliegenden freien Plätzen abzustellen. Allein die Türen des Bird waren so lang wie ein ganzer Smart. Ihre Uhr zeigte zehn Minuten nach vier. Glücklicherweise lag das Dorint in unmittelbarer Nachbarschaft zum Rosengarten.

Sie schulterte ihre olivgrüne Armeetasche und ging mit langen Schritten in Richtung Aufzug.

Tarzan, der gerade drei Müslipackungen erstanden hatte (nimm drei, zahle zwei), stutzte und kniff die Augen zusammen, als er in einiger Entfernung an einem Stand für Funktionsbekleidung eine ihm wohlbekannte Gestalt erblickte: rundlich und grün, wie ein lebendes Halma-Männchen, beugte sich da eine Frau in Ganzkörperloden über den Tisch und ließ sich wohl vom Verkaufspersonal gerade etwas zeigen. Elke Lukassow. Auf der Marathonmesse! Das war in etwa so, als habe sich die Queen Mary II in eine Ruderregatta verschwommen. Na ja, er selber sah auch nicht gerade aus wie Arne Gabius. Wenn die da rumschlich, war Solo bestimmt auch nicht weit. Frauenpower pur. Tarzan setzte sich in Bewegung und es gelang ihm, unbemerkt von der Kommissarin a. D. an den Stand zu gelangen. Fast hätte er losgeprustet, als er sah, was der smarte Trikotverkäufer ihr da gerade zeigte: ein Lauftrikot aus Funktionsfasern, auf das Lederhosen samt kariertem Hemd aufgedruckt waren. Inklusive röhrendem Hirsch auf dem Brustgurt.

„Tut mir leid, meine Dame, aber 2XL ist das Größte, was der Hersteller liefert. Was für Umfänge laufen Sie denn?" Der Kerl gefiel Tarzan. Weder grinste er überheblich, noch behandelte er die korpulente Bajuwarin von oben herab. Die Vorstellung einer durch Wald und Feld joggenden Elke war aber schon einigermaßen beängstigend für Tarzan. Wagners Walkürenritt kam ihm in den Sinn. Ja, er war ein gehässiger Stänkerer. Selber kein Adonis, aber sich lustig machen über arme adipöse Menschen. Na ja, arm war die Lukassow nicht. Weder finanziell noch mental. Die war keine gemütliche alte Dampflok. Die war ein Panzer. Abrams. Mindestens! Die gab's ja auch in Grün.

Ein Geschützturm wurde geschwenkt: „Ja do schau her, der Herr Tarzan. Sag, wuillst dir net so a fesches Wamserl anziehen, wennst morgen die Rekorde brechen tust?"

„Ich bin froh, wenn ich morgen überhaupt nicht brechen tu", übernahm Tarzan die süddeutsche Brachialgrammatik. „Bist du mit Solo hier?"

„Verabredt bin i mit der. Aber i bin mit meinem eigenen Auto do. Und du? Scharrst schon mit die Hufe?"

„Wir haben uns auch verabredet. Müssen reden. Die Bull... die Ermittlungsbehörden wollen uns über den Professor befragen. Solo ist nicht ganz einverstanden damit. Datenschutz und so."

Elkes Blick wandert ab und sie winkt jemandem zu.

„Schau, da isse! Hier, Solo, do samma!"

Einige Messebummler registrierten belustigt die aufgeregt winkende Lodenkugel. Solo winkte zurück und lächelte. Tarzan wärmte es das Herz, auch wenn er wusste, dass dieses Lächeln Elke galt.

„Hi", Solo grüßte Tarzan und Elke wie alte Freunde, die sich oft sehen. Entspannt, aber nicht aufdringlich. Kein Bussi, keine Drückerei. So könnte es sein, in Zukunft. Wenn alle Wunden verheilt waren, aller Groll begraben, alle Hoffnung verloren ist.

„… und eine Wurst essen oder so." Tarzan schreckte aus seinen trüben Gedanken auf. Er hatte nicht zugehört. War gar nicht da für einen Moment.

„Äh ja, gute Idee!", stammelte er unbeholfen, als er die fragenden Blicke der beiden Frauen bemerkte.

„Pack ma's!", kommandierte Elke und Tarzan dackelte einfach mit. Draußen, an einer der zahlreichen Buden, belegten sie eine Bierbankgarnitur. Tarzan holte alkoholfreies Weizenbier und Bratwürste mit Pommes. Morgen war Laufen angesagt. Energie brauchte des Sportlers Leib!

„Wenn hier wirklich einer was geplant hat …" , Solo stellt ihr Bier ab und schaut sich um. „Wie viele laufen hier eigentlich mit? Zehntausend oder so. In der Werbung sprechen sie von hunderttausend Zuschauern. Da brauchst du keinen Riesensprengsatz. Da genügt schon ein Polenböller, und du hast voll die Massenpanik." Tarzans Handy klingelte.

„Ja?" Tarzan deutete auf die Bierflaschen und formte mit der rechten Hand einen dicken Bauch vor sich. Die Frauen kapierten: Bluhm.

Tarzan sagte noch ein paarmal ja und beendete das Gespräch.

„Er ist hier. Bluhmepeter. Wir sollen im Rosengarten auf die Ebene 3 kommen. Seminarraum 3.2. Er erwartet uns."

„Nach dem Essen", befahl Elke und biss herzhaft in ihre Rindswurst.

***

Ebene 3 war für die Öffentlichkeit nicht zugänglich. Dies wurde durch eine Tafel und ein schwarzes Absperrband, wie man es auch auf Flughäfen findet, deutlich gemacht. Und durch einen betont gelangweilt schauenden Anzugträger mit Knopf im Ohr. Was soweit noch ganz üblich wirkte. Weiter hinten im Flur, der zu verschiedenen Sälen und Räumen führte, stand ein SEK-Mann mit einer Heckler & Koch MP7. Was absolut unüblich war. Der Ohrknopfmann ließ sich die Ausweise zeigen und öffnete die Absperrung. Er gab dem SEK-Mann ein Zeichen und winkte die drei durch.

Der Mann mit der MP nickt ihnen freundlich zu und öffnete die Tür. Wenigstens trägt er keine Sturmhaube, dachtet Tarzan und blieb noch im Türrahmen stehen, als wäre er gegen eine Wand gelaufen. Er wusste selber nicht genau, was er eigentlich erwartet hatte. Bluhmepeter, auf einen Stuhl gelümmelt, mit Flaschenbier und kalter Kippe im Mund. So in der Art. Elke knuffte ihn leicht in die Seite und reaktivierte Tarzan damit wieder. Bluhm erhob sich ächzend und kam ihnen mit ernstem Gesicht entgegen. Ja, auch eine Flasche Bier stand auf dem Tisch. Darüber hinaus eine ganze Batterie von Softdrinks, Wasser und Säften,

Kaffeekannen und Platten mit belegten Brötchen. Mehrere Tische waren zu einer riesigen Tafel zusammengeschoben worden. Vor der Fensterfront waren lichtdichte Vorhänge zugezogen, von der Decke hing eine Projektionswand. Was Tarzan so beeindruckt hatte, war eine geschätzte halbe Hundertschaft Männer und Frauen in Geschäftsanzügen, Polizeiuniformen bzw. Businesskostümen. Etwa ein Drittel davon kannte er aus der Zeitung. Die erste Garnitur aus der Veranstalteretage, Bullen mit Sternhaufen auf den Schulterstücken und … der OB. Dr.Peter Kurz. Er beriet sich gerade mit dem Polizeipräsidenten. Vor beinahe jedem stand ein Laptop, im Hintergrund saßen an einem separaten, mit Computern vollgestellten Tisch, mehrere junge Männer und Frauen mit Headsets. Tarzan schürzte anerkennend die Lippen. Das Herz. Hier schlug normalerweise das Herz des Dämmermarathons. Jetzt war es ein Bunker. Krisenreaktionszentrum, wie es so schön neudeutsch hieß. Die drei Neuankömmlinge wurden nicht von allen gleich registriert. Das Gesumme halblauter Unterhaltungen, das Klicken von Tastaturen und der eine oder andere Handy-Rufton suggerierten die Atmosphäre eines mit Hightech ausgerüsteten Bienenstocks. Bluhm führte die drei zu reservierten Plätzen am Tisch und richtete sich am Kopfende zu voller Größe auf. Was bedeutete, dass sein kariertes Hemd vorne aus dem Hosenbund rutschte und bleichen, haarigen Bauchspeck aufblitzen ließ. Niemand frotzelte, niemand machte eine Bemerkung oder grinste anzüglich. Dumpf drangen die Bässe der Musik vom Vorplatz durch die schallgedämpften Fenster.

Bluhm klopfte mit seinem Feuerzeug gegen seine Bierflasche. „Meine Damen und Herren!" Er räusperte sich ver-
nehmlich, daraufhin verstummten die Gespräche..

„Gestatten Sie mir, dass ich Ihnen diese drei Herrschaf-
ten vorstelle: die Dame rechts von mir dürfte einigen von
Ihnen noch in guter Erinnerung sein: Erste Kriminalhaupt-
kommissarin a. D. Elke Lukassow, ehemals Präsidium
Heidelberg. Die Dame daneben ist Bertha Solomon-Zahn,
Ehe... wieder ein Räuspern ... Ehefrau von Lothar Zahn.
Die beiden sind Inhaber einer Firma für Industrie- und
Werkssicherheit und waren im Auftrag der BOROPACK
AG mit der Observation eines gewissen ..."

„Entschuldigung!" Solo war aufgestanden. Bluhm griff
nach ihrem Arm und flüsterte besänftigend auf sie ein, bis
sie sich sichtlich widerwillig wieder setzte.

Bluhm setzte seine Ansprache fort: „Der Einwand von
Frau Solomon-Zahn bezog sich auf die mit ihrem Kunden
vereinbarte Schweigepflicht. Ich habe hier allerdings ein
Dokument, unterzeichnet von Dr. Bonifatius Rohnburg,
das die beiden ...", er schaute erst Tarzan, dann Solo ein-
dringlich an, „...ausdrücklich von ihrer Verschwiegenheit
entbindet. Dr. Rohnburg hat starkes Interesse an einer
umfassenden Aufklärung des Todes seines Mitarbeiters
Professor Ernst-Ephraim Lanckwarth und arbeitet nach
Kräften mit unseren Ermittlern zusammen. Die SMS, über
die wir unter anderem heute gesprochen haben, war an sie
adressiert. Nachgewiesenermaßen wurde die Nachricht
vom Handy des Verstorbenen gesendet. Ich habe Frau Solomon-Zahn und Herrn Zahn hinzugezogen, damit wir uns
aus erster Hand ein Bild des unter bisher noch ungeklärten

Umständen zu Tode gekommenen Professors machen können. Ich werde die Moderation übernehmen, Sie können nun ihre Fragen stellen. Alles, was in diesem Raum gesagt wird, wird aufgezeichnet und zu den Akten genommen. Ich danke Ihnen." Verhaltenes Klopfen und zustimmendes Gemurmel. Solo hatte während Bluhms Rede aufmerksam das Schriftstück studiert. Sie schob es Tarzan hin und zuckte mit den Schultern. Das Dokument war zweifellos echt und von Rohnburg unterzeichnet. Eigenhändig. Er war in der Lage, mit einem seiner zwei einzigen beweglichen Finger über das in den Rollstuhl integrierte Tablet Unterschriften zu leisten und kurze Mitteilungen zu verfassen. Solo schaute in die Runde. Erwartungsgemäß ergriff die Vertreterin der Staatsanwaltschaft, Samira Arkadi, als Erste das Wort:

„Frau Solomon-Zahn, bitte beschreiben Sie uns den Menschen Ernst-Ephraim Lanckwarth. Alles ist wichtig. Seine Arbeit, sein Umfeld im Betrieb, seine Angewohnheiten."

Das Meeting dauerte über zwei Stunden. Das Ergebnis: Ernüchternd. Die zentrale Frage im Raum war die nach dem Motiv. Warum bedrohte jemand eine friedliche Sportveranstaltung? Wer hatte etwas davon?

Hitzige Debatten entfachte das Thema internationaler Terrorismus. Was hat man unter dem vagen Begriff „Katastrophe" zu verstehen? Wie ernst ist die tatsächliche Bedrohungslage? Im Rathaus hatte man bereits nach den ersten Informationen durch die Polizei erwogen, die Veranstaltung komplett abzusagen. Aus meteorologischen Gründen. Dies hatte für kurzzeitige Heiterkeit im Ausschuss gesorgt. OB Kurz hatte die Diskussion schließlich für beendet erklärt und Mittel für zusätzliche Sicherheitsvorkehrungen freigegeben. Der Standard bei diesem großen City-Marathon war auch ohne die nebulöse Drohung schon sehr hoch. Aus Hessen und Rheinland Pfalz wurden Bereitschaftspolizisten hinzugezogen, die Bundespolizei sicherte den Hauptbahnhof großräumig und hatte die Kräfte in den Zügen verstärkt.

Der Oberbürgermeister vertrat seinen Standpunkt in einer kurzen Ansprache: „Totale Sicherheit gibt es nicht. Nirgends. Selbst wenn wir den Marathon absagen, befinden sich immer noch zehntausende Menschen in der Stadt, die wegen diesem Ereignis angereist sind. Eine derart große, frustrierte Menschenmenge in der Innenstadt stellt für mich eine weit größere Gefährdung der öffentlichen Ordnung dar, als die planmäßige Fortführung des Programms. Meine Damen und Herren: Der Dämmermarathon 2016 findet statt. Ich danke Ihnen.“

***

Rheinterrassen, Gasthaus am Fluss, 18:30 Uhr

Sichtlich erschöpft legte Solo die Karte beiseite. „Ich nehm' nur einen kleinen Salat, mehr krieg ich jetzt nicht runter.“ Getränke waren bereits auf dem Tisch. Tarzan hatte sich ein Hefeweizen bringen lassen. Ein „richtiges“, schließlich musste er nicht Auto fahren. Er war mit dem Fahrrad sogar zehn Minuten vor den anderen hier eingetroffen und hatte im Kaminzimmer den besten Tisch in Beschlag genommen. Elke hatte einen Rotwein vor sich stehen, Bluhm (logisch) ein Bleifreies. Und Solo? Wasser. Eine Flasche. Mit ohne Kohlensäure.

Der Kellner kam. Tarzan orderte ein Nudelgericht von der Tageskarte. Nudeln sind das Superbenzin der Läufer! Elke entschied sich für ein Schnitzel und Bluhm nahm einen Flammkuchen und ein zweites Bier.

„Und? Laufen wir morgen im Lampertheimer Wald?", fragte Tarzan und erntete einen giftigen Blick von Solo wie in den besten guten alten Zeiten.

„Erstens: WIR laufen überhaupt nicht. ICH laufe und zwar den Marathon hier in Monnem. Du kannst ja deine alte Hausrunde abwackeln und Fuchs und Hase einen schönen Tag wünschen. Ich denke, das ist auch besser für dich."

„Na! Vertragt's euch!", schnarrte Elke. Bluhm trank die Hälfte seines Bieres auf einen Zug aus und brummte: „Ich glaub, es wird nichts passieren. Wenn der Prof wirklich etwas damit zu tun hatte, dann hat es sich jetzt ausgeproft."

„Aber hör mal!" insistierte Solo, „Warum sollte er denn dann versuchen, uns zu warnen? Wenn der ein Attentat geplant hat und will nicht, dass es ausgeführt wird, warum lässt er es nicht einfach sein? Dein Chef im Meeting hat es doch auch angesprochen: Der Prof war wahrscheinlich nur für die Drecksarbeit zuständig und wurde dann abserviert. Der hat wahrscheinlich zu früh eins und eins zusammengezählt. Da musste er weg. Die Frage, um die wir alle in dieser Versammlung herumgekreist sind wie Raben um ein totes Karnickel ist doch, wer ist der wahre Attentäter? Wenn wir das herausfinden, kennen wir auch das Motiv."

„Rohnburg." Tarzan stellte sein Glas ab und schaute in drei Paar entgeisterte Augen.

„Rohn … burg …", murmelte Bluhm, als lerne er gerade erst lesen.

„Der Retter des Dämmermarathons?", Solo schaute Tarzan an, als entdecke sie plötzlich, dass er sechs Beine und einen Chitinpanzer besaß. „Der hat Millionen in diese Veranstaltung gesteckt, der war selbst Läufer, der wird in der Metropolregion gefeiert wie ein Held. Diese Veranstaltung ist sein Baby. Ich habe gesehen, wie seine Augen leuchteten, wenn er davon sprach."

„Ich habe seinen Fanatismus auch bemerkt, wenn du das meinst", antwortete Tarzan ungewohnt spitzzüngig.

„Du hast ihn doch noch nie leiden können!", fuhr Solo ihn an.

„Man wird nicht automatisch zu einem Gutmenschen, bloß weil man im Rollstuhl hockt!", blaffte dieser zurück, was Elke zu einem energischen „Gebt's a Ruah!" veranlasste.

Die Stückpforten wurden geschlossen, da der Kellner das Essen servierte. Der Pulverdampf hing aber noch über dem Tisch. Bluhm nutzte die Feuerpause, um einen anderen Ton in die Diskussion zu bringen.

„Leute, egal wie gut oder schlecht dieser Konzernboss sein mag, mich interessieren die Fakten, die Tarzans Meinung beeinflusst haben. Weißt du etwas, was wir nicht wissen?" Bluhm, der Tarzan genau gegenüber saß, schaute ihm direkt ins Gesicht. Seine hellblauen Augen waren plötzlich überhaupt nicht mehr wässrig. Eiskalt blitzten sie aus ihren Faltenbälgen hervor, das vorgeschobene Kinn signalisierte Angriffslust. Der gemütliche Bluhmepeter war zum Bullen geworden. Zu einem von der harten Sorte.

„Nun … ich …" Tarzan stocherte in seinen Nudeln herum und holte tief Luft, „Es ist nur ein Gefühl, sonst nichts, deshalb habe ich im Meeting auch nichts davon erwähnt. Der Prof ist … war ein Arsch. Sorry, aber auch Solo wird mir da zustimmen, der war im Leben kein Attentäter. Der Prof war ein verbohrter Eierkopf, der nur für seine Projekte gelebt hat. Rohnburg traue ich zu, den Planeten in Stücke zu sprengen, wenn es ihm in den Kram passt. Der Mann hat einen IQ höher als der Eiffelturm, der hat die Mittel und die Logistik für einen großen Anschlag und er ist ein begnadeter Schauspieler."

„Danke für diese Einschätzung, aber dann müssten wir achtzig Prozent der hiesigen Wirtschaftsbosse zu den dringend Tatverdächtigen zählen."

„Tarzan war schon immer ein verkappter Marxist", zischte Solo, „Für den ist jeder ein Verbrecher, der mehr als dreitausend Euro auf dem Konto hat!"

„Kannst ja gleich heute Abend auf Facebook eine Fanseite für deinen Schwarm einrichten!", giftete Tarzan zurück.

„Lasst uns bitte sachlich bleiben, Leute!" Wenn Elke etwas sehr wichtig war, konnte sie fast akzentfrei hochdeutsch sprechen. Entsprechend war die Wirkung. Jeder bemerkte die Verärgerung über diesen kindischen Disput der beiden. Sie fuhr fort: „Peter weiß das schon, aber ihr noch nicht. Auch auf dem Meeting sind nicht alle darüber informiert. Aus gutem Grund. Bonifatius Rohnburg hat aus seinem Privatvermögen eine Million Euro in einen Treuhandfonds gezahlt, über den die Stadt Mannheim verfügen darf, um die Sicherheit der Marathonläufer und des Publikums zu gewährleisten und die Umstände des Todes von Professor Lanckwarth aufzuklären. Er hat den Ermittlern der Mannheimer Polizei sämtliche Türen seiner Firmen geöffnet, alle Unterlagen zugänglich gemacht und sogar Laborpersonal zur Überprüfung der Marathonverpflegung, speziell der Getränke, freigestellt. Tarzan hat Recht. Der Mann ist ein Fanatiker. Ob er ein guter oder ein schlechter Mensch ist, steht hier nicht zur Debatte. Aber der Dämmermarathon ist tatsächlich sein Baby. Dank seiner Initiative kann Mannheim nun aus dem Vollen schöpfen. So handelt kein Mörder." Schnaufend widmete sie sich ihrem Schnitzel. Tarzan seufzte. Überzeugt wirkte er nicht.

„Wir sind also so schlau wie vorher?!", Solo machte einen Merkelmund und schaute in die Runde. „Oder?" Nicken.

Bluhm zog sein speckiges Notizbuch aus der Tasche, setzte seine Lesebrille auf und blätterte darin.

„Ich habe mich natürlich über deinen Freund Rohnburg informiert, Tarzan."

Er schaute ihn über den Rand der Brille hinweg an. „Der war vor seinem Unfall tatsächlich in der ersten Riege der deutschen Langstreckenläufer unterwegs. Arbeitete an seiner Qualifikation für Olympia, als es passierte."

„Was war das für ein Unfall?", fragte Tarzan und auch Elke und Solo ließen ihr Besteck ruhen.

„Ein Sturz. Ein stinknormaler Sturz beim Berlin-Marathon. Ist wohl an einen Randstein geraten und tschack! Unglücklicherweise hat er sich dabei das Genick gebrochen. Rohnburg wurde damals als DIE deutsche Hoffnung in Barcelona gehandelt."

„Da habe ich ja noch nie was davon gehört!", Tarzan schüttelt ungläubig den Kopf.

„Tja, mein Lieber", ergriff Elke das Wort, „Laufen ist eben nicht Fußball. Wenn bei einem Drittligastürmer sich ein Zehennagel löst, erfährt das die gesamte Republik. Laufen ohne Ball rangiert in der Publikumsgunst knapp hinter dem Oberzaberner Rodelpokal. So ist das, mein Lieber!"

Eine halbe Stunde später trennte man sich. Tarzan nahm sein Rad von der Kette und folgte der Route durch den Handelshafen. Trotzdem! Sollten sie sagen, was sie wollten und Rohnburg ihnen mit seinen Millionen Augen und Ohren zukleistern. Für ihn war der Industriekapitän sein ganz persönlicher Blofeld.

Kapitel 13

In Daressalam gab es einen bedauerlichen Verkehrsunfall,
es gibt warme Butterbrezeln, eine Blutgrätsche, und ein
Opa wird davor bewahrt, den Bürgermeister zu bewirten.

Sie hielten dicht. Alle. Tarzan legte die Tageszeitung weg und schenkte sich Kaffee ein. Weder in den digitalen Medien, noch in der Printpresse hatte er Informationen über Anschlagspläne gefunden. Eine Meisterleistung. Die Verstärkung der privaten Ordner rund um den Friedrichsplatz und entlang der Strecken fiel nicht auf, die deutliche Präsenz uniformierter Polizei war mit der allgemeinen Bedrohungslage durch internationalen Terrorismus rasch und schlüssig erklärt. Die Monnemer taten wenigstens was. Ein großes, friedliches Lauffest würde es werden. Wie immer. Gekämpft wird nur um Minuten und Sekunden und gegen die hechelnde Meute innerer Schweinehunde. War alles doch nur viel Wind um nichts? Nur zu gerne würde Tarzan das glauben. Was hatten sie denn schon? Eine SMS. Ein geplatztes Treffen. Einen toten Professor. Immerhin.

11:30 Uhr. Tarzan zog sein Lauf-Outfit an, nahm die GPS-Uhr vom Ladegerät, steckte Handy und Geld in seinen Hüftgurt und befestigte die Startnummer daran. Die Miniflaschen waren bereits mit seinem ganz persönlichen Treibstoff, bestehend aus abgestandenem Cola und Traubenzucker gefüllt. Nur noch Halstuch, Mütze und Laufweste. Fertig! Das Wetter war gar nicht mal so schlecht, aber die Weste kaschierte ein wenig sein Bäuchlein. Ein wenig.

Dafür gab es heute kein Mittagessen. Auf der Messe würde er sich ein paar Energieriegel reinhauen, isotonische Zaubertränke schlabbern und pappiges Gel für unterwegs bunkern. Wurscht, Weck und Bier hinterher. Wechselklamotten für die Heimfahrt stopfte er in seinen Rucksack, an dem er die Kleiderbeutelnummer anbrachte. Kurz vor zwölf schwang er sich auf sein Rad. Hier in der Gartenlaube hielt ihn nichts mehr. Morgen früh ist alles vorbei. So oder so, sagte er sich, als er über die Kammerschleuse strampelte. Hier kommt Tarzan! Kein degenerierter Autoläufer! Platz da für den Champ!

Je näher er der Innenstadt kam, desto bunter wurde das Völkchen, das Gehwege und Straßen belebte. Auf dem Ring der gewohnte Stau, in der Schlange Nummernschilder aus dem ganzen Bundesgebiet. Schon kurz hinter der Ebertbrücke war das Wummern der Musik zu hören. Lautsprecher quäkten und Autos hupten. An den Kreuzungen standen Absperrgitter bereit, Flatterbänder überall. Großes kündigte sich an! Als wollte ein eingeschnappter Lieber Gott daran erinnern, dass es ihn auch noch gab, verdunkelte sich plötzlich der Himmel und ein herber Schauer prasselte auf die Quadratestadt. Triefend erreichte Tarzan die Stresemannstraße und schloss sein Rad wieder an eines der Gitter an. Dort angebrachte Schilder erinnerten daran, dass genau dies verboten sei, aber geschätzte hundert weitere Räder degradierten sie zur reinen Deko. Läufer waren Freigeister. Tarzan beeilte sich, in den Schutz des Congress Centers zu kommen. Er steuerte die Toiletten an und kramte sein Handtuch aus dem Rucksack. Nach wenigen Minuten sah er wieder recht manierlich aus. Er legte den Bauchgurt mit der Startnummer an und machte sich auf die Suche nach dem Kleiderdepot, um den Rucksack abzugeben.

Als endlich auch das erledigt war, draußen brach gerade wieder die Sonne zwischen den Wolken hervor, war er deutlich entspannter. Er verschmähte die Rolltreppen zum Obergeschoss, in dem sich die Messe befand, und nahm die Treppe. Immer zwei Stufen auf einmal. Seht her, hier kommt ein Sportler. Der Start war erst für 19.15 Uhr anberaumt, trotzdem war schon einiges los. Deutlich mehr Menschen flanierten zwischen den Ständen, saßen oder lagen auf dem Boden. Tarzan genoss die Atmosphäre. Für einige Minuten verdrängte er die Sorge um die Sicherheit und fühlte sich einfach nur wohl. Zwischen den durchtrainierten, asketisch wirkenden Gestalten in ihren Hightech-Trikots, sah er immer wieder gemütlich wirkende, mehr oder weniger beleibte Männlein und Weiblein mit T-Shirts mit Vereinslogo oder allen möglichen witzigen Aufdrucken. Ein großer, dicker Kerl mit Glatze, enormer Plautze, aber ordentlich muskulösen Beinen, walzte vor ihm her. Auf der Rückseite seines T-Shirts stand: 60 - Fett - Diabetiker - Vor Dir! Das gefiel Tarzan. Ha! Der war in Ordnung! Als er ihn später von vorne sah, erkannte er an der Startnummer, dass der Plautzenmann für den Marathon gemeldet hatte. Den ganzen, wohlgemerkt. (Räusper) Aber wenn der den ganzen packt, dann werde ich doch wohl den Halben ... Mensch, Tarzan! Der trainiert vielleicht schon zehn Jahre und läuft jedes Jahr drei, vier Marathons, und du? Feierabendathlet! Sei froh, wenn du nicht im Sanizelt endest! Blender! Er musste mal dringend mit seiner inneren Stimme reden. Die wurde ganz schön frech in letzter Zeit.

Tarzan schaute sich gerade die Auslagen eines Strumpf-fabrikanten an. Eine ausnehmend hübsche Blondine versuchte ihn davon zu überzeugen, dass ein ernstzunehmender Läufer heutzutage unbedingt Kompressionsstrümpfe zu tragen habe.

„Nimm die fleischfarbenen, von deiner Omma, die sollten dir passen", raunte eine Stimme hinter ihm, und Tarzan fuhr herum. Er sah einen untersetzten Kerl mit akkurat gestutztem, weißem Klobrillenbärtchen und einen deutlich jüngeren Mann von deutlich sportlicherer Statur, die schwarze T-Shirts mit der Aufschrift „Unstoppable" trugen.

„Hi, Manni, lange nicht mehr gesehen!" Manni war ein alter Schulfreund von Tarzan, und trotz seiner nicht gerade läufertypischen Figur regelmäßig bei allen möglichen Wettkämpfen vertreten. Seit einigen Jahren schrieb er eine monatliche Kolumne in Runner's world, dem größten Laufmagazin der Welt. Manni stellte den jüngeren Mann als seinen Schwiegersohn Sascha vor und deutete auf Tarzans Startnummer: „Sag bloß, du willst jetzt die Laufszene aufmischen?"

„Ich lauf den Halben", antwortete Tarzan knapp.

„Klasse, wir auch!" freute sich Manni, „Komisch, dass wir uns beim Training noch nicht über den Weg gelaufen sind. Was planst du für 'ne Zeit?"

„Ich lauf auf Ankommen. Zeit ist wurscht, Hauptsache Spaß."

„Sehen wir auch so. Komm mal mit rüber zum Runners's world-Stand, ich stell dich meinem Chefred vor. Cooler Typ."

„Der ist hier auf der Messe?" Etwas klickte in Tarzans Kopf und ein Blaulicht begann zu kreisen. Martin Grüning! Ehemaliger Sportskamerad von Bonifatius Rohnburg!

„Er sucht in Mannheim für seinen Sohn eine Wohnung. Studentenbude. Normalerweise ist Britta Ost alleine hier zuständig, das ist seine Stellvertreterin. Aber er dachte, wenn er schon mal hier in der Provinz ist …"

Tarzan, der die Gelegenheit nutzte, sich die verkaufstüchtige Stützstrumpfmaus vom Hals zu schaffen, sagte zu und folgte den beiden zu besagtem Stand. Grüning sah aus wie einer, der nicht auf die Welt gekommen, sondern auf die Welt gelaufen war und dies immer noch tut. In seiner Begleitung war eine hübsche junge Frau, deren Figur „Bestzeit" geradezu schrie und die ihm als Britta Ost vorgestellt wurde.

„Der Maddin ist 1990 in Houston 02.13 h gelaufen! Britta läuft heute auch! Halt dich an sie, dann baust du 'ne gute Zeit!" Alle lachten und Manni lud zum gemeinsamen Selfie.

Danach erging man sich in lauftechnischem Smalltalk. 1990 … Tarzan musterte den hageren Grüning und wartete auf den richtigen Zeitpunkt. Als Manni und Sascha sich verabschiedeten, weil sie draußen noch ein paar Bilder machen wollten, fragte er ihn:

„Sag mal, Martin, kannst du mit dem Namen Bonifatius Rohnburg was anfangen?" War das unverfänglich genug? Tarzan hoffte es.

Der Mann schaute ihn belustigt an, „Was anfangen? Wir haben eine Zeitlang gemeinsam trainiert. Außerdem ist sein

Unternehmen hier einer der Hauptsponsoren. Warum fragst du?" Tarzans Herz klopfte aufgeregt. Jetzt aber!

„Der Unfall damals, als er gestürzt ist. Hast du da was mitbekommen?"

Grüning kniff die Augen zusammen und schaute Tarzan mit erwachendem Interesse an.

„Nicht direkt. Aber ich habe danach noch ein- zweimal Kontakt zu ihm gehabt. War ziemlich durch den Wind. Verständlich, wenn man so aus dem Leben gekickt wird."

„Gekickt?" Tarzan stolperte über die merkwürdige Metapher. Der Journalist senkte die Stimme. „Wortwörtlich. Der ist damals als deutscher Favorit in Berlin angetreten. Niemand hat ihm eine Chance gegen die afrikanische Konkurrenz zugetraut, aber der ist schon bei Kilometer 24 zur Spitzengruppe aufgeschlossen. In einer Kurve gab es eine Rempelei, weil jeder die Ideallinie laufen und keiner einen Meter verschenken wollte. Rohnburg ist gestürzt und das war's dann. Ich habe Videos gesehen. Beim Fußball nennt man das Blutgrätsche. Die Veranstalter haben sich mächtig angestrengt, den Fall unter den Teppich zu kehren. In Berlin sind die Teppiche richtig dick, das kannst du mir glauben. Bonni hat aber einen Riesenwirbel veranstaltet. Er hat behauptet, einer von Shahangas Hasen hätte ihn rausgekickt. So hat er sich ausgedrückt. Der Hase ist übrigens unmittelbar nach dem Rennen zurück nach Tansania geflogen."

Tarzan wurde es warm. Bombe! Diesen Grüning hatte ihm der Himmel geschickt!

„Und dann? Hat Rohnburg was unternommen? Immerhin hat man ihm seine Karriere zerstört."

Grüning nickte, „Der hat Himmel und Hölle in Bewegung gesetzt. Hat Schadensersatz und Schmerzensgeld in Millionenhöhe einklagen wollen. Den Hasen haben sie ermittelt. Der war auch geständig, hat durch seinen Anwalt mitteilen lassen, dass es ihm leid täte und dass er Rohnburg nur abdrängen wollte. Was auch glaubhaft war. Wer denkt denn, dass gleich sowas passiert? War aber nichts zu holen. Der Mann lebte in einfachsten Verhältnissen. Den Flug nach Berlin und die Teilnahme hat Shahangas Verband bezahlt. Ein Jahr später ist der Hase bei einem Verkehrsunfall in Daressalam ums Leben gekommen.“

„Hast du heute noch Kontakt zu Rohnburg?“ Grüning schüttelte lächelnd den Kopf.

„Der hat dann das Vernünftigste gemacht, was ein Mann tun kann, der nicht mehr laufen kann: Er ist Millionär geworden. Aber sein Herz gehört nach wie vor dem Sport. Siehst du ja hier.“ Grünings Handy klingelte und er streckte Tarzan die Hand hin. „War schön, dich kennengelernt zu haben.“

Noch ganz benommen suchte Tarzan sich im Nachmeldebereich eine ruhige Ecke und setzte sich auf den Boden. 1990! Kann man das? Sechsundzwanzig Jahre seinen Groll auf alles, was laufen kann, köcheln lassen, um dann den ganz großen Bums zu landen? Einen ganzen Marathon auslöschen? Geht das überhaupt? Ist das wahrscheinlich? Nein, lautete die ernüchternde Antwort. Das ist ganz und gar unwahrscheinlich. Wie viel Hass steckt in einem Menschen, der plant, zehntausend fröhliche Sportler zu töten? Wie schafft es so einer, die ganzen Jahre genau diesen Sport zu fördern, zu unterstützen und zu organisieren? Geht so was? Normalerweise eher nicht. Rohnburg tauchte vor seinem inneren Auge auf. Lächelnd. Selbstsicher. Gut aussehend. In seinem Hightech-Karren. Was, bitte, ist an diesem Mann normal? Nein, sinnierte Tarzan, er wäre ein miserabler Polizist geworden. Ganz miserabel. All seine Gedanken entsprangen kruden Theorien. Hirngespinste, Szenarien, in denen Krimischreiber schwelgen durften, aber keine Ermittler. Katastrophe, hatte in der SMS gestanden. Daran hatte er sich aufgehängt. Katastrophe.

„Alles in Ordnung mit Ihnen?" Tarzan schrak aus seinen Gedanken. Hatte er laut gedacht? Vor ihm war eine junge Frau in einer rotgelben Einsatzjacke in die Hocke gegangen.

„Geht es Ihnen gut?"

„Nein, äh, doch! Ja! Mir geht es gut, ich war nur in Gedanken. Danke …", brabbelte er und erwiderte ihren prüfenden Blick mit gespielter Unbekümmertheit.

„Hier, nehmen Sie einen Traubenzucker. Der bringt Sie nachher garantiert aufs Siegertreppchen." Die junge Frau gab ihm eine kleine Tüte Bonbons mit dem Logo der Johanniter. Jetzt musste er doch grinsen. Na klar. Siegertreppchen. Er würde nach dem Lauf froh sein, wenn er das Treppchen zu den Duschen hinaufkam.

Sein Handy meldete sich. Bluhm: „Bist'n du?"

„Im Rosengarten. Messe, hinten im Meldebereich. Was los?"

„Ich komm mal runter zu dir. Bleib, wo du bist."

Bluhm klang nicht aufgeregt. Eher wie einer, der was zu erzählen hat. Kein Durchbruch also. Kein Geständnis von Rohnburg … Mensch, Kerle, schalt sich Tarzan im Geiste

selber, du verrennst dich aber kolossal in deinen selbstge-
bastelten Jason-Bourne-Film.

Von seinem Platz aus konnte er den Lift sehen. Die Türen glitten auf und Bluhm kam heraus. Treppe? Nur, wenn
schwer bewaffnete Geiselnehmer die Fahrstühle besetzt
hielten. Der Kommissar hielt eine Tüte in der linken Hand,
in der Rechten eine dick mit Butter beschmierte Brezel.
Bluhm hielt Cholesterin für ein Frostschutzmittel und
Adipositas für gestreifte Jogginghosen. Er schlenderte zu
Tarzan hinüber und wirkte mit seiner speckigen Lederjacke und dem altmodischen Filzhut wie ein Komparse aus
einem Film mit Jean Gabin.

Er hielt Tarzan die Tüte hin. „Da, sind noch warm. Die
liefern direkt ins Lagezentrum." Tarzan schaute auf die
Uhr: noch fast vier Stunden bis zum Start. Na dann … Er
stand auf und griff dankbar zu. Bluhm leckte sich zerlaufe-
ne Butter von den Fingern.

„Wir denken, es ist das Wasser. Wir haben alle möglichen Szenarien durchgespielt. Wenn einer heute Abend die
größtmögliche Wirkung erzielen will, dann panscht er was
ins Wasser. Da wir nicht annehmen, dass er die ganze Stadt
killen will, können wir die Wasserwerke außen vor lassen.
Nichtsdestotrotz stehen die seit einer Stunde unter Dauer-
bewachung."

„Das Wasser für die Läufer kommt aus der Leitung?"
Tarzan glaubte, sich verhört zu haben. Bluhm lachte halblaut. „Mann, Tarzan, Mannheim hat mit die beste Trink-
wasserqualität der Region. Einige Tafelwässer, für die du in
den Getränkeläden ordentlich Geld ausgeben kannst, haben

einen höheren Nitratpegel als das Wasser, mit dem du deine Haufen runterspülst."

„Guten Appetit."

„Ach, was sind wir plötzlich so sensibel. Mal im Ernst, kleine Lady: die Behörden sind richtig froh über diesen Umstand. An den Wasserstellen wird das Wasser meist über Gartenschläuche in Schüsseln geleitet. Die Helfer schöpfen es mit den Bechern raus und stellen es auf die Tische. Das Wasser in den Zubern können wir unauffällig checken, ohne dass da einer groß was mitkriegt. Start und Zielbereich eingerechnet, haben wir vierzehn Verpflegungs- bzw. Wasserstellen an der Strecke. An jeder einzelnen haben wir Lebensmittelchemiker postiert. Die Mannheimer Südzucker AG, die BASF und die Firma Roche Diagnostics haben uns Leute und Equipment zur Verfügung gestellt. Das Wasser wird praktisch ununterbrochen geprüft. Die Chemiker tragen die Helfer-T-Shirts wie alle anderen auch. Zusätzlich zu den uniformierten Kräften haben wir in Rufweite zivile Beamte postiert. Wenn du mich fragst, es wird verdammt schwer werden, auf diesem Marathon auch nur eine Schnake zu töten, ohne dass wir das mitkriegen."

Tarzan war da etwas anderer Meinung, aber er wollte den Bluhmepeter nicht unnötig verärgern.

„Hast du gewusst, dass Rohnburgs Unfall vor 26 Jahren gar keiner war?" Es war zwar keine Bombe, die er da platzen ließ, eher ein Knallfrosch, aber Bluhm hielt mit dem Kauen inne und schaute ihn argwöhnisch an. „Wer sagt das?"

„Martin Grüning, Chefredakteur der größten Laufzeitschrift der Welt und damals sogar Trainingspartner von

Rohnburg. Der ist beim Berlin-Marathon übel gefoult worden. Den hatten sie schon für die Olympiade in Barcelona im Visier. Ende einer vielversprechenden Karriere."

„Wie kommst du zu diesem Grünling?"

„Grüning, mein Bester, nicht Grünling. Der Manni aus Lampertheim hat mich mit dem bekannt gemacht, der ist hier am Stand von Runner's world, da hinten links. Als ich gehört habe, dass Grüning 1990 Dritter beim Houston-Marathon wurde, habe ich ihn gefragt, ob er Rohnburg kenne. Da hat er mir das erzählt. Einer der Hasen vom späteren Zweiten hat 'ne Blutgrätsche gemacht. Das war der Auslöser für den folgenschweren Sturz. Wurde alles unter den Teppich gekehrt. Aber Rohnburg hat nicht locker gelassen. Der Grätscher wurde ermittelt, aber der war ein armer Teufel. Bei dem war nichts zu holen. Ein Jahr später ist der dann bei einem Verkehrsunfall in Daressalam ums Leben gekommen. Erkennst du den Zusammenhang?"

Bluhms Gesicht war während Tarzans Monolog immer länger geworden. Ein Rest Brezel ragte aus seiner linken Hand, die sich zur Faust geballt hatte. Die Augen des Kommissars strahlten Güte und Verständnis aus, wie die eines Großvaters, dem sein Enkel gerade von einer Reise zum Jupiter vorschwärmt.

Tarzan sah aus, als erwarte er Standing Ovations.

Bluhm schüttelte bedächtig den Kopf. „Zusammenhänge? Zwischen einem 26 Jahre zurückliegenden Sportunfall aufgrund unfairen Verhaltens, dem verständlichen Kampf des Opfers um Entschädigung und einem tödlichen Verkehrsunfall in einer Stadt, in der täglich Dutzende Menschen an akuter Blechvergiftung sterben? Nimm's mir nicht übel Tarzan, aber ist das nicht ein winzig kleines bisschen hysterisch?"

„Du nennst mich hysterisch? Du? Da passt doch alles zusammen, oder? Ich serviere euch den Täter samt Motiv auf einem Silbertablett, und du nennst mich hysterisch?"

Bluhm sah aus, als habe er einen vereiterten Backenzahn. „Ich mach dir einen Vorschlag: Wir gehen zusammen rauf in den Lagerraum. Dort kannst du Frau Arkadi von der Staatsanwaltschaft die Geschichte erzählen, den Herrn Grüning als Zeugen vorladen lassen und mir den fertig ausgefüllten Haftbefehl für Rohnburg rüberreichen. Noch 'ne Brezel?" Doch da hatte sich Tarzan schon abgewandt und ihn einfach stehen lassen. Danke. Keine Brezel.

Tarzan marschierte nicht hinauf zur dritten Ebene. Er nahm die Treppen ins Erdgeschoß und trat in die Nachmittagssonne hinaus. Es war recht kühl, aber die Wolken hatten große Lücken bekommen, durch die Sonnenstrahlen fielen. Sieht aus, als bekämen wir doch noch ideales Laufwetter. Tarzan bahnte sich einen Weg durch die Menschenmenge und setzte sich auf die Stufen unter dem prächtigen Jugendstil-Wasserturm. Die Fontänen im großen Wasserbecken animierten die Leute zu unzähligen Fotos, Musik dröhnte aus gewaltigen Boxen, unterbrochen von den Durchsagen der Streckensprecher, die Rahmenprogramme und die kürzeren Läufe ankündigten. Ein Mordsrummel, dachte Tarzan. Quirlig, farbenfroh, alle waren gut gelaunt und voller Tatendrang. Zumindest von der Stimmung her konnte Mannheim es mit den großen City-Marathons aufnehmen. Der Start um 19:15 Uhr bescherte den Teilnehmern eine Zielankunft nach Sonnenuntergang. Der Friedrichsplatz wurde dann zum Lichtermeer und der Zieleinlauf war gesäumt von Stroboskoplichtern, Diskoleuchten und mitreißender Musik. Selbst die Fünf-Stunden-Läufer wurden hier noch wie siegreiche Gladiatoren empfangen. Was für ein Event! Mordsgaudi, Mordsmarathon! Mord. Massenmord. Tarzan ging in sich. War er wirklich hysterisch? Ein wenig vielleicht? Das nicht gerade, schließlich rannte er hier nicht schreiend herum und forderte alle auf, nach Hause zu gehen.

***

Mannheim, Friedrichsplatz
18:15 Uhr, noch eine Stunde bis zum Start

Am gegenüberliegenden Ende der Anlage stand Solo wie viele andere auch an der runden „Donut" Plastik und schaute dem Treiben fast ebenso gedankenverloren zu wie Tarzan. Hier war der vereinbarte Treffpunkt gewesen. Drüben, da wo jetzt dichte Trauben von Läuferinnen und Läufern bereits nach ihrem Startblock suchten, war ihr Firebird beinahe abgeschleppt worden. Katastrophe, hatte in der Nachricht gestanden. Selbst in Anbetracht dessen, dass dieses Wort heutzutage für jedes missglückte Aufschlagen eines Frühstückseis verwendet wurde, hatte dieses unheilvolle Wort eine ganz besondere Wirkung in Solos Geist. Zusammen mit den Zuschauern waren an diesem Spätnachmittag über hunderttausend Menschen in der Stadt unterwegs. Egal, was kranke Geister heute geplant hatten. Die Chancen, dass es in einer Katastrophe endete, war beängstigend hoch. Nur zu gerne wollte sie den beschwichtigenden Worten der Stadtoberen und der Sicherheitskräfte Glauben schenken: dass schon nichts passieren wird. Dass „man" schließlich alles getan hatte, was zu tun war. Die Worte des Polizeipräsidenten auf dem Meeting klangen noch in ihren Ohren: „Die Wahrscheinlichkeit, dass es zu einem ernst gemeinten Anschlag auf den Marathon kommen wird, ist nach bestehender Sachlage weit geringer, als die Wahrscheinlichkeit, dass nichts passieren wird." Gut gebrüllt, Löwe. Die Wahrscheinlichkeit, dass morgen früh die Sonne wieder aufgehen wird, ist beinahe unermesslich hoch. Trotzdem: Würde sie ihr Leben dafür geben?

„Betrachten wir es als eine Übung für den Ernstfall", hatte ein anderer gesagt. Aha! Wenn der irgendwann kommt, dann wird vorher von den Tätern eine Lautsprecherdurchsage gestartet: „Achtung, Achtung! Dies ist keine Übung! Ich wiederhole: dies ist keine Übung!" Solo verdrängte die schwarzen Gedanken. Hey! Sie würde heute den ersten Marathon ihres Lebens laufen! Konzentration, bitte! Sie überprüfte zum hundertsten Mal ihre Ausrüstung, putzte die Sonnenbrille, rückte die Laufkappe zurecht, zog die Schnürsenkel nach und checkte ihr Handy. Nervös? Yep! Vielleicht sollte sie noch mal zur Toilette …? Ein Blick auf die Schlangen vor den Dixi-Häuschen beruhigte augenblicklich ihr vegetatives Nervensystem. Nä!

***

Mannheim-Seckenheim, Neuostheimer Straße,
erste Wasserstelle an der Strecke,
dreißig Minuten vor dem Start

„Opa, geht's dir gut? Du kommst mir so wackelig vor." Janine Schmitt hakte den alten Herrn im Helfershirt und dem zerdrückten Cordhut unter und führte ihn zu einem Gartensessel. „Hier, ruh dich aus, ich hol dir noch einen Becher Wasser."

August Schmitt lächelte schwach. „Wasser ist gut, Wein wäre besser", sagte er mit krächzender Stimme. Komisch, heute Morgen war er noch nicht erkältet gewesen. Jetzt lief ihm ständig die Nase und er hatte einen Frosch im Hals.

„Heute gibt es Gänsewein, Opa Guscht, Wein bekommst du erst heute Abend ein kleines Glas. Denk daran, was der Arzt gesagt hat." Der alte Mann winkte ab und griff nach dem Plastikbecher. Den ganzen Nachmittag hatte er hier mit angepackt. Hatte geholfen, die Klapptische aufzustellen, die Becher auszupacken und die extra neu gekauften Plastikwannen für das Wasser vorzubereiten. Die Sonnenschirme hatten sie mittlerweile auch aufgeklappt. Das gab keinen Regen mehr heute. Ein Wunder! Seine Familie machte schon seit drei Jahren Dienst für die Sportler. Für ihn war das eine Ehrensache, obwohl ihm sein Arzt jede Anstrengung verboten hatte. Das Herz. Blöde Pumpe. Blöde Ärzte. Alles Quacksalber. Er stand hier seinen Mann. Passte auf, dass die jungen Leute alles ordentlich machten. Er ließ den Blick schweifen. Sehen konnte er noch ganz ausgezeichnet. Hatte noch nie im Leben eine Brille gehabt. Vor vier Wochen war er zweiundneunzig geworden. Noch acht Jahre bis zum Hundertsten. Würde wieder der Bürgermeister aufkreuzen und Kuchen fressen. Na ja. Acht Jahre noch …

August Schmitt leerte den Becher in einem Zug, lehnte sich seufzend zurück und starb.

Kapitel 14

*Tarzan rennt, Andrea muss aufs Klo und ein geistig
verwirrter Läufer wird fixiert.*

Mannheim, Friedrichsplatz
19:05 Uhr, zehn Minuten bis zum Start

Immer noch strömten die Teilnehmer in Richtung Augusta-Anlage. Der vierspurige Boulevard war für den gesamten Kraftverkehr gesperrt worden. Die Läufer waren angehalten, sich nach Leistungsklassen gestaffelt in markierten Blocks aufzustellen. Der Start erfolgte in Richtung Innenstadt. Über den ebenfalls gesperrten Kaiserring ging es dann gegen den Uhrzeigersinn um den Friedrichsplatz herum, vorbei an der prächtigen Fassade des Maritim-Hotels und der Kunsthallenbaustelle, bevor das Feld dann die schnurgerade Augusta-Anlage in der Gegenrichtung entlanglief. Vor dem Planetarium ging es dann nach links in Richtung Neuostheim weiter. Der Platz um den Wasserturm war mit der historischen Front des Rosengarten Congress Centers, den klassizistischen Arkadenhäusern mit ihren verglasten Ecktürmen und der stilvollen Gartenanlage um die Fontänenbecken die gute Stube Mannheims. Nirgends sonst in Deutschland gab es eine solch homogene Jugendstilanlage. Der Kaiserring mit den Straßenbahngeleisen bildete die Grenze zur quirligen Einkaufsstraße „Planken" mit ihren Parallelstraßen „Freßgasse" und Kunststraße. Normalerweise bildete die Anlage am Wasserturm einen Ruhepol inmitten der Großstadt. Heute nicht. Das ganze Areal kochte und brodelte. Ein Klangbrei aus wummernden Bässen, quäkenden Lautsprecherdurchsagen und dem aufgeregten Geschnatter der Menschen verschonte niemanden im Umkreis von einigen hundert Metern. Fahnen, Luftballons, Werbebanner, Pavillons und Verkaufsstände schufen eine orientalisch anmutende Basar-Atmosphäre. Kamerateams und Reporter mit Mikrofonen quetschten sich durch die Athletenscharen in ihren farbenprächtigen Funktionsklamotten. Tarzan war frühzeitig in seinen Block gegangen. Den musste er nicht erst lange suchen. Es war der letzte. Dort stand auch eine junge Frau in schwarzem Trikot mit Rucksack, an dem eine zwei Meter hohe Werbefahne befestigt war. 04:30 stand in großen Ziffern darauf. Seine Zugläuferin. Tarzan zog seinen nicht vorhandenen Hut. Mit dem sperrigen Gedöns geht die auf die Marathonstrecke. Respekt. So richtig dürr war die auch nicht, stellte er befriedigt fest. Ein Blick auf die Beine, die in einer kurzen Tight steckten, ernüchterten ihn. Starke Fesseln, stramme Waden, muskulöse Oberschenkel. Kein Gramm Fett. Mit so einem Fahrgestell kann die um die Welt laufen. Tarzans Plan war genau so simpel wie unrealistisch: wenn er sich an der 04:30er Marathongruppe orientierte, käme er in ungefähr 02:15 ins Ziel. Muss er nicht dauernd auf die Uhr glotzen, sich keine Marschtabelle ausrechnen, einfach nur laufen. Laufen! Wo der Haken ist, fragt ihr? Diese Strategie ist für einen seriös trainierten Freizeitläufer fast schon eine Garantie, in der berechneten Zeit über die Ziellinie zu hopsen. Sie haben's gelesen? Richtig! „Seriös trainiert". Nein, innerhalb anderthalb Monaten das letzte Viertel eines Trainingsplans abzuhetzen, hat wenig mit seriösem Training zu tun. Aber viel mit Dummheit. Sorry, Tarzan.

Jemand haute ihm auf die Schulter. Tarzan zuckt zusammen. Blödsinn, das Herbeiführen von Herzinfarkten durch unvermitteltes Schulterklopfen ist für einen Massenmord nicht wirklich geeignet. „Hi, Kerle! Was dagegen, wenn ich bei dir Windschatten laufe?"

Manni. Na klar. Tarzan war im letzten Jahr ein paarmal mit ihm gelaufen. Der wird ihm zumindest auf den ersten zwölf Kilometern die Ohren fransig quatschen. Der könnte richtig gute Altersklassenplätze belegen, wenn der nicht so viel babbeln würde beim Laufen.

„Wo hast du denn deinen Schwiegersohn gelassen?" ‚fragte Tarzan und Manni lachte.

„Das Jungvolk ist hier bei uns Masters nicht zugelassen. Ne du, der arme Sascha kann nicht länger als zwei Stunden laufen, der ist weiter vorne im 03:30er Block." Manni schaute auf seine Uhr, „Schon zwanzig nach. Geht gleich los! Ich geh weiter nach hinten. Da habe ich noch ein paar mehr vor mir, die ich später einsammeln kann. Hau rein, Kamerad. Heut' brennt die Bahn!" Tarzan atmet auf. Immerhin hatte das fröhliche Geschwätz ihn deutlich entspannt. Nur der letzte Satz hatte ihn wieder daran erinnert, dass es durchaus noch andere Sorgen gab, als die um eine neue persönliche Bestzeit. Er schickte ein Stoßgebet an irgendeinen Kerl da oben, den das vielleicht interessierte: „Heut' brennt hier nichts. Mach deine Arbeit und sieh zu, dass hier keinem was passiert. Amen, dein Tarzan."

19:25 Uhr. Warum, zum Teufel, ging das hier nicht los? Auch die anderen Läuferinnen und Läufer um ihn herum wurden unruhig. Immer noch plärrten die Lautsprecher, doch hier hinten auf den billigen Plätzen war so gut wie gar nichts zu verstehen. Jedenfalls hörte sich das Gequake nicht sonderlich besorgt oder aufgeregt an. Tarzan musterte die Zuschauer hinter der Absperrung. Wusste nicht, was er suchte. Erkannte mit erfahrenem Blick mehrere zivile Bullen, die verstohlen in ihre Handys quatschten, ansonsten aber eher gelangweilt aussahen. Von vorne war anschwellender Jubel zu hören. Man hatte also endlich die Platzpatronen für die Startpistole gefunden. Sofort begannen alle, mit den Füßen zu scharren, zu hopsen oder auf der Stelle zu joggen. Albern. Hopst und zappelt und scharrt lieber ab Kilometer fünfzehn, ihr Spacken. Tarzan mimte den Supercoolen. Stehen Sie bequem, Sergeant. Innerlich zappelte er aber kräftig mit. Scheiß-Attentatsplan. Gelaufen wird! Die einzige Katastrophe, die es heute gibt, wird seine Zielzeit sein. Endlich schaffte er es, die Gedanken auf das Laufen zu fokussieren.

„Da, die Spitzengruppe! Da drüben!", schrie einer und alle Köpfe wandten sich nach links. Ein Auto mit Zeituhr auf dem Dach kam in Sicht. Dahinter ein Trupp Läufer. Läufer? Renner! Die wetzen, als wäre der Leibhaftige hinter ihnen her. Der gesamte 04.30er Block klatschte und johlte und pfiff. Nach der Spitzengruppe folgten weitere Cracks, die nur unwesentlich langsamer waren. Alles dürre Heringe, dachte Tarzan. Laufmaschinen, reduziert auf ausgemergelte Oberkörper und sehnige, muskelstrotzende Beine. Als irgendwann auch die ersten Freizeitsportler in Sicht kamen, setzte sich auch Tarzans Block in Bewegung. Drei Meter vor, die ersten tänzeln schon wie nervöse Dressurpferdchen, stopp! Weitere fünf Meter vor - stopp. Dann endlich zog sich das Feld vor ihnen so weit auseinander, dass ein kontinuierliches Traben möglich wurde. Tarzan aktivierte seine GPS-Uhr. Zwanzig Minuten nach der ursprünglich geplanten Startzeit überquerte er die elektronische Bodenmatte auf der Startlinie. Er drückte die Go-Taste seiner Uhr. Ab dafür! Euphorie wallte auf, als er die lächelnden, verbissenen, ernsten, entspannten oder einfach nur vor sich hin grienenden Gesichter der ihn umgebenden Läufer musterte. Wo war eigentlich seine Zugläuferin? Ups, weit voraus schwankte die Fahne im Wind. Die machte aber Dampf! Kaiserring! Links rum, alter Junge! Frenetischer Jubel hinter den Absperrungen, dröhnende Musik. Lauf, Tarzan, lauf! Jetzt inmitten dieser Menschenmenge rückte das Anschlagsszenario in weite Ferne. Wer wollte das hier aufhalten? Wer nicht gerade taktische Atomwaffen zuhause im Fahrradschuppen rumliegen hatte, würde es schwerhaben. Boston kam ihm in den Sinn. Rucksackbomber. Drei Tote, 264 Verletzte. So etwas war natürlich auch hier denkbar. Gegen heimtückische Sprengsätze gab es keinen Generalplan. Achten Sie bitte auf Ihr Gepäck! Haha! Ein Marathon ist der reinste Gepäck-Tsunami. Klar: Stichproben wurden gemacht. Rasche Blicke in Taschen und Beutel. Wer wollte, könnte hier tonnenweise Sprengstoff anschleppen. Sicherheit? Auch wenn ich mich wiederhole: Haha …

Tarzan zwang sich zur Konzentration. Beinahe hätte er einen Kerl umgerannt, der seelenruhig mitten auf der Strecke seine Schnürsenkel band. Laufschuhe werden immer mit Doppelknoten geschnürt, du Anfänger! Kopfschüttelnd trabte Tarzan weiter. Weit voraus kam die Pyramide des

Planetariums in Sicht. Das Läuferfeld hatte sich auseinander gezogen. Endlich freie Bahn. Tarzan schaute auf die Uhr: Immer noch knapp unter sechs Minuten auf den Kilometer. Das würde er nicht lange durchhalten. Aber da vorne war die Zugläuferin. Was macht die denn jetzt? Ohne anzuhalten, wurschtelte sie den Fahnenstock aus dem Rucksack, warf ihn einer Kameradin zu und begann zu spurten. Hallo? Alarmglocken klingelten in Tarzans Kopf! Hey, was ging hier ab? Tickte im Rucksack der Zugläuferin bereits der Wecker? Rauchte die Lunte? Jetzt verließ sie auch noch die Strecke! Als er sah, was das Ziel der Frau war, prustete er los. Das blaue Plastikhäusel mit dem weißen Dach war, ihrem Tempo nach zu urteilen, die Rettung in letzter Sekunde gewesen. Die Ersatzläuferin hielt die Fahne in der Hand und grinste. „So, Leute, jetzt können wir endlich unser normales Tempo laufen. Seid ihr noch alle da?" „Jaaaa!", tönte es wie beim Kasperltheater aus lachenden Mündern.

„Andrea fängt uns wieder ein, die läuft normalerweise unter vier Stunden."

„Mit oder ohne Sitzungen?", fragte ein Clown, und wieder erscholl gut gelauntes Gelächter in der Gruppe. So soll es bleiben, dachte Tarzan. Ein schöner Lauf bei schönem Wetter. Mehr will ich gar nicht. Gleichzeitig wurde ihm bewusst, wie hilflos und kindlich dieser Wunsch selbst für ihn klang.

***

Rheingönheim, Hauptstraße
Verpflegungsstelle bei Kilometer 30, 19:50 Uhr

„Kinners, das dauert noch. Die ersten werden vor halb neun nicht hier sein!" Eberhard Basso beantwortete mit der ihm eigenen Engelsgeduld die quengeligen Fragen der Zwillinge. Schon am frühen Nachmittag, als die Tische und Bänke angeliefert wurden, waren Sven und Leia mit Feuereifer dabei. Die Siebenjährigen schnauften enttäuscht und begannen, Murmeln in die Plastikbecher zu werfen, die ihnen der Vater zum Spielen gegeben hatte. Vor fast sechs Stunden hatten sie ihn bestürmt, eine der Plastikwannen mit Wasser zu füllen, damit sie mit den Nachbarskindern Marathon spielen konnten.

„Lasst uns aber noch ein paar Becher für den Abend übrig!", hatte sie Eberhard lachend ermahnt. „Nicht, dass die Läufer aus der hohlen Hand trinken müssen!"

Seine Frau Linda war froh um die Abwechslung, die der Marathon mit sich brachte. Da hockten die Zwillinge nicht den ganzen Tag vor der Glotze oder dem Tablet. Im Augenblick sausten sie begeistert um den Block, während die Nachbarskinder in den viel zu großen Helfershirts ihnen die Wasserbecher hinhielten.

Erst jetzt, während schon die Dämmerung hereinbrach, machten sich die ersten Ermüdungserscheinungen bei den Kleinen bemerkbar. Trotzdem wunderte sich Linda, als ihre Kinder völlig erschöpft darum baten, auf ihre Zimmer zu gehen. Nein, sie wollten nicht fernsehen, sie seien nur müde.

„Wir ruhen uns aus und ihr sagt uns Bescheid, wenn die Läufer kommen!" krähte Leia und ihr Bruder nickte. Linda gefielen die beiden gar nicht. Die werden jetzt nicht krank werden, dachte sie besorgt und fühlte bei Sven die Temperatur auf der Stirn. Nichts Außergewöhnliches, aber er war deutlich blass um die Nase. „Dann ab mit euch und putzt eure Zähne, sonst dürft ihr nachher nicht runterkommen!" Ein missmutiges, gedehntes Okay war die Antwort, dann trollten sich die beiden durch den kleinen Vorgarten des Reihenhauses.

„So wie die heute am Toben waren, würde es mich nicht wundern, wenn die bis morgen früh durchschlafen", bemerkte Eberhard und begann, die verstreuten Becher einzusammeln.

Zusammen mit der halben Nachbarschaft betrieben die Bassos den Verpflegungsstand. Sie waren erst vor einem halben Jahr von Fulda hierhergezogen und nutzten die Veranstaltung, um ihre Nachbarn besser kennenzulernen. Auch deren Kinder wurden nun zunehmend ruhiger, aßen Eis oder spielten auf ihren Handys herum. Jeder hatte seine Gartenstühle mitgebracht, man saß gemütlich beisammen, trank Bier und Rieslingschorle und freute sich auf die Läuferschar.

Nach einer halben Stunde verließ Linda die Gruppe, um nach ihren Kindern zu schauen.

Kurz darauf erhob sich auch Eberhard, um noch eine Flasche Wein zu holen. Als er durch das Hoftor ging, erschien Linda in der Haustür. Eberhard blieb stehen und starrte seine Frau an. Linda war bleich. Alle Farbe war aus ihrem Gesicht gewichen. Ihr Mund stand offen, ihre Augen waren unnatürlich weit aufgerissen. Sie stützte sich am Türrahmen ab und Eberhard sah, dass sie am ganzen Körper zitterte.

„Ebi, die Kinder ... die Kinder, Ebi ... sie sind ..." Er konnte sie gerade noch auffangen, bevor sie auf die Waschbetonplatten im Eingangsbereich aufschlug.

***

Seckenheimer Hauptstraße, Schifferkinderheim,
zweite Verpflegungsstelle

Solo ging es gut. Schon frühzeitig hatte sie ihren Rhythmus gefunden und passierte beinahe ständig langsamere Läufer. Sie lief knapp unter sechs Minuten auf den Kilometer. Etwas schneller, als sie sich vorgenommen hatte, aber sie musste sich beherrschen, um nicht noch mehr Gas zu geben. An der Verpflegungsstelle griff sie sich zwei Becher mit Wasser. Die waren nur halbvoll und Solo zwang sich sogar zum Gehen, damit nicht zu viel davon verschüttet wurde. Sie musste kurz an Tarzan denken. Der schwört auf seinen Flaschengurt, in dem er einen angeblichen Zaubertrank aus Cola und Traubenzucker mit sich führte. Schon der Gedanke daran, ließ sie erschauern. Für den menschlichen Körper unter Anstrengung gab es ihrer Meinung nach nichts Besseres als Wasser. Pur und ohne Kohlensäuregeblubber. Sie trank auch zuhause am liebsten Leitungswasser. Aber wenn es ihm hilft, dachte sie. Der tumbe Trotzkopf wird heute sein Waterloo erleben, kam es ihr wieder in den Sinn. Die paar Wochen Training hatten ihm zwar gutgetan, und er hatte sogar etwas abgenommen, aber für einen Halbmarathon reichte das nicht. Der läuft noch vor Kilometer vierzehn gegen die Wand. Armer Kerl, aber der wollte das so. Armer Kerl? Sie warf die Becher auf die Seite und lief los. Solo hatte lange Beine und einen schönen Laufstil. Mehr als einmal hörte sie anerkennende Pfiffe aus den Reihen der Zuschauer. Sie war stolz darauf. Hallo? Sie wurde in ein paar Monaten Fünfzig und die Boys pfiffen ihr nach! Sie passierte das Gerätehaus der Freiwilligen Feuerwehr. Ein ganzer Trupp Firefighter hockte auf einem Gerätewagen und feuerte hauptsächlich die weiblichen Teilnehmer an. Solo warf ihnen eine Kusshand zu und erntete begeistertes Johlen und den markerschütternden Ton einer Pressluftfanfare, die an eine Atemschutzflasche angeschlossen war. Euphorie übermannte sie und ihr Handy, welches sie in einem Gurt um den Oberarm trug meldete eine Pace von 04:25 min/km. Wie der Wind flog sie um die Ecke in die Waldshuter Straße. Kurz darauf der Ortsausgang. Der Mannheimer Ortsteil Seckenheim war der „Wilde Eber" Mannheims. Die Bevölkerung war sich dieser Ehre bewusst, und nirgends sonst wurden die Teilnehmer des Marathons so frenetisch angefeuert wie hier. Vor einem ehemaligen Bauernhof hatte sich eine zehnköpfige Familie versammelt und veranstaltete auf Töpfen, Zinkwannen, Eimern und Tupperschüsseln eine apokalyptische Sinfonie. Solo klatschte Kinder ab, die ihr begeistert die Hände hinhielten. Dann erreichte sie das Ortsende. Ab hier führte der Weg entlang des Neckars durch saftige Wiesen. Vor Solo zog sich die kunterbunte Schlange der Läufer bis zur A6, deren Brücke die Strecke unterquerte, um dann in Richtung Innenstadt zu führen. Immer am Neckar entlang. Zusammen mit der Parkinsel in Ludwigshafen einer der schönsten Abschnitte dieses Laufs. Solo lief jetzt wieder ihr geplantes

Tempo. Gut! Sie fühlte sich zum ersten Mal seit Wochen wieder richtig gut!

***

Seckenheimer Landstraße, Höhe City-Airport Mannheim

Andrea hatte sie tatsächlich schnell wieder eingeholt, konterte die flapsigen Sprüche mancher Mitläufer mit gekonnter Schlagfertigkeit und zeigte nun, was für Qualitäten sie als Zugläuferin besaß: Auf den Punkt genau in 06:10 min/km lief sie locker und entspannt auf ihren bemerkenswerten Beinen. Dabei war sie mit durchaus fraulichen Formen gesegnet, wie Tarzan bewundernd feststellte. Was für ein Weib! Pure Energie, dabei von einem ausnehmend freundlichen Wesen. Die ist mit sich im Reinen, dachte Tarzan und ein ganz klein wenig nagte der Neidhamster an seinem Selbstbewusstsein. Das wäre er auch gerne. Im Reinen mit sich. Entspannt. Fröhlich. Vorne unter der Brücke der B38a stand ein Streifenwagen. Dessen Anblick holte Tarzan wieder in die überhaupt nicht entspannende Gegenwart zurück. Die Besatzung lehnte lässig an der Motorhaube und schenkte ihnen Daumen hoch und aufmunterndes Lächeln. Gute Bullen, dachte Tarzan. Die Bösen haben heute alle Innendienst. Die Lauftruppe unterquerte das Brückenbauwerk und folgte weiter der Seckenheimer Landstraße. Die Gruppe hatte sich seit den letzten zwei Kilometern formiert. Keine Rangeleien um Plätze, jeder trabte in seiner persönlichen „Ecke". Andrea und ihre Partnerin wurden ohne Murren als Rudelführerinnen akzeptiert. Die erste Wasserstelle kam in Sicht. Das Wasser! Es ist das

Wasser! In Tarzan schnarrte der Alarm und eine rote Rund-
umleuchte begann zu kreisen. Das Wasser! Tarzan nestelte
eine der kleinen Flaschen aus seinem Bauchgurt und setzte
sie an die Lippen. Pappsüß, aber Energie pur! Mit gemisch-
ten Gefühlen registrierte er, wie sich seine Mitläuferinnen
und Läufer großzügig an den Wasserbechern bedienten.
Unzählige leere Becher lagen auf den anschließenden hundert Metern. Er ließ sich etwas zurückfallen und suchte
den Getränkestand mit den Augen ab. Kurz bevor er auf-
fiel, hatte er es gesehen: ein grauer Kombi mit geöffneter
Heckklappe. Tarzan erhaschte einen Blick auf einen aufge-
klappten Aluminiumkoffer, voll mit Flaschen und kleinen
Plastikdosen. Ein Mann mit weißen Gummihandschuhen
hantierte daneben an etwas herum, das Tarzan nicht erkennen konnte. Als er an dem Stand vorbei war, wandte Tarzan
sich kurz um. Der graue Kombi hatte ein Stuttgarter Behör-
dennummernschild. Die Spätzlepolizei im Einsatz! Okay.
Die tun also was. Fragte sich nur, ob es ausreichte. Wenn
nichts passiert, können sie behaupten, es habe an den her-
vorragenden Sicherheitsmaßnahmen gelegen, wenn nicht,
werden sie sagen, wir haben getan, was in unserer Macht
stand. Trotzdem, der Mann am Kombi trug ordentlich dazu
bei, dass Tarzan sich wieder auf seinen Lauf konzentrieren
konnte. Auf der gegenüberliegenden Straßenseite parkten
ein Rettungswagen und ein Mannschaftsbus vom Roten
Kreuz. Die Besatzungen saßen auf zwei Feldbetten und
mampften Kuchen, den wohl eine Anwohnerin gestiftet
hatte. So sind sie, die Monnemer, dachte Tarzan gerührt.
Immer die Gosch uffreiße, aber dahinter einfach nur lieb.
Übermütig kickte er weggeworfene Plastikbecher zur Seite

und forcierte sein Tempo, um wieder Anschluss an seine Truppe zu finden. Fünf Kilometer hatte er jetzt geschafft. Zeit: 35 Minuten. Is okay. Noch sechzehn …

Sechzehn Kilometer war die längste Distanz, die er im Training gelaufen war. Danach hatte er eine Blase am linken Fuß und drei Tage lang Muskelkater gehabt. Egal. Noch mal fünfe und dann hatte er fast die Hälfte!

Sie liefen unter der A6 hindurch. Die Sonne stand schon niedrig und tauchte alles in warmes, goldenes Licht. Über dem Odenwald mit dem markanten Königstuhl hingen noch die dunklen Wolken von heute Nachmittag. Die Strecke folgte nun der Südumfahrung von Seckenheim, um dann über die Meersburger Straße in den Ortskern vorzustoßen, wo der Bär steppte. Tarzan freute sich auf zwei Dinge: endlich Kilometer zehn zu passieren (wir erinnern uns: fast die Hälfte!) und auf die ausgelassene Stimmung. Hier draußen, auf freiem Feld, spielte sich zuschauermäßig kaum etwas ab. Hier und da Streckenposten, zum Teil mit Anhang, Sanis, Bullen und ein paar Spaziergänger, die ihre Lumpis und Bellos an der kurzen Leine hielten, wenn eine solche Menge Beißwaden an ihnen vorbeizog. Im Zickzack ging es durch die Straßen.Tarzan freute sich über seine Zwischenzeit bei Kilometer zehn: 01:04, besser als im Training! Noch elf Kilometer. Elf? Pah! Lockerer Sonntagmorgenlauf! Schließlich kam er an eine weitere Wasserstelle. Genau die, an der Solo vor über zehn Minuten auch vorbeigelaufen war. Wieder trank er eine seiner fünf Miniflaschen aus. Er hielt sich an die Intervalle der offiziellen Verpflegungsposten, da blieb er im Takt. Wieder beschlich ihn ein mulmiges Gefühl, als er die Unmengen an Bechern sah, die auf den Tischen standen und auf den folgenden hundert Metern den Boden bedeckten.

Ein Sprinter mit eingeschalteter Warnblinkanlage stand am Straßenrand. Der Fahrer hatte vier große Kartons auf einer Sackkarre und wartete auf eine Lücke unter den Läufern, um seine Ware zu den Helfern zu bringen. Die dunkelgrüne Kluft und das Firmenzeichen auf der Brusttasche kannte Tarzan nur zu gut: BOROPACK AG. Die Tür des Transporters stand offen und Tarzan erkannte lange Schlangen ineinandergesteckter Becher, die in Plastikschläuchen verpackt waren. Nachschub. Umwelttechnisch bedenklich, aber hygienisch. BOROPACK AG … Unter Tarzans Schuhsohlen krachten und splitterten die herumliegenden Becher. Becher … Das Wasser! Es ist das Wasser! Tarzan wurde es heiß, als habe jemand in seinem Bauch einen Bunsenbrenner aktiviert. Er blieb stehen. Wüst fluchend wich ein hinter ihm laufender Teilnehmer dem plötzlichen Hindernis aus. Tarzan machte instinktiv einen Schritt zur Seite und drehte sich um. Der Mann mit der Sackkarre lud gerade seine Kartons ab und einer der Helfer zückte ein Teppichmesser, um sie zu öffnen. Tarzans Brust hob und senkte sich, als habe er gerade einen Rekordsprint hinter sich gebracht. Nein Leute … es ist nicht das Wasser! Es sind die Becher! Die Becher!

„DIE BECHER!", schrie er mit sich überschlagender Stimme, während er gegen den Strom der Läuferinnen und Läufer zurück zur Wasserstelle rannte. „DIE BECHER! ES SIND DIE BECHER! VERDAMMT NOCH MAL, ES SIND DIE BECHER!"

Congress Centrum Rosengarten
Lageraum, Ebene 3, 20:45 Uhr

Der Leiter des Krisenstabs, Erster Polizeihauptkommissar Karsten Bremer, sprach ruhig in sein Headset, verband mit einem Tastenschlüssel den vor ihm stehenden Laptop mit dem Beamer und erhob sich. Bremers ruhige sonore Stimme brauchte kein Mikrofon. „Achtung bitte: Voralarm für alle Einheiten. Wir haben einen Vorfall bei W Zwo. Wiederhole: Voralarm für alle Einheiten!" Augenblicklich begannen die Einsatzleiter auf ihren Tastaturen zu hacken und in ihre Mikrophone zu sprechen. Entlang der Marathonstrecke klappten Türen, wurden Motoren angelassen und Blaulichter zuckten. Auf der Leinwand erschien ein vergrößerter Ausschnitt des Streckenplans, auf ein Satellitenbild projiziert. Seckenheim. Da, wo die Badener Straße in die Seckenheimer Hauptstraße mündete, blinkte ein roter Kreis. Bremer schwieg und lauschte in sein Headset. Er murmelte etwas in das Mikrophon und trat dann neben die Leinwand. Drei Dutzend angespannte Gesichter waren ihm zugewandt.

„Ein offenbar verwirrter Läufer ist an der Getränkeausgabe ausgerastet. Er hat die Tische umgestürzt und die Helfer und einige Teilnehmer verbal und wohl auch tätlich angegriffen. Er wurde mit der Hilfe einiger beherzter Feuerwehrmänner ruhig gestellt. Es gab mehrere Leichtverletzte, darunter der Täter und einige Helfer und Läufer. Johanniter sind bereits vor Ort. Es handelt sich hauptsächlich um Abschürfungen und Prellungen. Der Mann ist laut Aussage der Sanitäter völlig außer sich und droht zu kollabieren. Ich höre gerade, dass es gelungen ist, ihm eine

Beruhigungsspritze zu verabreichen. Kollege Bluhm…", überrascht hob der Angesprochene den Kopf, „…nehmen Sie zwei von meinen Leuten mit und fahren Sie da raus. Ich will wissen, was da los war."

„Wieso ich? Sie haben doch …"

„Der Mann hat ausdrücklich nach Ihnen verlangt. Holt den Bluhmepeter, hat er mehrfach gefordert. Der Bluhmepeter erklärt euch das, holt den Bluhmepeter, verdammt noch mal. Zitat Ende."

Kapitel 15

Tarzan wird entfesselt, ein Mörder gesteht und eine Staatsanwältin versucht, einen Behinderten zu töten.

Als der Streifenwagen, eskortiert von zwei Maschinen der Motorradstaffel, an der Getränkestelle ankommt, erinnert nichts mehr an das Tohuwabohu, das hier noch vor einer Viertelstunde geherrscht hatte. Tarzan, denn dass es sich um seinen persönlichen „Asylanten" handelte, ist Bluhm längst klar, wurde ins nahegelegene Feuerwehrgerätehaus gebracht. Dort, im Sanitätsraum, liegt ein fachmännisch verschnürter, bunter Rollbraten auf der Liege. Ein Arzt misst gerade den Blutdruck. An einem Stativ hängt ein Tropf. Zwei Feuerwehrleute und zwei Rettungsassistenten stehen daneben.

„Bluhm, Kripo Mannheim", grunzt der Kommissar, „Lassen Sie uns bitte einen Moment alleine, meine Herren?"

Widerstrebend erfüllten die Männer Bluhms Anweisung. Dieser schloss nachdrücklich die Tür des kleinen Raumes und zog sich einen Hocker unter der Liege hervor. Ächzend ließ er sich darauf nieder und musterte Tarzan (ja er war es, wer sonst?) ernst.

„Bluhmepeter ist jetzt da. Alles gut? Hättest mich auch einfach anrufen können. Knallkopp."

„Es sind ...", Tarzans Stimme setzt aus, er räuspert sich mehrmals, dann sprach er mit vom Beruhigungsmittel verwaschener Stimme weiter, „... die Becher. Das Wasser ist in Ordnung. Das Gift ist in den Bechern. Ihr müsst den Marathon sofort abbrechen, hörst du? Niemand darf mehr aus einem dieser Becher trinken! Abbrechen! Sofort!"

„Siehst du das?" Bluhm hielt ein kleines Gerät in die Höhe, „Das ist ein digitales Funkgerät. Sonderfrequenz. Bring mir einen einzigen Beweis für deine Theorie, und der Marathon ist in einer Minute vorbei."

„Ich weiß es einfach! Glaub mir, ich weiß es! Sie werden alle sterben!"

„Beweise, Tarzan. Be! Wei! Se! Wir werden zum Gespött der Nation, wenn du Unrecht hast."

„Dann bete, Bluhm, bete, dass ich Unrecht habe, aber tu mir einen Gefallen:"

Bluhm schaute Tarzan in die Augen mit den unnatürlich großen Pupillen.

„Gefallen ist mein zweiter Vorname." Tarzan versuchte, die Lederriemen zu dehnen, und Bluhm durchtrennte diese kurzerhand mit seinem Schweizer Messer. Tarzan versuchte sich aufzurichten, war aber noch zu benommen.

„Schnapp dir ein paar von den Bechern und lass die auf Kontamination mit Sachen checken, die da nicht reingehören. Aber beeil dich, ich hab' das Gefühl, dass die Sache längst gelaufen ist." Bluhm sah, dass sich die Augen seines Freundes mit Tränen füllten. Scheiße ... Solo lief da draußen mit. In den Tod? Er aktivierte das Funkgerät.

„Bluhm, Einsatzstelle W Zwo. Ich will, dass augenblicklich die Trinkbecher, welche an der Strecke ausgegeben werden, von einem Lebensmittelchemiker untersucht werden. Achtung: Bitte keine Kräfte der Firma BOROPACK einsetzen! Ich wiederhole: Kein Equipment und keine Kräfte der BOROPACK! Vollzugsmeldung sofort an mich!"

Im Lageraum brach Hektik aus, mehrere Beamte verließen den Raum, die Telefondrähte glühten.

Jetzt bewährte sich, dass man die Bedrohungslage nicht unterschätzt hatte und zudem die chemischen und Lebensmittel verarbeitenden Betriebe in der Region mit einbezogen hatte. Ein Laborwagen der Südzucker AG, deren Hauptverwaltung nur einen Steinwurf vom Rosengarten entfernt war, stand in einem für die Öffentlichkeit gesperrten Teil der Tiefgarage. Beamte in weißen Ganzkörperoveralls schleppten Becher herbei, während die Chemiker ihre Computer hochfuhren und die Systeme checkten. EKHK Bremer, der Einsatzleiter, stand vor dem großen Transporter und schaute auf die Uhr. Schon nach fünf Minuten öffnete sich die Schiebetür und eine Frau im Chirurgen-Outfit streckte den Kopf heraus.

„Wir haben etwas, Herr Kommissar. Wir wissen zurzeit noch nicht, was es ist und ob es überhaupt toxisch ist, aber es gehört definitiv nicht zu den Bestandteilen, aus denen diese Becher normalerweise bestehen, und es ist nur innen. In einer Viertelstunde wissen wir mehr."

„Danke! Geben Sie das Ergebnis bitte sofort durch. Gute Arbeit!"

„Herr Oberbürgermeister?" Im Laufschritt hat er die Kurzwahl für den OB gedrückt, der die ganze Zeit über im Lagezentrum war.

„Herr Bremer?" Dr. Peter Kurz schien geradezu vor dem Telefon gelauert zu haben.

„Abbruch! Brechen Sie den Marathon sofort ab. Die Analyse ist positiv im weitesten Sinne. Wir haben keine Zeit, auf das endgültige Ergebnis zu warten. Brechen Sie das Rennen ab. Ich kümmere mich um die Rückführung und Betreuung der Läufer. Ich bin auf dem Weg zu Ihnen, bis gleich!"

Draußen brach die dröhnende Musik schlagartig ab. Ein Klopfgeräusch und ein Hüsteln, begleitet von einer kreischenden Rückkopplung waren zu hören.

„Eins zwei … geht das raus? Ach, das ist schon an … okay …" Die Stimme klang unsicher, festigte sich aber rasch: „Achtung, Achtung! Dies ist eine Durchsage des Veranstalters. Aus technischen Gründen muss der Marathon, sowie alle anderen Disziplinen, unterbrochen werden. Wir bitten alle Teilnehmer zu bleiben, wo sie gerade sind. Sie werden abgeholt. Bitte bewahren Sie Ruhe, es besteht kein Grund zur Sorge. Ich wiederhole: aus technischen Gründen muss der Marathon …" Bremer durchmaß mit langen Schritten das Foyer, sprintete die Treppen hinauf und sah durch die hohen Fenster lange Reihen von Einsatzfahrzeugen mit blitzenden Blaulichtern auf den Kaiserring einbiegen.

Der OB empfing ihn schon an der Tür. „Die RNV schickt Sonderzüge und alle verfügbaren Busse auf die Strecke. Die Rosengartenleitung baut auf meine Anweisung das EG und das Untergeschoss in ein Notlazarett um. Das Dorint Hotel stellt uns seine Konferenzräume zur Verfügung. Das Uni-Klinikum und alle anderen Krankenhäuser sind informiert und fahren ihre Katastrophenschutzprogramme an. Die Feuerwehren der gesamten Region sind in Bereitschaft."

„Danke!" Die beiden Männer schauten sich an. Macher! Taktierer und Bürokraten wurden hier nicht gebraucht.

„Es wird eine Massenpanik geben." Die Staatsanwältin. Sie sprach aus, was Bremer schon seit Bluhms Anruf Unwohlsein bereitet hatte. „Das Beschlagnahmen der Becher bleibt nicht unbemerkt." Bremer zuckte mit den Schultern. Was sollte er denn machen? Keine Panik, Leute, ihr seid ja sowieso verseucht, lasst es euch nur schmecken, aber bitte keine Panik? Oder was? Das Fünkchen Hoffnung, dass es sich bei dem, was die Chemiker gefunden hatten, um eine durch Schlamperei verursachte Verunreinigung handelte, glomm immer schwächer. Gerne würde er seinen Kopf hinhalten, wenn sich alles als blinder Alarm erweisen würde. Gerne seinen Hut nehmen, wenn dadurch auch nur ein einziges Leben gerettet werden könnte. Er schaute der attraktiven Staatsanwältin in die schwarzen Augen.

„Beten Sie, dass es nur zu einer Panik kommt, Frau Arkadi." Sie stand noch vor der großen Leinwand, als er längst schon wieder das Headset auf dem Kopf hatte und seine Finger über die Tastatur flogen. Ein Eishauch schien durch den Raum zu wehen. Unabhängig von der Klimaanlage.

Zu spät. Es war viel zu spät. Die Spitzengruppe hatte bereits über zwei Drittel der Strecke hinter sich und befand sich zurzeit in Höhe des Ludwigshafener Südweststadions auf dem Weg zurück nach Mannheim. Um die machte sich Bremer die wenigsten Sorgen. Die Profiläufer nahmen an der Strecke deponierte Eigenverpflegung zu sich. Die liefen an den offiziellen Wasserstellen flott durch. Das war aber nur das i-Tüpfelchen. Das Gros der Teilnehmer bestand aus Freizeitläufern, Vereinsmitgliedern, Schülern und Leuten, die zum ersten Mal im Leben die Königsdistanz in Angriff nahmen. Die nahmen dankbar jeden dargebotenen Becher, manche sogar zwei, und leerten sie meist in einem Zug. Der Stopp des Ausschanks und die Becher-Einsammel-Aktion waren ein hilfloser Versuch, Schaden zu begrenzen. Bremer kam sich vor wie der Mann, der einem abstürzenden Bergsteiger hinterher sprang , um ihn zu retten.

Der Raum um ihn herum verengte sich plötzlich, das geschäftige Summen der Gespräche hörte sich an wie ein angreifender Bienenschwarm. Bremer griff zur Wasserflasche und trank in großen Schlucken. Wasser ... ein Pseudonym für das Leben schlechthin. Ab heute würde er in der klaren Flüssigkeit nur noch das grinsende Antlitz des Todes sehen.

Sein Handy klingelte. Unbekannter Teilnehmer. „Lageraum, Bremer."

„Dr. Ahmadi, Südzucker. Wir haben an unserem Laborwagen miteinander gesprochen."

Die Frau mit der Chirurgenmaske! Bremer war augenblicklich hellwach. Ahmadi fuhr fort: „Es ist ein Kontaktgift. Schwer nachzuweisen. Wohl eine Neuentwicklung. Das Gerüst erinnert an die bekannten Rattengifte ..."

Rattengift! Jemand brachte einen ganzen Marathon mit Rattengift um!

„Wie kommt das Gift in die Becher?", unterbrach er die Chemikerin rüde. „Kann das einer an den Wasserstellen reinschütten, oder so?" Das Fünkchen Hoffnung. Das allerletzte. Das Fünkchen, das ihm zuflüsterte, dass ein Psychopath ein paar Becher kontaminiert haben könnte. Dr.

Ahmadi trat es aus: „Ausgeschlossen. Das Gift muss bereits in einer Vorstufe der Produktion aufgebracht worden sein. Es löst sich durch feuchte Wärme. Die ideale Temperatur zur Freisetzung liegt zwischen 30° und 40°C. Die Körpertemperatur des Menschen ...“

„Bringen Sie die Unterlagen auf dem schnellsten Weg in den Lagerraum, Ebene 3! Ein Beamter erwartet Sie am Aufzug!“ Bremer beendete das Gespräch. Für gesittete Umgangsformen bot die Apokalypse eindeutig zu wenig Raum. „Kollege Moustafa!“ Ein uniformierter Polizeikommissar hob den Kopf. „Gehen Sie zu den Aufzügen. Frau Ahmadi kommt mit wichtigen Unterlagen hier rauf. Sofort zur Staatsanwaltschaft damit. Danke!“ Der Mann nickte kurz und verschwand. Keine Fragen. Keine Zeit. Guter Mann.

37°C. Klar. Das Gift schlief und tat niemandem was. Weder beim Transport, noch beim Hantieren. Setzt man einen der Becher an die Lippen ... 37°C ... dann strömen die toxischen Moleküle in den Körper wie eine Flutwelle. Was für eine Teufelei!

Der Kernsatz von Ahmadis Aussage war aber, dass dieses Höllenzeug bereits während der Produktion verarbeitet worden war.

BOROPACK! Verdammt! Sämtliche Becher kamen aus den Hallen der BOROPACK auf der Friesenheimer Insel. Der Retter des Dämmermarathons. Einer der Hauptsponsoren! Die Becher wurden gratis zur Verfügung gestellt. Transport und Nachschub auf Firmenkosten. Ein Glücksgriff für die Veranstalter. Kostendämpfung. Qualität von einem der Global-Player in der Verpackungsbranche. Nur das Beste für Mannheim. Der Tod hatte keine Kosten verursacht. Entlasten Sie bitte den Finanzvorstand.

Bremer erhob sich und suchte die Staatsanwältin in dem Gewusel.

„Frau Arkadi!" Die hübsche Eurasierin beendete ihr Gespräch und kam zu ihm herüber.

„Ich brauche einen Haftbefehl für Dr. Bonifatius Rohnburg, einen Durchsuchungsbeschluss für sämtliche Gebäude der BOROPACK AG sowie für die Privatwohnung Rohnburgs. Gefahr im Verzug! Das Gift ist schon während der Produktion in die Becher gelangt. Beweise liefert Ihnen Dr. Ahmadi von der Südzucker."

***

Mannheim und Ludwigshafen wurden zu einem Hexenkessel. Konfuse und frustrierte Läufer irrten über die Strecke. Busse standen im Stau, Straßenbahnen wurden von querstehenden Fahrzeugen blockiert, hilflos zuckten Blaulichter und plärrten Sondersignale. Ein grünsilberner Toyota Landcruiser der Wasserschutzpolizei holperte über die Neckarwiesen in Richtung Innenstadt. Bluhm kauerte schwitzend und fluchend hinter dem Steuer, während Tarzan sich krampfhaft an den Haltegriffen festklammerte. Bluhm hatte den Wagen den Kollegen von der WSP fast mit Waffengewalt abgeschwatzt. Er hatte von Bremer die Info erhalten, dass die Verhaftung von Rohnburg unmittelbar bevorstand. DAS konnte er sich unmöglich entgehen lassen! Das Auto sprang über armdicke Baumwurzeln, krachte markerschütternd in tiefe Schlaglöcher und pflügte durch Schlammlöcher, als gelte es, eine Rallye zu gewinnen. Oben am Josef-Braun-Ufer standen die Fahrzeuge im Stau. Fahrer waren ausgestiegen und beschimpften sich, oder liefen einfach zu Fuß weiter.

„Lass mich hier raus!", forderte Tarzan, als die Ebert-brücke in Sicht kam. Bluhm ging nicht vom Gas, schaute Tarzan mit einem schnellen Seitenblick an. „Hosen voll?"

„Quatsch, ich schnapp mir mein Fahrrad und suche Solo. Die geht nicht ans Handy."

„Akku leer, die kommt schon von alleine wieder, keine Bange." Als er Tarzans tränenüberströmtes Gesicht sah, bremste er den schweren Wagen bis zum Stillstand.

„Sorry, aber die Handy-Netze sind heute völlig überlastet. Das muss nichts bedeuten, dass sie nicht ran geht …" Aber Tarzan war schon draußen, Bluhm sah ihn die Böschung hinaufstolpern und zwischen den hupenden Autos verschwinden.

„Viel Glück, Tarzan, du wirst es brauchen …" Wir alle werden es brauchen, dachte er, während er das Gaspedal durchtrat und die Stollenreifen kiloweise Dreck in die Radkästen schaufelten. Rohnburg! Das Schwein! Das wollte er sehen, wie die dem die Batterien in seiner E-Karre abklemmten! Du zahlst, Rohnburg. Du zahlst die Rechnung!

***

Nationaltheater, 21:09 Uhr

„He, der Marathon ist abgesagt, Alter! Nix geht mehr!" Tarzan kümmerte sich nicht um die Rufe einer angeheiterten Gruppe junger Leute. Er spurtete über den Parkplatz des Nationaltheaters, quetschte sich zwischen Autos und einer Straßenbahn durch, deren Fahrer in aller Ruhe Zeitung las, und erreichte die Berliner Straße. Überall standen Ordner und Polizisten. Flatterbänder wiesen den Weg in den Rosengarten, wo die Hauptsammelstelle war. Einer in einer gelben Jacke klatschte Beifall, als er Tarzan auf sich zulaufen sah. Arschloch. Längst waren Tarzans Tränen versiegt und hatten einer kalten Wut Platz gemacht. Wenn Solo was passierte, dann brauchte Rohnburg keinen Prozess mehr! Vorne am Gitter stand sein Fahrrad, zusammen mit einem Dutzenden weiterer Drahtesel. Tarzan fummelte den Schlüssel aus seiner Hüfttasche, ließ ihn fallen und bekam beim dritten Versuch das Rad frei. Achtlos ließ er das Schloss am Gitter hängen und schwang sich in den Sattel. Er würde die Strecke abfahren. Die Beschilderung war ja noch vorhanden und die durcheinanderlaufenden, verstörten Teilnehmer zeigten ihm auch so, wohin er sich wenden musste. Er hatte keine Ahnung, ob er überhaupt eine Chance hatte, Solo zu finden. Wenn sie zwischenzeitlich in einen Bus gestiegen war, konnte er lange suchen. Egal! Er musste das jetzt einfach machen. Tatenlos in der Sammelstelle hocken, Rot-Kreuz-Tee schlürfen und den hysterischen Stimmen aus dem Fernsehen und dem Radio lauschen, ging gar nicht. Mit dem Fahrrad war noch am ehesten ein Durchkommen möglich. Nach wenigen Minuten erreichte er die Freßgasse. Hier wäre er ursprünglich links abgebogen, um über Planken und Kunststraße den letzten Kilometer vor dem Ziel in Angriff zu nehmen. Da die Strecke für den Autoverkehr immer noch gesperrt und wegen der zahlreichen Läufer auch nicht befahrbar war, kam er gut voran. Ein Bus schob sich durch die Menschenmenge. Gerammelt voll mit Läufervolk. Tarzan schaute in die beleuchteten Fenster. Zwecklos. Da hätte sie schon direkt am Fenster stehen müssen. Sein Gefühl sagte ihm, dass sie nicht in einen Bus gestiegen war. Das war nicht ihre Art. Solo würde auch niemals an eine technische Ursache glauben. Sie würde wissen, dass die Drohung wahr geworden war. Dass der Anschlag lief. Wie auch immer. Das Abräumen der Becher ging ja auch nicht unbemerkt vonstatten. Gift! Dieses Wort war wie ein Wurm, der sich durch die Menschenmenge wand und jeden infizierte. Tarzan trat in die Pedale, bahnte sich seinen Weg in Richtung Norden. Dort, wo sich die Betonrampen zur Kurt-Schumacher-Brücke hinaufschwangen, machte der Kurs einen Bogen zurück in die Planken, um kurz darauf nach rechts in Richtung Schloss abzubiegen. Immer noch trotteten ihm Läufer entgegen. Einige joggten, eine Gruppe junger Frauen rannte singend an ihm vorbei. Lachend in den Tod. Ein Zitat? Wahrscheinlich, aber er hatte keine Ahnung, von wem.

Wegen einer technischen Störung ... Na ja, warum sollten sie nicht singen und lachen? Als er am Schloss vorbei den Fußweg auf die Konrad-Adenauer-Brücke nahm, versiegte der Läuferstrom fast ganz. Das lag daran, dass im Rathaus-Center Ludwigshafen eine weitere Sammelstelle eingerichtet worden war. Wer es bis hierher geschafft hatte, der ging nicht zurück zum Rosengarten.

Mitten über dem nachtdunklen Strom hielt Tarzan an und schaute auf die Uhr. War Solo überhaupt bis hierher gekommen? Knapp die Hälfte. Nach ihrer geplanten Zielzeit müsste sie die Absage also schon weit vorher mitbekommen haben. Er hatte sie verpasst. Wieder betätigte er die Wahlwiederholung: „Der angerufene Teilnehmer antwortet nicht. The person you are calling …"

***

Mannheim, Friesenheimer Straße 14, 21:22 Uhr

Als der dreckverkrustete Landcruiser an der Zahnrad-pumpenfabrik um die Kurve schoss, erwartete ihn bereits ein Meer aus Blaulichtern vor der imposanten Backstein-burg der BOROPACK AG. In der Pförtnerloge saß ein Polizist und winkte ihn durch. Der Schlagbaum stand weit offen. Bluhm fuhr bis zum Hauptgebäude, vor dessen Ein-gang zwei Beamte standen. Rings um das Gebäude waren weitere Kräfte stationiert. Schusshemmende Westen, Hel-me, Maschinengewehre. Wenigstens schmissen sie nicht mit Blendgranaten um sich, dachte Bluhm, stoppte den Ge-ländewagen und stieg aus.

„Moin." Der Griff nach dem Ausweis ging ins Leere … ach ja, den verdaute ja immer noch sein alter Granada. Er zeigte seine Marke, murmelte Bluhm, Kripo Mannheim, und wurde anstandslos eingelassen. Er drückte den Fahr-stuhlknopf. Laut Anzeige befand sich der Lift im oberen Stockwerk. Rohnburgs Penthouse. Die rote Vier leuchte-te beständig und nach einer Minute machte sich Bluhm seufzend auf den Weg über die Treppe. Als er im 3. OG ankam, musste er eine Pause machen. Er fummelte nach seinen Kippen. Mist. Die lagen im Auto. Schwer atmend erklomm er den letzten Treppenabsatz. Die massive Stahl-tür zum Penthouse stand offen. Entspanntes Gelächter war zu hören. Gedämpftes Gemurmel. Wieder ein kultiviertes Lachen.

„Ein vorzüglicher Tropfen. Barrique-Ausbau. Sie werden nichts anderes mehr trinken wollen ...", Rohnburg. Zweifellos. Dem schien es ja gut zu gehen.

Bluhm nickte der Beamtin an der Tür zu. Die kannte er. Da brauchte er keinen Ausweis. Die Szenerie in dem riesigen Wohnzimmer, Rohnburgs „Thronsaal", wie er es nach seinem letzten Besuch im Stillen nannte, war sehenswert: Eine Handvoll Leute umstand den Schreibtisch, hinter dem der Industrielle in seinem Rollstuhl hockte, ein Glas Wein vor sich. Bluhm erkannte die Staatsanwältin, Bremer und drei Kollegen von der Kripo. Sechs martialisch aussehende SEK-Beamte sicherten das absurde Bühnenbild.

Vor dem Schreibtisch standen zwei Besucherstühle. Niemand setzte sich.

Die Staatsanwältin las dem Gelähmten gerade seine Rechte vor. Da hatte er ja noch nicht viel versäumt.

„Haben Sie verstanden, was ich Ihnen vorgelesen habe?", fragte die Arkadi und Rohnburg nickte bedächtig.

„Ja, vielen Dank. Aber das wäre nicht nötig gewesen. Ich habe vor, ein Geständnis abzulegen. Das ist es doch, weswegen Sie hier sind, oder?" Bluhm schaute Bremer an und schüttelte unmerklich den Kopf. Der hatte sie doch nicht mehr alle, oder?

Rohnburg fuhr fort. Er sprach in einem blasierten Plauderton, als befände er sich auf dem Ball der Ölbarone oder einem ähnlich dekadenten Milliardärstreffen. Bluhm verspürte das dringende Bedürfnis, ihm seine gepflegte Birne zu Brei zu schlagen. Behindi hin oder her. Der Mann verkörperte das Böse an sich.

Die Staatsanwältin ergriff wieder das Wort: „Herr Dr. Rohnburg, ich verhafte sie wegen dringenden Tatverdachts, eine schwere staatsgefährdende Straftat geplant zu haben, ich …"

„Meine liebe Frau Staatsanwältin …" Der Mann im Rollstuhl versprühte seinen Charme mit dem Wasserwerfer, „Es tut mir sehr leid, Sie unterbrechen zu müssen. Die so schön umschriebene schwere staatsgefährdende Straftat ist längst dem Planungsstadium entwachsen. Sie wurde bereits erfolgreich verübt. Wenn die Zählungen morgen früh beendet sein werden, können Sie mir gerne die genauen Opferzahlen zur Last legen. Nur werde ich dann nicht mehr die Verantwortung dafür übernehmen können." Er lächelte die Umstehenden an, als habe er gerade den magischen Satz „… and the Oscar goes to …" gesagt.

Bluhm schwante etwas. Er drängte sich an der Arkadi vorbei und herrschte den Mann im Rollstuhl an: „Was meinen Sie damit, keine Verantwortung mehr übernehmen zu können?" Wieder dieses amüsierte Glucksen, das ihn so zur Weißglut brachte.

„Lieber Herr Kommissar, damit meine ich den Schutz der Immunität. Der absoluten Immunität, die einem das Jenseits gewährt. Der Himmel oder die Hölle, in die mich sicher alle wünschen. Ich habe da meine eigenen Vorstellungen und ich werde sehr bald erfahren, ob ich auch damit Recht behalte."

„Sie haben …", Bluhm stockte.

Rohnburg nickte mit dem Gesichtsausdruck eines satten, zufriedenen Säuglings. „C4 Unit X genommen. Das ist der Name der Substanz, die der leider viel zu früh verstorbene Professor Ernst-Ephraim Lanckwarth in meinem Auftrag entwickelt hat."

Bremer zückte sein Handy: „Wir brauchen hier sofort einen Notarzt und einen RTW. Akute Vergiftungslage. Danke."

„Das wird nicht nötig sein, Herr Bremer", sagte Rohnburg, als habe ihm jemand einen Regenschirm angeboten. „Ich habe mir die Dosis um 16:00 Uhr verabreicht. Die Wirkung hat eine Vorlaufzeit von sechs Stunden. Dann tritt der Tod durch allgemeine Lähmung der Muskulatur innerhalb weniger Minuten ein. Keine Sauereien, kein Absondern von Körperflüssigkeiten, keine hässlichen Grimassen, das war mir wichtig. Sie haben also noch eine knappe halbe Stunde. Es liegt an Ihnen, ob ich intubiert in einem Rettungswagen liege, oder noch ein wenig mit Ihnen plaudere. Über das bedauerliche Ableben eines afrikanischen Hasen und den Tod des Professors zum Beispiel. Um die Marathonteilnehmer machen Sie sich bitte keine Sorgen. Die wird nichts mehr retten. Um es mit einer passenden Metapher auszudrücken: Die Kugel hat den Lauf bereits verlassen. Ach ja: Sie brauchen auch keine subtilen Verhörmethoden anzuwenden. Wenn Sie mir die Fingernägel ausreißen oder die Knochen brechen, werde ich davon absolut gar nichts spüren. Sie sehen, es hat auch seine Vorteile, wenn man ein Kopfmensch ist. Es wird Sie sicher auch interessieren, dass es kein Gegenmittel gibt. C4 Unit X wird in etwa einem Jahr an den Markt gegeben. Als hochwirksames Rattengift.

Das war der vorgeschobene Entwicklungsgrund. Erst dann wird es wohl gelungen sein, ein Antiserum herzustellen. Vorher darf kein künstlicher toxischer Stoff die Labore verlassen. Human Rights. Charta der Vereinten Nationen."

Draußen entstand Unruhe. Wie üblich bei Einsätzen mit Gefahrenpotenzial, waren Notarzt und RTW bereits bei der Anfahrt dabei und in Bereitschaft. Jetzt drängten zwei Männer und eine Frau in rotgelben Einsatzjacken, beladen mit ihrer Ausrüstung, in den Raum.

Bremer bedeutete ihnen, zu warten.

„Kein Gegengift?"

„Nein. Ich habe mein Ziel erreicht und werde mir das Ergebnis von Wolke sieben aus anschauen."

„Sie meinen das wirklich ernst, Herr Rohnburg." Es war keine Frage, es war ein Resümee.

„Herr Bremer, wir haben die Pflicht, Herrn Rohnburg …" Samira Arkadi atmete heftig, Schweißperlen standen ihr auf der Stirn. Auch sie war sich der Ungeheuerlichkeit von Rohnburgs Behauptungen bewusst.

„Ich kenne unsere Fürsorgepflicht auch gegenüber dringend Tatverdächtigen, Frau Arkadi. Aber dieser Mann kann uns wichtige Informationen geben, die über das Leben von über zehntausend Menschen entscheiden können. Vielleicht blufft er ja auch …" Sein Handy klingelte und Bremer trat ein paar Schritte zur Seite.

Bluhm beobachtete den Einsatzleiter. Was er sah, beunruhigte ihn zutiefst.

Bremer stand an der deckenhohen Fensterfront, hinter der die Poolbeleuchtung ein magisches Licht erzeugte. Dahinter, scheinbar ansatzlos aus dem Wasser gewachsen, die Lichter der Mannheimer Innenstadt mit dem markanten Fernsehturm, den Hochhäusern am Neckarufer und dem Collini-Center. Der Einsatzleiter stützte sich schwer an einer der Säulen ab, die den Raum trugen. Er war leichenblass geworden, Schweiß glitzerte auf seiner Stirn. Er wandte sich ab, sprach hastig in sein Handy und kam zurück zu der Gruppe um den Schreibtisch. Alle hatten die Veränderung bemerkt. Alle hielten den Atem an, als Bremer sie der Reihe nach ansah. Rohnburg lächelte überheblich.

Bremer sprach zuerst zu den SEK-Männern: „Abrücken. Sie werden hier nicht mehr gebraucht. Vielen Dank für Ihren Einsatz." Die Männer grüßten lässig, sicherten die Artillerie und verließen den Raum. „Sie auch", sagte er mit brüchiger Stimme zu den Rettungskräften, „lassen Sie uns bitte allein, aber bleiben Sie auf dem Gelände. Danke."

Jetzt waren nur noch die Staatsanwältin, Bluhm und seine drei Kollegen, Rohnburg und Bremer im Raum. Der Streifenpolizist am Eingang blieb auf seinem Posten.

„Wir haben die ersten Opfer", sagte Bremer tonlos. „Seit dem frühen Nachmittag häufen sich die Todesfälle in der Region Mannheim/Ludwigshafen. Notärzte und Bestatter haben uns informiert. Es gibt eine Dunkelziffer, weil die Todesursache zunächst nicht eindeutig festzustellen ist. Bisher haben wir 24 Tote, bei denen ein Zusammenhang mit dem Marathon hergestellt wurde. Helfer, Zuschauer und Personen, die mit dem Aufbau der Wasserstellen zu tun hatten. Vier der Opfer sind Kinder." Alle Blicke richteten sich auf den zufrieden grinsenden Mann im Rollstuhl. Jeder war froh, nicht allein in diesem Raum zu sein. Das Leben des Gelähmten wäre keinen Pfifferling mehr wert gewesen. Die kleine Gruppe versammelte sich wieder um den Schreibtisch. Bremer und Bluhm setzten sich. Die anderen standen daneben wie Schildwachen.

Bremer räusperte sich und zwang sich zur Ruhe. „Lassen Sie uns plaudern, wie Sie es nennen, Herr Dr. Rohnburg. Sie wissen sicher, dass seit unserer Ankunft hier unsere Unterhaltung aufgezeichnet wird. Ich betone an dieser Stelle, dass Herr Dr. Rohnburg selbst den Vorschlag gemacht hat, auf die Dienste der Rettungskräfte zu verzichten. Ist das richtig, Herr Dr. Rohnburg?"

„Das ist korrekt, Herr Bremer."

„Herr Dr. Rohnburg, Sie sind dringend tatverdächtig, Professor Lanckwarth getötet zu haben, weiterhin haben Sie selbst zugegeben, ein Attentat auf den Dämmermarathon verübt zu haben. Bisher sind 24 Opfer bekannt. Sie haben Ihr Ziel erreicht, die Region ist im Ausnahmezustand, die Menschen leiden Todesangst. Jetzt ist der richtige Zeitpunkt, um das Ganze noch zu stoppen."

„Wann war Ihr letztes Schießtraining, Herr Kommissar?" Beiläufig. Fast gelangweilt.

„Herr Dr. Rohn…"

„Ich beantworte Ihre Fragen ehrlich und nach bestem Wissen und Gewissen. Ich bin geständig und kooperativ. Also: Wann war Ihr letztes Schießtraining?" Bluhm sah aus, als wolle er sich gleich auf Rohnburg stürzen. Einer seiner Kollegen legte ihm die Hand auf den Arm.

„Vor drei Wochen. Warum wollen Sie das wissen?"

„Sie erinnern sich an mein Beispiel von vorhin? Sie haben die Scheibe anvisiert, den Atem angehalten und den Abzug betätigt. Es knallt. Die Kugel verlässt den Lauf knapp unterhalb der Schallgeschwindigkeit. Welche Möglichkeiten haben Sie, das Geschoß zurück in den Lauf zu bringen, bevor es sein Ziel erreicht?"

Bremers Gesicht war wie aus Stein gemeißelt. Bluhm und seine Kollegen schauten sich an. Samira Arkadi biss sich auf die Lippen. Das war kein Scheißspiel. Das hier war die Mutter aller Scheißspiele.

Rohnburg war die Ruhe selbst. Entspannt schweifte sein Blick über die Gruppe.

„Noch einmal in aller Ruhe: C4 Unit X wirkt zuverlässig sechs Stunden nach Aufnahme. Plus-minus eine halbe Stunde, je nach Körpergröße und Statur. Es ist eine sogenannte Red-Unit, das heißt, es darf das Labor offiziell nicht verlassen, da es zurzeit noch kein Gegenmittel gibt. Ich habe einen Marathon getötet, meine Herrschaften. Akzeptieren Sie das einfach. Meine Mission ist erfüllt. Merkwürdigerweise verspüre ich keine Befriedigung dabei. Stolz, ja. Aber ich habe nicht wirklich daran geglaubt, dass mich der Tod so vieler Läufer mit meinem Schicksal versöhnt. Mein Hass beherrscht nicht mehr meine Tage und Nächte. Ein Läufer hat mich getötet. Er starb durch einen Autounfall, den meine Leute inszeniert hatten. Sie glauben gar nicht, wie billig es ist, in Tansania jemanden umbringen zu lassen. Ein Todes-Discount. Aber heute, in dieser Nacht werden Tausende Läufer sterben. Läufer, die nicht einmal meinen Namen kennen, aber mich trotzdem mit jedem Schritt, den sie tun, verhöhnen."

Bluhm wurde schwindelig. Er hatte in seiner Laufbahn schon Dutzende durchgeknallter Mörder und Totschläger erlebt. Aber noch keinen mit einem solch verquasten Motiv. Der Mann war definitiv geisteskrank.

„Und die Kinder?", stieß er mit heiserer Stimme hervor, „ihre Eltern? Die Helfer, die Zuschauer? Wenn Sie in Ihrer kruden Sichtweise alles, was rennt, als schuldig an Ihrer Lage betrachten, wie passen diese unbeteiligten Menschen in das Bild?" Sein Gesicht war rot angelaufen. Ein Speichelfaden hing aus seinem linken Mundwinkel. Rohnburg neigte den Kopf und schürzte die Lippen. Hätte er es gekonnt, er hätte wahrscheinlich bedauernd mit den Schultern gezuckt.

„Meine Denkweise deckt sich mit derjenigen der meisten großen Feldherren: Cäsar, Napoleon, Hitler, Bush: Kollateralschäden lassen sich nicht immer vermeiden. Manche Waffen haben bauartbedingt einen gewissen, äh ... Streueffekt."

Niemand hat damit gerechnet. Jeder hatte mit sich selbst genug zu tun, um diesem arroganten Massenmörder nicht direkt an die Gurgel zu fahren. Mit einem Schrei, der in einer Art Fauchen endete, sprang Samira Arkadi den Mann im Rollstuhl an. Das Gefährt kippte hintenüber, ein Warnsummer ertönte und irgendetwas knisterte elektrisch. Rohnburg schrie auf, als sich die Hände der trainierten Kampfsportlerin an seinen Kopf pressten und die Daumen die Augenhöhlen suchten. Ein Tumult entstand, als sich alle fünf Männer auf das schreiende und zappelnde Gewirr aus Schläuchen, Kabeln, Rädern und menschlichen Armen und Beinen stürzten. Der Beamte, der den Ausgang bewachte, stürmte mit gezogener Dienstwaffe in den Raum und brüllte mit gegen die Decke gerichtetem Lauf: „Stopp! Hören

Sie damit auf! Keine Bewegung, Polizei!" Der letzte Satz entbehrte nicht einer gewissen Komik, waren doch fünf Polizisten damit beschäftigt, die Staatsgewalt von einem Totschlag im Affekt abzuhalten, was ihnen glücklicherweise nach wenigen Sekunden gelungen war. Rohnburg, jedweder Contenance verlustig gegangen, lag auf dem Rücken in seinem lädierten Gefährt, sein Kopf zuckte panisch hin und her, während sich um die Augen die Haut dunkel verfärbte. Die Staatsanwältin lag rücklings auf Bluhm, der ihren Hals in geschultem Griff in der Armbeuge fixierte und ununterbrochen auf sie einredete. Die anderen Männer rappelten sich auf und schauten sich schwer atmend an. Keiner von ihnen kam auf die Idee, den umgekippten Industriekapitän wieder in die Senkrechte zu bringen.

Die Staatsanwältin wand sich in Bluhms Griff. „Ja verdammt noch mal, ich beruhige mich. Lassen Sie mich los, Bluhm, Sie Grobian! Ja, ich bin die Ruhe selbst, ich…, ich …", Übergangslos begann sie zu schluchzen. Bluhm ließ sie los und kämpfte sich unter ihr hervor auf alle Viere, wo ihm Sven Ludewig, einer der Kollegen, aufhalf. Bremer half der Staatsanwältin auf die Beine. Einer ihrer hohen Absätze war abgebrochen und der Roboterarm des Rollstuhls hatte ihr einen blutigen Striemen quer über das Dekolleté gezogen. Bremer reichte ihr ein Taschentuch und sie putzte sich geräuschvoll die Nase. Immer noch schniefend holte sie tief Luft. „Es tut mir leid. Ich bin ausgetickt. Als er das sagte, mit der Streuwirkung, ich, ich …" sie hustete, dann fuhr sie fort: „Meine Tochter ist bei der SG-Stern. Die stellen einen Großteil der Helfer. Ich kann sie seit zwei Stunden nicht mehr erreichen …" Sie schaute die Männer aus ihren großen Augen an. Von der taffen Staatsbeamtin war nichts mehr übrig. Das verschmierte Make-up ließ sie hilflos und verletzlich aussehen, obwohl sie gerade versucht hatte, einen Menschen mit bloßen Händen zu töten.

„Das tut uns leid, Frau Arkadi. Es wird ihr schon nichts passiert sein", sagte Bremer. Er hob den Kopf und erblickte den Streifenbeamten, der, wie zur Salzsäule erstarrt, breitbeinig im Raum stand. „Mein Gott, Gerhardts, stecken Sie endlich die Waffe weg!", brüllte er den Mann an. Dieser errötete und nestelte mit fahrigen Bewegungen die Pistole ins Holster zurück.

„Hebt mal einer diesen Psychopathen wieder auf! Ich habe noch ein paar Worte mit ihm zu reden."

Bluhm und Ludewig wuchteten den schweren Rolli wieder auf die Räder, ohne sich um den hin und her schwingenden Kopf des Mannes zu kümmern. Ihr Mitleid mit dem Angegriffenen hielt sich in sehr, sehr engen Grenzen. Bluhm richtete die verbogenen Halsstützen und sah mit Genugtuung, wie sich an beiden Augen blühende Veilchen entwickelten. Der Mund verzog sich aber schon wieder zu jenem überheblichen Grinsen, das allen hier so gewaltig auf den Wecker ging. Der Kopf Rohnburgs drehte sich ein wenig nach links und fixierte die Uhr an der Wand.

„Zweiundzwanzig Uhr. Es wird Zeit, dass ich mich von Ihnen verabschiede. Schade. Durch die unprofessionelle Aktion der Frau Staatsanwältin haben wir wertvolle Zeit verloren. Ich hätte Ihnen gerne noch so einiges über C4 Unit X erzählt. Bedauerlich. Wirklich sehr bedauerlllschsch."

Die Stimme wurde schwächer, die Lippen bewegten sich kaum mehr und der Kopf fiel haltlos gegen die Stütze. Bremer ging in die Hocke und packte den Gelähmten bei den Schultern.

„Verdammt! Rohnburg! Rohnburg, schauen Sie mich an! Rohnburg, bleiben Sie wach! Rohnburg!" Ludewig zückte sein Handy. „Sanis und Notarzt ins Penthouse. Rohnburg stirbt, die sollen sich beeilen!"

***

Es war ein trauriger Haufen, der sich im Hof der BORO-PACK AG versammelte. Samira Arkadi barfuß mit ihren Schuhen in der Hand, die Männer mit gesenkten Köpfen und in den Hosentaschen vergrabenen Händen. Überall um sie herum war Leben. Die Spurensicherung war angerückt und begann, die Zentrale und die Labors auseinanderzunehmen. Scheinwerfer wurden aufgestellt, Metallkoffer aus Kleinbussen und Kombis ausgeladen und Fotoausrüstungen wurden gecheckt.

Ein Bestattungswagen rollte gerade durch das Werkstor und wurde von einem Beamten eingewiesen. Bluhm schaute auf die Uhr: „Sechs Stunden? Dann dürfte in drei bis vier Stunden das große Sterben anfangen."

„Hat schon …" antwortete Bremer. „Mittlerweile sind wir bei 43 Todesfällen, die direkt mit dem Marathon zu tun haben."

Bluhm, der in dem Geländewagen der Wasserschutzpolizei endlich seine Zigaretten gefunden hatte, steckte sich eine an. Nach zwei Zügen warf er sie angewidert weg. Tarzan fiel ihm ein. Wie er die Böschung hinaufgekraxelt war, um zu seinem Fahrrad zu rennen. Solo suchen. Vielleicht hatte er sie sogar gefunden. Er schaute auf seine alte Timex. Sie sollten sich versöhnen. Sie hatten nur noch drei Stunden.

Sein Handy klingelte …

***

Mannheim, D5, Höhe Reiss-Engelhorn-Museen

Tarzan hielt an. In seiner Hüfttasche steckten immer noch die kleinen Plastikflaschen mit seinem persönlichen „Dope". Eine war noch gefüllt. Er setzte sie an und drückte sich die süße Brühe in den Mund. Immer noch waren Läuferinnen und Läufer unterwegs. Viele hatten Flaschen oder Dosen in der Hand. Ein Gelenkbus der RNV hielt mit zischenden Bremsen neben ihm. Die Türen öffneten sich. Ein paar der Läufer stiegen bereitwillig ein. Tarzan nicht. Gerade als er sich wieder auf das Rad schwingen wollte, klingelte sein Handy. Fast wäre er gestürzt, als er Hals über Kopf wieder abstieg und das Gerät hervorkramte. Enttäuscht erkannte er eine unbekannte Mobilnummer auf dem Display. Wer zum Teufel rief ihn denn jetzt an?

Er nahm das Gespräch an. „Ja?"

„Tarzan?" Ihre Stimme klang anders als sonst. Leiser, zurückhaltender … ängstlich. Aber es war ihre Stimme, ohne Zweifel. Sie war es! Sein Herz schlug hart gegen seine Rippen, die Umgebung verschwamm, die Geräusche der Stadt, das andauernde Lalülala der Einsatzfahrzeuge, alles wurde zu einem verschwommenen Klangbrei.

„Solo, geht es dir gut? Wo bist du? Ich komme! Sag mir, wo du bist!" Tränen liefen ihm übers Gesicht, er schmeckte

Salz auf seinen Lippen, einige der Passanten warfen dem weinenden Radfahrer mitleidige Blicke zu. Doch der war vor Glück kurz vor dem Zerspringen. Solo! Er hatte sie gefunden. Vielmehr sie ihn.

„Ich bin im Rosengarten. Gerade angekommen. Das Telefon gehört einer Bekannten, die ich getroffen habe. Mein Akku ist leer. Wo bist du?"

„Reiss-Museum, ich bin in fünf Minuten bei dir! Komm zum Start-Ziel-Bogen, ich komm mit dem Rad! Geht es dir gut?"

„Ja, mir geht es gut. Wir reden gleich, ich muss das Telefon zurückgeben. Bis gleich. Kuss!"

Kuss! Hatte Solo eben ihre über Jahrzehnte gepflegte, liebevolle Grußformel gebraucht? Kuss! Tarzan zog geräuschvoll die Nase hoch und atmete so tief ein, dass er sich Sorgen um die Atemluft für den Rest der Bevölkerung machte. Er verstaute das Handy wieder in der Hüfttasche und trat in die Pedale, als gälte es, die Tour de France zu gewinnen. Wild klingelnd und rufend preschte er durch die prächtig beleuchteten Planken, vorbei an den modernen Konsumtempeln, Kinos und Cafés. Manche riefen ihm Verwünschungen hinterher, andere wichen lachend aus. Es schien, als hätten sich die meisten Menschen mit der Situation abgefunden und machten das Beste daraus. Fatalismus pur. Der viel zitierte Tanz auf dem Vulkan. Aber so waren die Menschen. Gift? Anschlag? Ist doch alles so schön bunt hier!

Über die Freude, den Kontakt zu Solo hergestellt zu haben, hatte Tarzan die bedrohliche Lage tatsächlich für den Augenblick verdrängt. Als er die Kolonnen von Rettungswagen, die Flatterbänder und die gestikulierenden Ordner rund um den Friedrichsplatz sah, traf es ihn wieder mit voller Wucht. Der Anschlag. Aber Solo lebte doch. Die anderen Läuferinnen und Läufer, die er unterwegs gesehen hatte auch. War alles doch nur ein riesengroßer Bluff? Nur zu gerne würde er, den seine Freunde immer leicht spottend einen diplomierten Optimisten nannten, das glauben. Aber in seinem Kopf flüsterten andere Geister herum. Sie erzählten von tausendfachem Tod. Kurz vor dem Start-Ziel-Bogen, der nun im Licht der Arbeitsscheinwerfer gar nicht mehr festlich wirkte, kam er mit dem Rad nicht mehr weiter. Er ließ es an einem der Springbrunnengeländer einfach stehen und drängelte sich durch die Menge. Da! Ein hochgereckter Arm, der ihm winkte. Ein strubbeliger Rotschopf. Solo! Seit einigen Jahren hatten die grauen Strähnen in Solos Kopfputz die Oberhand gewonnen. Vor sechs Monaten hatte sie beschlossen, sich die Haare zu färben. Nicht dezent, an ihre Naturfarbe angelehnt, sondern richtig „batschisch", wie sie es nannte. Tarzan fand es damals ein bisschen übertrieben, genauso wie ihre neue Vorliebe für bunte Tattoos auf ihren vornehm blassen Armen, aber er musste sich belehren lassen, dass ein Spießer in ihrer Lebensgemeinschaft völlig ausreiche. Heute hätte sie Nasenringe und Tunnelpiercings in der Größe von Gullydeckeln haben können, es hätte seiner Freude keinen Abbruch getan.

Sie kämpfte sich ebenfalls zu ihm durch und dann lagen sie sich in den Armen. Tarzan heulte wieder. Blöd, aber er konnte rein gar nichts dagegen machen. Im Alter wurde man wohl etwas sensibler.

„Lass uns runtergehen. Sie schenken Kaffee und andere Getränke aus. Es gibt Brezel und Laugenringe. Außerdem haben sie Bildschirme aufgestellt, wo die neuesten Informationen zu sehen sind." Tarzan konnte sich schon denken, was das für Informationen waren: Bewahren Sie Ruhe. Es besteht kein Grund zur Besorgnis. Wir werden Sie informieren, sobald bla bla bla …"

„Ich habe eine bessere Idee: Lass uns in den Lagerraum gehen. Dort haben sie sicher auch Brezel und Kaffee." Dann fiel ihm wieder ein, dass Bluhm ja im Einsatz auf der Friesenheimer Insel war und die Wachbullen sie mit Sicherheit abweisen würden. Er berichtete Solo von seiner Erkenntnis mit den Bechern, klammerte seinen peinlichen Amoklauf vorerst aus und erzählte, dass wohl zurzeit die Verhaftung Rohnburgs lief.

„Rohnburg?" Solo klang ungläubig. „Kann ich mir nicht vorstellen!"

„Der Prof ist tot. Er arbeitete für Rohnburg an einem uns unbekannten Projekt und es ist erwiesen, dass die Becher mit einem unbekannten Stoff kontaminiert wurden. Und zwar während der Produktion. Habe ich mitgehört, während ich mit Bluhm in die Stadt zurückgefahren bin." Er schwieg betroffen, als er merkte, was er bei Solo damit angerichtet hatte. Sie blieb stehen und ergriff seine Hände. Ihre Hände waren schweißnass.

„Die Becher sind vergiftet worden? Alle?" Er sah die nackte Panik in ihr aufsteigen und versuchte, den Schaden zu begrenzen.

„Aber du lebst doch noch, Solo. Dir geht es gut. Genau wie den anderen Läufern hier."

„Scheiße, Mann, ich habe dutzende Male aus diesen Bechern getrunken!" Ihre Stimme wurde schrill und ihre Fingernägel gruben sich schmerzhaft in seine Handrücken. Sie atmete heftig. „Latente Toxine", flüsterte sie.

„Was?"

„Es gibt Gifte, deren Wirkung zeitverzögert einsetzt. Sie werden hauptsächlich bei hochentwickelten Schädlingen wie Ratten oder Mäusen angewendet."

„Woher weißt du das?"

„Im Labor des Prof hängt ein Plakat mit Tabellen zu verschiedenen Latenzzeiten. Habe mich noch gewundert, warum das da hängt. Eine Mitarbeiterin hat mir erklärt, dass sie hier auch Auftragsarbeiten von anderen Firmen annehmen. Das Labor der BOROPACK ist wohl etwas überdimensioniert geplant worden."

„Weißt du eigentlich, was du da sagst?" Solos Augen veränderten sich. Zorn und Angst wichen erschrockener Erkenntnis.

„Wir müssen sofort dahin!" Tarzan zückte sein Handy und wählte Bluhms Nummer.

Kapitel 16

Eine Fernsehkarriere wird frühzeitig beendet, Bluhm hat kein Netz und Solo macht eine Kohlehydratkur.

„Bluhm …" Der Kommissar entfernte sich ein paar Schritte von den anderen und klärte Tarzan über die aktuellen Geschehnisse auf. Tarzan wies ihn auf das von Solo beschriebene Plakat in Lanckwarths Labor hin und dass die BOROPACK AG auch externe Aufträge annahm.

„Hör zu …", sagte er und schaute auf seine Uhr, „Ich ruf im Lagerraum an und organisiere einen Streifenwagen, der euch hier herbringt. Ihr kennt diese Hexenküchen hier am besten. Ich habe bereits veranlasst, dass der Abteilungsleiter hier antanzt. Vielleicht finden wir was, das uns weiterhilft. Die Chance ist geringer als im Lotto, aber mehr können wir nicht tun. Der Prof sprach von einer Latenzzeit von sechs bis sechseinhalb Stunden. Das brauchst du Solo aber nicht auf die Nase zu binden und sonst auch niemandem. Hörst du?" Am anderen Ende war nur schweres Atmen zu hören. Bluhm sah förmlich, wie Tarzan mit den Fingern rechnete.

„Halb zwei", kam es leise aus dem Telefon, „Knapp drei Stunden, eher weniger."

„Seht zu, dass ihr herkommt. Zusammen finden wir was. Versprochen." Er drückte das Gespräch aus, bevor Tarzan noch etwas sagen konnte. Versprochen … Na toll. Alles wird gut. Er war ein lausiger Lügner und Tarzan hatte das sehr wohl bemerkt.

Er schüttelte den Kopf und wählte die Nummer des Lagerraums. Anschließend besprach er mit Bremer die weitere Vorgehensweise. Ermittlungsschwerpunkt waren ab sofort die Labors, vordringlich das Hauptlabor, in dem der ermordete Prof gearbeitet hatte. Nach anfänglichem Zögern erklärte der Einsatzleiter sein Einverständnis, Solo und Tarzan hinzuzuziehen. Ein älterer S-Klasse Mercedes wurde vor der Werkseinfahrt von einem Beamten, der dort postiert war, angehalten.

Bremers Funkgerät knisterte. „Neckar eins, hier Neckar acht, Person gibt an, hier zu arbeiten. Name: Olwingert, ich buchstabiere: Oskar-Ludwig-Wilhelm-Ida ...“ Bremer drückte die Sprechtaste, „Lassen Sie ihn durch, wir brauchen ihn hier. Ende Neckar eins.“ Genervt schaute er sich um. „Das ist der stellvertretende Leiter der Entwicklungsabteilung, Bertram Olwingert. Er wird uns Zugang zu den Labors verschaffen und beratend unterstützen.“

„Chef! Das hier sollten Sie sich ansehen!“ Eine junge Beamtin im Overall der Spurensicherung kam aus einer Metalltür neben einem großen Rolltor.

„Bluhm, machen Sie das mit den Labors, ich bin drüben in der Halle.“ Bluhm nickte und wartete, bis der schwere Mercedes auf einem der Direktionsparkplätze angehalten hatte.

Bremer betrat die Halle und sah auf den ersten Blick nichts Ungewöhnliches. Es war wohl eine ehemalige Kfz-Werkstatt. Eine Hebebühne und eine zugemauerte Grube waren noch zu erkennen. In der Mitte stand ein orangefarbener Mercedes Sprinter älterer Bauart mit gelben Rundumleuchten und der Aufschrift „VERMESSUNG“. Auf

Stative montierte Halogenleuchten ließen jede Schramme und jede rostige Schraube erkennen.

„Na und? Ein Messwagen. Warum so aufgeregt?", raunzte Bremer. Die junge Kollegin schaute ihn mitleidig an und öffnete die Schiebetür des Laderaums. Bremer stieß einen leisen Pfiff aus, als er den Kopf hineinsteckte. Das Fahrzeug war unten offen. Es war ein Fronttriebler, deshalb störte auch keine Kardanwelle. Der Auspuff war fachmännisch in die Schweller verlegt und die Öffnung mit Profilen verstärkt worden, damit sich das Fahrzeug nicht verbog. Zwei schmale Klappen dienten als Deckel und im Heck des Laderaums war ein Zwischenboden zur Aufnahme von Lasten. Die Beamtin bemerkte Bremers Blick, und Stolz auf ihre Entdeckung schwang in ihrer Stimme mit, als sie erklärte: „Wir nehmen gerade Abdrücke der Reifenprofile, checken den Innenraum auf DNA-Material und sonstige Spuren und nehmen die Erde aus den Karrosseriefalzen mit ins Labor. Es würde mich schon beträchtlich wundern, wenn mit diesem skurrilen Begräbnismobil nicht die Leiche eines gewissen Professor Lanckwarth beseitigt worden wäre."

Bremer war beeindruckt. Da hatte sich einer richtig Gedanken gemacht. Dagegen waren die New-Yorker Mafiosi mit ihren Hudson-Leichen die reinsten Stümper.

„Gute Arbeit, Frau Kollegin. Sehr gute Arbeit! Machen Sie weiter!"

***

Congress Center Rosengarten, Lageraum, 22:10 Uhr

Polizeihauptkommissarin Melanie Frank hatte als stellvertretende Einsatzleiterin den Überblick. Alle Informationen liefen über die drei Monitore auf ihrem Schreibtisch. Die Entwicklung in der Friesenheimer Straße kam in Echtzeit hier an. Sie kam gerade aus einer Besprechung mit der Veranstaltungsleitung und dem Oberbürgermeister. Ausnahmezustand. Großschadenslage. Das waren die Worte der Stunde. Feuerwehr, Zivilschutz, Polizei und sämtliche Rettungsorganisationen unterstanden nun direkt Dr. Peter Kurz. Der OB war natürlich nicht allein mit dieser gewaltigen Verantwortung. Vertreter der genannten Organisationen waren ständig um ihn herum. Die Kommunikation stand. Das hatte man in den Übungen der vergangenen Jahre oft genug geprobt. Alles war schon durchgespielt worden: Super-GAU im Atomkraftwerk, Flugzeugabsturz, Erdbeben, Chemieunfall, Naturkatastrophen, Terrorattacken. Alles war berücksichtigt worden. Für alles hatte es Planspiele und groß angelegte Übungen gegeben. Nicht für das hier. Nicht für solch einen geruchlosen, unsichtbaren, heimtückisch schleichenden Tod. Weitere Hundertschaften wurden angefordert, Lautsprecherwagen fuhren durch die Straßen, Rundfunk- und Fernsehsender unterbrachen ihre Programme, Mobilfunkbetreiber versandten Mails und Nachrichten über alle Kanäle, soziale Medien wurden genutzt. Alle, die vor und während der Veranstaltung aus den Kunststoffbechern getrunken hatten, wurden zu den Sammelstellen gerufen, wo Teams aus Sanitätern, Ärzten, Psychologen und Seelsorgern bereitstehen. Alles konzentrierte sich darauf, diese Menschen zu erreichen. Was dann mit ihnen geschehen sollte, wie ihnen geholfen werden sollte, was für Maßnahmen dann zu ergreifen waren ... das wusste hier niemand. Wenn innerhalb der nächsten zwei Stunden kein wirksames Gegenmittel gefunden würde, würden die Hilfskräfte Tausenden von Menschen nur noch beim Sterben zusehen können. Die einzigen, die dann noch richtig was zu tun hätten, wären die Seelsorger.

Melanie Frank schaltet sich durch die zahlreichen Außenkameras. Die Menschen, vor einigen Minuten noch voller Galgenhumor, flotte Sprüche auf den Lippen, hatten mittlerweile die angespannte Situation bemerkt und wurden unruhig. Wilde Gerüchte kursierten und vereinzelt wurden ihr Gruppen gemeldet, die versuchten, die abgesperrten Bereiche zu überwinden um nach Hause oder sonst wohin zu fahren. Die ersten Eskalationen wurden aus der Innenstadt gemeldet, wo angeblich eine Gruppe in Laufkleidung ein Eiscafé geplündert haben soll. Mannheim City entwickelte sich zu einem Pulverfass. Hubschrauber kreisten am Nachthimmel. In der gesamten Stadt war der Verkehr zusammengebrochen, die Deutsche Bahn fuhr den Hauptbahnhof nicht mehr an, der öffentliche Nahverkehr fand nicht mehr statt. In den Außenbezirken standen verlassene Straßenbahnen in langen Reihen. Die letzten Busse waren vor einer halben Stunde von der Marathonstrecke zurückgekommen. Draußen vor dem Wasserturm waren die Sportreporter zu Krisenkorrespondenten mutiert, standen in Reih und Glied vor den Ü-Wagen mit den Parabolantennen und bliesen Einschätzungen, Statements, unbestätigte Angaben und Interviews mit selbsternannten Experten in den Äther. Ein Irrenhaus. Melanie Frank gibt den Marschallstab vo-

rübergehend an Mohammed, einen dreißigjährigen Ober-
kommissar ab, der vor Stolz beinahe platzt, und verlässt
den Raum fast im Laufschritt. Jemand von der Gebäude-
technik hatte einen der Notausgänge geöffnet und sie trat
auf das bekieste Flachdach hinaus. Drei Raucher nickten
ihr konspirativ zu. Einer gabt ihr Feuer. Keiner sagt etwas.
Alle hingen ihren Gedanken nach und saugten an ihren
Kippen. Rauchen kann tödlich sein? Lächerlich. Zwanzig
Meter unter ihnen bewegten sich immer noch Menschen-
mengen. Kinder weinten, ein babylonisches Sprachenge-
wirr drang zu ihnen herauf. Überall Handys. An den Ohren, vor den Köpfen, hochgehalten, um zu dokumentieren:
Seht her, ich war dabei! Automatisch gepostet auf Twitter,
WhatsApp, Facebook. Die Hoffnung, dass sich die Menschen, die aus den Bechern getrunken hatten, morgen über
die erhaltenen Likes freuen könnten, tendierte gegen null.
Sogar einen großen Standascher hatten sie hier aufgestellt.
Die Krise war hervorragend organisiert. Sie drückte ihre
Kippe aus und zündete sich gleich noch eine an. Eigentlich
wollte sie sich das Rauchen abgewöhnen. Spätestens, wenn
sich das erste Kind anmelden würde. Mittlerweile war sie
sich nicht mehr ganz sicher, ob sie überhaupt noch ein Kind
haben wollte. Tief inhalierte sie den Rauch. Zeit, wieder an
die Arbeit zu gehen.

Als sie den Lageraum betrat, spürt sie sofort, das sich die
Stimmung verändert hatte. Eine bedrohliche Atmosphäre
hing fast körperlich greifbar im Raum. Der junge Ober-
kommissar atmete erleichtert auf, als er sie näher kommen
sah und räumte beinahe überstürzt den Platz vor den drei
Bildschirmen.

„Es geht los", informierte er sie mit gepresster Stimme, „Wir haben die ersten Todesfälle im Center. Sie haben sofort den betreffenden Raum abgeriegelt. Einer der kleineren Säle. Wir hoffen, dass nichts nach außen dringt." Melanie Frank schaute den Kollegen ruhig an. Die Eiskönigin haben sie sie schon genannt. Meistens die, welche bei ihr abgeblitzt waren. Hier und jetzt brauchte sie diese Rüstung. Auch wenn sie am liebsten weinend davongelaufen wäre.

„Ich übernehme Mo, mach mal 'ne Pause." Erleichtert kehrte er zu seinem Arbeitsplatz zurück und griff sich seine Jacke. Melanie fröstelte. Jemand war angekommen. Hier im Congress Center. Niemand hatte ihn gesehen, niemand hatte ihn bemerkt. Er war hier: seine Exzellenz, der Tod.

***

Hauptlabor BOROPACK AG, 22:36 Uhr

„Der hat hier förmlich gelebt, so wie das hier aussieht", Bluhm ging durch das persönliche Büro des Professors. „Ein Arbeitstier, wie man es sich nur wünschen kann. Was ist mit dem Tresor?"

„Leer", antwortet einer der zahlreichen Beamten, die dabei waren, das Unterste zuoberst zu kehren. Überall standen graue Klappkisten aus Kunststoff, in denen relevant erscheinende Gegenstände abtransportiert werden sollten. Bluhm öffnete einen Hängeschrank über der kleinen Küchenzeile des Büros.

„Meine Herrn. Diabetiker war der nicht." Der Schrank besaß zwei Zwischenböden und war bis auf den letzten

Zentimeter mit handelsüblichen Kilopaketen Kristallzucker angefüllt.

„Wisst ihr vielleicht, ob der auch ein oder zwei Tropfen Tee in seinem Zucker nahm?", fragte Bluhm Tarzan und Solo, die mit ratlosen Gesichtern im Raum standen. Bluhm bemerkte, dass Solo ständig auf ihre Sportuhr schaute. Sein Magen rumorte. Wenn sie hier versagten, würde er ihren Tod hautnah mitkriegen. Die Nachrichten aus dem Lagecenter ließen keinen Zweifel an Rohnburgs Aussagen. Warum hörte dieser Albtraum nicht auf? Soff er wieder und hatte es nicht mitgekriegt? Zu gerne würde er das glauben.

„Habt ihr das schon gesehen?" Tarzan schüttelte den Kopf, „Hier drin nicht, hier sind wir nicht reingekommen. Aber draußen im Lagerraum gibt es ein ganzes Regal damit. Mindestens zweihundert Kilo. Frag mal den Cheffe dort." Er deutete auf Olwingert, einen korpulenten Glatzkopf, der prustend wie ein Seelöwe jedes Öffnen einer Tür mit den Worten: „Passen Sie bloß auf und fassen Sie ja nichts an!" begleitete und ab und zu verhalten aufjaulte, wenn einer der Beamten, natürlich mit Handschuhen, ungerührt trotzdem ein Gerät berührte oder eine Schublade öffnete.

„Der Zucker, Herr Olwingert, was bedeuten diese Mengen von Zucker?" „Was für Zucker?" (Schnauf) „Zucker? Oh, der Zucker! Das hat der Professor veranlasst. Der hat jeden Monat eine halbe Tonne geliefert bekommen."

„Wozu?"

„Wozu? Mein lieber Herr Kommissar. Der Professor hat mit niemandem über seine Arbeit gesprochen. Über das aktuelle Projekt schon gar nicht."

Bluhm merkte auf, „Der Zucker gehörte zu seinem aktuellen Projekt?" Olwingert nickte und seine Kinne verdoppelten sich. Er schwitzte.

Eine schnarrende Stimme erklang aus Richtung der Tür: „Zeigen Sie uns die Arbeitsbücher der letzten acht Tage, Herr Olwingert."

Alles erstarrte, nur Bluhm grinste vor sich hin. Er hatte vorhin noch ein Telefonat geführt. Wenn das alles hier in die Binsen ging, dann hatte er sie lieber an seiner Seite.

„Die äh, Arbeitsbücher …", stammelte Olwingert unsicher, „das machen wir hier alles digital, wir haben hier …"

„Dann fahrn's den Rechenknecht hoch und holen's uns den Schmarrn auf den Schirm. Aber flott, mein Lieber!" Elke Lukassow zwinkerte Solo zu und nur wer sie gut kannte, ahnte die dunklen Befürchtungen hinter der Stirn der Ex-Kommissarin.

Seltsamerweise reagierte Olwingert nahezu devot auf die Forderungen der Frau im Lodenmantel. Bluhm glaubte zu wissen, wer bei ihm zuhause die Hosen anhatte.

Der dicke Abteilungsleiter fummelte auf der Tastatur des großen MAC herum, der auf der Arbeitsplatte stand. Das Logo der BOROPACK AG erschien, dann die Aufforderung, ein Passwort einzugeben.

„Schauen Sie bitte mal kurz weg", forderte der Mann und Bluhm schnaufte: „Machen Sie sich nicht lächerlich. Wenn da was drauf ist, das für uns wichtig ist, geht der eh mit in unser Labor. Da können Sie Gift drauf nehmen!"

Als er seinen Fauxpas bemerkte, schaute er unsicher Solo und Tarzan an. Solo tat, als hätte sie den letzten Satz gar nicht gehört und schaute angespannt auf den Monitor.

Olwingert tippte eine Kombination ein und der Bildschirm wechselte. Eine Eingabemaske erschien. Olwingert wählte „Labortagebuch" und eine Tabelle baute sich auf.

„Die letzte Woche, bittschön!", wies die Lukassow ihn an. Folgsam klickte er auf den entsprechenden Reiter. Der Bildschirm wurde blau. In der Mitte erschien ein Rechteck mit einer Zeile Text: „Geschützter Bereich. Bitte geben Sie das Passwort ein."

„Da soll doch …", schnaufte Olwingert und drehte sich mit entgeistertem Gesichtsausdruck um, „Das ist nicht gestattet! Der Professor hat die Daten zu seinem jüngsten Projekt mit einem eigenen Passwort geschützt. Das verstößt gegen unsere internen Vorschriften. Das darf der nicht!" Die Entrüstung war nicht gespielt. Olwingert war not amused.

„Durfte, Herr Olwingert", berichtigte Bluhm den Mann, „durfte, nicht darf. Der werte Herr Kollege weilt nicht mehr unter uns." Noch während er den schnoddrig gemeinten Satz aussprach, dämmerte Bluhm, was er auch für sie zu bedeuten hat: Ende Gelände. Schluss.

„Gibt es sonst noch Unterlagen über die Arbeit, die hier verrichtet wurde?", fragte Solo und Tarzan bewunderte ihre Gefasstheit.

„Was für Unterlagen?", Solo sog scharf die Luft ein. Jetzt merkten alle, dass sie nur eine papierdünne Wand von nackter Panik trennte. Die Uhr lief. Für Solo … und für Tausende anderer unschuldiger Menschen. Tarzan brach der Schweiß aus.

„Bestandslisten, Verbrauchsaufstellungen, Inventarverzeichnisse, Herrgott nochmal, alles ist wichtig!", schnauzte

Bluhm den Mann an. Auf dem Computer poppte ein Fenster auf: Automatische Fütterung Bereich E, Reihen 1 - 4
erfolgt in weniger als einer Minute. Abbrechen-Ändern-
Okay.

„Was ist das?" Bluhm legte die Stirn in Falten.

„Das Erhaltungsprogramm für die Labortiere. Sie befinden sich im Stockwerk unter uns. Die Anlage ist komplett
softwaregesteuert. Wie in einer Hühnerfarm." Der Abteilungsleiter klang beiläufig.

Solo schaute Bluhm an, „Gruselig. Wir haben vor ein
paar Wochen da unten Sprinkler ausgetauscht. Mir hat sich
fast der Magen umgedreht. Hätte nie gedacht, dass mir Ratten einmal leidtun könnten."

„Ratten?" fragte die Lukassow und Solo nickte. „Klar.
Wie wir mittlerweile wissen, wurde hier ja Rattengift entwickelt."

„Wo wurden die Tests mit den Tieren gemacht?", fragte Bluhm, „Auch da unten?" Olwingert nickte. „Die Tiere
müssen vom Rest der Laboranlagen strikt getrennt bleiben.
Der Testbereich bildet ein geschlossenes System. Deshalb
auch die automatische Fütterung."

„Gehen wir", entschied Bluhm, „ich will das sehen!"

Drei Minuten später gab der Abteilungsleiter eine vier-
stellige Kombination an einer gasdichten Tür ein, die leise
zischend aufschwang. Ein schwacher Luftzug entstand. Olwingert erklärte: „Der Bereich wird ständig unter leichtem
Unterdruck gehalten. So können keine Keime entweichen.
Der Luftaustausch läuft über spezielle Filter." Bluhm fühlte sich sichtlich unwohl und auch die Lukassow schürzte
argwöhnisch die Lippen. Tarzan und Solo, die das Proze-

dere schon kannten, hatte die Atmosphäre, ein Mix aus Schlachthof, Zoo und Klinik, jedes Mal bedrückt, wenn sie hier unten zu tun hatten.

Ein schwacher Geruch nach Nagetier hing in der Luft. Das Labor verfügte über zwei Reihen von Arbeitstischen, gespickt mit Monitoren, allen möglichen Gerätschaften und chromglänzenden, peinlich sauberen Käfigen. Die Käfige waren leer. Die Tiere befanden sich in einem durch eine Glastür abgetrennten Raum. Kein Geräusch drang durch die perfekt isolierte Tür. Der Stallbereich blieb abgedunkelt. Das Licht, welches durch die Glastür fiel, reichte einige Meter weit und man konnte exakt ausgerichtete Käfigbatterien erkennen. Huschende Bewegung von Schatten. Bluhm ging an den langen Reihen von Hängeschränken über den Arbeitsplatten entlang. Auch hier Zucker. Nicht in solchen Mengen wie im Lagerraum, aber jeder Arbeitsplatz schien zwei, drei Kilo Zucker in Griffweite zu haben.

„Wieder überall Zucker …" grübelte Bluhm, „ist Zucker vielleicht einer der Grundstoffe, oder eine Art Trägersubstanz für das Gift?" Olwingert lachte freudlos.„Zucker ist schädlich. Das stimmt, aber die Entwicklung letaler Substanzen ist etwas anderes, als die Produktion von Hustensaft oder Schluckimpfungen."

Elke Lukassow sprach aus, was Tarzan schon ein paar Minuten im Kopf herumspukte: „Ist es möglich, dass Zucker das Gegenmittel ist?" Der Abteilungsleiter sah sie mitleidig an: „Ich arbeite nun schon seit über dreißig Jahren in der Industriechemie. Kristallzucker als Gegengift? Der Nobelpreis wäre Ihnen sicher."

„Arbeiten Sie eigentlich in diesem Bereich?" hakte sie nach. Olwingert schüttelte den Kopf. „Ich bin mittlerweile nur noch der Verwalter der Abteilung. Das hier ist das Allerheiligste vom Prof gewesen. Der hat Tobsuchtsanfälle gekriegt, wenn da einer rumlief, der hier nichts verloren hatte."

„Aber er hatte doch sicher Mitarbeiter?", schaltete Bluhm sich ein. Der dicke Mann nickte, „Eine handverlesene Truppe. Zwölf Leute für drei Schichten. Wahrscheinlich steht die Nachtschicht jetzt draußen vor dem Tor und fragt sich, was hier los ist. Die anderen haben Ihre Leute ja alle nach Hause geschickt." Bluhm zückte sein Handy. Kein Netz. Kein Wunder, sie befanden sich im Tiefkeller der „Burg". Das war hier sogar mal als Schutzraum ausgewiesen, wie verblichene Beschriftungen im Treppenhaus verrieten.

„Ich brauche jemanden, der hier unten gearbeitet hat. Sie kommen mit mir!" Er deutete auf Olwingert, „Ihr krempelt derweil alles um. Ich schicke euch noch ein paar Leute von der Spusi." Bluhm stapfte in Richtung Schleuse und der dicke Abteilungsleiter schnaufte hinter ihm her.

In der Einfahrt vor der mittlerweile wieder geschlossenen Schranke hatte sich inzwischen auch ein TV-Team eingefunden. Ein Moderator im Anzug, mit sorgfältig gelegter Frisur, interviewte gerade eine Frau in Arbeitskleidung. Eine kleine Gruppe ähnlich gekleideter Menschen stand daneben.

„Das ist Frau Brikowsky, sie ist auf der Nachtschicht eingeteilt", informierte Olwingert den Kommissar. Der nickte und latschte direkt vor den Scheinwerfer und das Mikrophon des Reporters.

„Bluhm, Kripo Mannheim, Frau Brikowsky?" Die Frau nickte eingeschüchtert. „Wenn Sie bitte mitkommen würden. Wir benötigen Ihre Hilfe."

„Moment mal!" Entrüstete sich der Konfirmand mit der Föhnwelle, „Sie können hier nicht einfach reinplatzen, wir sind eine öffentlich rechtliche Sendeanstalt und ..."

„Haben jetzt Sendepause!", herrschte Bluhm den zornigen Buben an, „Dies ist ein Polizeieinsatz und Sie befinden sich unbefugt auf einem Werksgelände. Wenn ich den Eindruck gewinne, dass Sie unsere Arbeit behindern, sorge ich dafür, dass Ihr nächster Interviewpartner ein Haftrichter ist!"

Frau Brikowsky, eine stämmige Brünette mit osteuropäischem Akzent, schien ein wenig enttäuscht, dass ihre Fernsehkarriere so rüde beendet wurde, aber Bluhm hatte sie schon am Unterarm gefasst und führte sie freundlich aber bestimmt in Richtung Laboreingang. Olwingert walzte voraus und öffnete die Code-gesicherten Türen. Bluhm schaute zum wiederholten Mal auf die Uhr. Vergeudeten sie hier wertvolle Zeit? Bremer war mittlerweile wieder im Penthouse von Rohnburg. Computerspezialisten arbeiteten am Rechner des toten Magnaten und versuchten, die mehrfach gesicherten Dateibestände ans Licht zu hacken. Drei Dutzend Beamte durchkämmten den gesamten Komplex. Bluhm rief sich zur Ordnung. Verzweiflung war gefährlich. Hier war trotz der dramatischen Umstände konzentrierte, professionelle Arbeit gefragt.

Sie nahmen diesmal den Aufzug ins zweite Untergeschoß. Noch in der Kabine sprach Bluhm die Frau an: „Wir haben auffällig große Mengen Zucker in den Labors gefunden. Können Sie uns etwas dazu sagen, Frau Brikowsky?"

„Der war für die Ratten. Die Zuckerbabys vom Prof, so haben wir die immer genannt. Die sind von den anderen getrennt." Bluhms Herz schlug schneller.

„Wo? Wo sind die untergebracht?" Sie hatten jetzt die Schleuse erreicht und befanden sich wenige Minuten später wieder im Labor. Überall waren Schubladen aufgezogen und Schranktüren geöffnet worden. Solo und Tarzan schauten einem Techniker über die Schulter, der versuchte, die Passwortsperre auf dem zentralen Rechner zu umgehen. Er hatte einen verschrammten Laptop und eine externe Festplatte angeschlossen und bediente beide Tastaturen gleichzeitig mit jeweils einer Hand.

Frau Brikowsky deutete auf die Glastür zum Stallbereich. „Dahinter ist noch ein Raum. Kleiner. Der war ursprünglich für Hunde. Aber Hunde haben wir seit Jahren nicht mehr gehabt. Die Ställe wurden erst im letzten Jahr wieder eingerichtet. Nur für Ratten."

„Zeigen Sie uns den Raum!" Bluhms Aufregung war Solo und Tarzan nicht entgangen, sie rissen sich vom Computer los und kamen zu ihm herüber. Solo sah mittlerweile ziemlich angegriffen aus. Elke kam auch und tätschelte ihrer Freundin den Arm. Die Angestellte öffnete die Tür und sofort schlug ihnen strenger Geruch entgegen. Ein Lüfter sprang summend an. Sie durchschritten den Raum, der etwa fünf Meter breit war und kamen zu einer Metalltür. Bluhm hatte einen ähnlich ausgestatteten Raum erwartet, sie standen aber nun in einem zwar kleinen, aber dennoch komplett ausgerüsteten Labor. Auf einem Tisch in der

Raummitte standen vier Käfige. In den ersten dreien lag je eine tote Ratte, im vierten kletterte ein Tier munter mit den Vorderpfoten an den Gittern hoch und musterte die Besucher mit neugierigen Knopfaugen. Die Käfige besaßen auf der Vorderseite digitale Schilder, ähnlich den neuen Preisschildern in manchen Supermärkten.

„Oh, die drei muss ich jetzt aber rausnehmen", sagte Frau Brikowsky und machte Anstalten, den ersten Käfig zu öffnen. Eine behaarte Hand legte sich schwer um ihren Unterarm. Bluhms Stimme klang sanft und beruhigend: „Warten sie noch, Frau Brikowsky. Unsere Leute müssen zuerst alles hier dokumentieren und untersuchen." Die Frau zog sich erschrocken zurück. Bluhm studierte die Schilder: CIIIIEX+$C_{12}H_{22}O_{11}$/5mg stand auf dem ersten. Auf den anderen war die Milligrammzahl jeweils um das Doppelte erhöht worden. CIIIIEX+$C_{12}H_{22}O_{11}$/40mg zeigte das Schild, hinter dem die überlebende Ratte gerade am Wasserspender nuckelte.

„Was bedeutet die Buchstaben bzw. Zahlenkombination vor der Grammangabe?", wollte Bluhm wissen.

„Das vor dem Pluszeichen ist die persönliche Versuchskennung, die vergibt jeder Bearbeiter nach Gutdünken. Das nach dem Plus bedeutet Zucker. Das ist die Formel für Zucker." Bluhm schaute den anderen der Reihe nach in die Augen. Solos Blick war starr auf den ersten Käfig gerichtet. Bluhm bekam es mit der Angst zu tun, als sie leise fragte: „Wie hieß das Gift, das Rohnburg genommen hat? Du hast es vorhin kurz erwähnt." Als Bluhm ihrem Blick folgte, sah er wieder die grünen Leuchtzeichen auf dem elektronischen Display: CIIIIEX+$C_{12}H_{22}O_{11}$/5mg.

„C4 Unit X hat er gesagt. Gesagt und genommen", fügte er noch hinzu.

„Erkennst du es denn nicht?", flüsterte Solo, „der erste Code vor dem Plus: C, viermal die römische Eins, E für Einheit und ein X. C4 Einheit X. Der Prof war ein Eigenbrötler. Der hat Denglisch nicht ausstehen können. Wenn jemand Unit sagte, sagte er Einheit. Wir sehen hier eine Versuchsreihe im finalen Stadium zur Ermittlung der Dosis des Gegenmittels. Das Gegenmittel ist Zucker!" Solo drehte sich um und nahm ein Paket aus dem Regal. Sie riss den Beutel auf, schüttete sich eine Portion auf die Hand und direkt in den Mund. Zuckerkristalle bedeckten ihre Laufjacke, als sie bereits die nächste Portion aus der Packung kippte.

„Wasser! Sie braucht Wasser!", rief Tarzan und zog einen Becher aus einer Halterung an der Wand neben dem Wasserspender. Die Lukassow schlug ihn ihm aus der Hand. Er kollerte unter den Tisch mit den Käfigen. Tarzan hielt erschrocken inne.

„Scheiße! Der Becher! Was bin ich für ein Idiot!"

Solos Lippen waren weiß vom Zucker, ein irrer Glanz trat in ihre Augen. Niemand sprach sie an. Wenn sie sich getäuscht hätten, wäre Solo in etwas mehr als anderthalb Stunden tot. Frau Brikowsky holte eine Flasche Mineralwasser aus ihrer Umhängetasche und gab sie Solo. „Hier, meine Familie trinkt schon die ganze Woche Wasser aus diesem Kasten." Dankbar griff Solo zu, um gleich darauf noch eine Handvoll Zucker zu schlucken.

Elke Lukassow fragte: „Frau Brikowsky, eines der Tiere hat mit 40 mg überlebt. Haben sie eine Ahnung, wieviel

ein Mensch zu sich nehmen müsste, um das Gift zu neutra-
lisieren?" Die Frau nickte und Bluhm hätte sie knutschen
können dafür.

„Gewöhnlich geht man vom Zwanzig- bis Fünfundzwan-
zigfachen der Labordosis für Ratten aus. Da Zucker kein
Toxin ist, würde ich sagen mit 150 bis 200 g sind Sie auf
der sicheren Seite. Sie ...", sie deutete auf Solo, die mit
grünlichem Gesicht die halbleere Packung auf den Tisch
stellte und die Wasserflasche ansetzte, „ ... hat mehr als
genug."

Bluhm zückte sein Handy, fluchte ungehemmt, als er zum
zweiten Mal feststellte, dass es tief unter der Burg kein Netz
gab, und stürmte erstaunlich flink aus dem Raum. Bluhm
rannte über die Treppen nach oben und flog förmlich aus
dem Gebäude. Mit fliegenden Fingern bearbeitete er sein
Handy. „Zucker!", brüllte er, kaum dass Melanie Frank im
Lagerraum das Gespräch angenommen hatte, „gebt ihnen
Zucker! Mindestens 200 Gramm! Das Gegenmittel ist Zucker, hundsgewöhnlicher Zucker! Geben sie das sofort an
alle Einsatzkräfte weiter!" Keuchend stand er im Hof der
BOROPACK AG. Neugierig schauten einige Beamte zu
ihm herüber. Bremer verließ gerade den Eingang des Ver-
waltungsgebäudes. Bluhm setzte sich in Bewegung. Bremer sah ihm mit verkniffenem Mund entgegen.

„Chef!" Bluhm war noch immer etwas außer Atem.
„Chef, wir haben das Gegenmittel. Zucker. Lagerraum ist
informiert. Jetzt müssen wir retten, was zu retten ist."

Bremer schaute ihn ungläubig an. „Haben Sie eben Zucker gesagt?" Bluhm nickt und ein erleichtertes Lächeln

lässt seine Augen fast verschwinden. „Ich habe Zucker gesagt!"

„Wie sicher ist diese Information?" Genauso gut hätte ihm der Chef in den Magen schlagen können. Solarplexus. Punktlandung. Aber er hatte Recht. Eine Ratte. Nur eine Ratte. Wer sagte denn, dass die durch den Zucker überlebt hatte. Wer sagte denn, dass die tatsächlich C4 Unit X bekommen hatte? Und wenn das alles stimmte: wer sagt, dass es beim Menschen auch funktionierte? Bluhm berichtete, dass es Solo war, welche die kryptische Bezeichnung entschlüsselt hatte. Dass sie panisch fast eine ganze Packung Zucker verputzt hatte und dass es ihr immer noch gut ging. Mit jedem Wort wurde ihm klar, wie dünn dieses Eis war, auf dem sie da tanzten. Bewiesen war gar nichts. Zucker als Antiserum zu einem der wirksamsten Toxine der Welt? Selbst wenn Solo nicht in einer Stunde tot umfiel, hieß das noch gar nichts.

Bremer legte ihm eine Hand auf die Schulter. „Bluhmepeter", sagte er ruhig und schaute ihm in die Augen, „Wir haben sonst nichts. Vor allem haben wir keine Zeit für tiefergehende Analysen und Versuche. Wir haben nur diese Ratte und mittlerweile 52 Tote. Ich trage das mit, Peter. Wenn wir damit untergehen, können wir ja zusammen Streife fahren. Gute Arbeit, Kollege."

Bluhms Anruf im Lagezentrum setzte eine Lawine in Gang: Es ergeht Anweisung, die Information über sämtliche zur Verfügung stehenden Kanäle zu verbreiten und die Sammelzentren mit Zucker zu versorgen. Alle nicht unmittelbar im Einsatz befindlichen Dienstfahrzeuge, Fahrzeuge der karitativen Pflegedienste, der Rettungsdienste und

des öffentlichen Nahverkehrs werden mit Zucker ausge-
rüstet. Marktleiter der Discounter und Supermärkte werden aus den Betten geholt und stellen ihre Bestände zur
Verfügung. Die in Mannheim beheimatete Südzucker AG
schickt ihre Lkw in den Großraum Mannheim. Ein Team
aus zehn Leuten ist alleine damit beschäftigt, noch nicht bei
den Sammelstellen registrierte Läufer über die Anmeldedaten zu lokalisieren und anzurufen. Die Katwarn-App wird
aktiviert, Sondersendungen bestimmen längst das reguläre
Programm der Fernseh- und Radiosender.

Solo und Tarzan fahren gemeinsam mit Bluhm im Ge-
ländewagen zurück in Richtung Rosengarten. Die Straßen
sind deutlich leerer geworden. Der Verkehr besteht fast nur
noch aus Taxen, Bussen und Einsatzfahrzeugen. Das Funkgerät quäkt und knistert unentwegt. Plötzlich dreht Bluhm
es laut:

„ … bestätigt. Ich wiederhole: Neckar eins an alle Einheiten: Zucker als Gegenmittel hat sich bestätigt. Eine weib-
liche Person im Sammelzentrum Rosengarten, die bereits
bewusstlos war, wurde durch massive Gabe von Zucker
reanimiert und ist wieder ansprechbar. Aus Ludwigshafen
werden weitere Fälle gemeldet. Weitergabe dieser Informationen bitte an alle Einheiten. Ende Neckar eins."

Bluhm drehte die Lautstärke wieder zurück. Hinter ihm
war es merkwürdig still geworden. Er schaute in den In-
nenspiegel. Solo schaute mit feuchten Augen ins Nichts,
Tarzans Kopf auf dem Schoss. Seine Schultern zuckten.
Ihre Hand strich automatisch über sein schütteres Haar.
Bluhm stieß die Luft in einem langen Seufzer aus. Spät.
Viel zu spät kam die Erkenntnis über das Gegenmittel. Vie-

le waren bereits gestorben. Zu viele. Viele weitere würden noch sterben. Bluhm hatte Angst. Angst vor dem Schicksal der Menschen, die sie trotz allen Aufwands nicht erreichen konnten. Die irgendwo waren, ohne Verbindung zur Außenwelt. Er verflucht den Dämmermarathon. Viele, die hier gelaufen waren, haben noch etwas getrunken, vielleicht etwas gegessen, sich womöglich noch in die Schlange gestellt, um sich die Beine massieren zu lassen und haben dann das gemacht, was die meisten Menschen nach einem solchen Abend tun: sie sind nach Hause gegangen und haben sich ins Bett gelegt. Das Handy verzirpt den Eingang der Alarm-SMS ungehört auf dem Küchentisch, im Schlüsselkörbchen oder in der Jackentasche.

Lautsprecherdurchsagen auf den Straßen reißen heute nicht mehr jeden aus dem Schlaf. Manch einer wird auch dem Alkohol zugesprochen haben. Schließlich hat man ja was geschafft, oder? Andere sitzen in Zügen, tragen Kopfhörer oder Ohrstöpsel gegen die lärmende Umgebung und dösen zufrieden ihrem Tod entgegen. Sie haben verloren. Bluhm presst die Lippen zusammen. Diesmal haben sie verloren. Diesmal haben die Guten verloren.

Kapitel 17

Tarzan steht unter polizeilicher Überwachung,
Solo schickt ihn in die Wüste und ein Taxifahrer
wird ungeduldig.

„Zweihundertacht. Bis jetzt." Bluhm mustert resigniert sein Stubbi. Tarzan sitzt zusammengesunken in dem Fernsehsessel vom Sperrmüll. Es ist ruhig geworden in der Kleingartenanlage. Im Hafen hupt ein Laster. „Die Dunkelziffer wird hoch sein", vermutet Tarzan.

„Scheiße", Bluhm trinkt die kleine Flasche auf ex und stellt sie hart auf den ramponierten Couchtisch mit den vielen Brandflecken. „Die Teilnehmer waren fast alle recht schnell zu orten, wegen der Anmeldedaten. Aber die ganzen Helfer und Angehörigen, die Leute, die dort einfach mal einen Schluck genommen haben. Kinder, die mit den weggeworfenen Bechern gespielt haben. Die Zeit war einfach zu knapp."

„Aber ohne den Prof wäre Mannheim in einem Atemzug mit 9/11 genannt worden." Tarzan verteidigte den toten Wissenschaftler, den er zu Lebzeiten herzlich gehasst hatte. Die Spusi hatte doch noch handschriftliche Unterlagen gefunden. Der Prof hatte gewohnheitsmäßig parallel zur Entwicklung des vermeintlichen Rattengiftes am Gegenmittel gearbeitet und war durch Zufall auf Zucker gestoßen. Der Versuch mit den vier Ratten lief noch, als der Professor von seinem bestochenen Chauffeur auf dem Heimweg in der Industriestraße an seine Mörder ausgeliefert wurde.

Tarzan schaute Bluhm an, „Warum hat der nicht gleich die Polizei informiert, als er den Braten gerochen hat? Das hätte ihm womöglich das Leben gerettet und das Hunderter anderer Menschen auch. Das kapier ich nicht."

Bluhm wiegte seinen massigen Schädel, „Er musste davon ausgehen, als Mittäter betrachtet zu werden. Er war Wissenschaftler mit einer internationalen Reputation. Auch wenn er später rehabilitiert worden wäre, diesen Schatten wäre er nicht mehr losgeworden. Ich denke, der hat geglaubt, alles heimlich still und leise noch verhindern zu können."

Tarzan schaute skeptisch, „Klingt ziemlich dünn."

Bluhm lachte humorlos. „Dass sich zum Schluss alles in wunderbarer Weise aufklärt, ist leider eher die Ausnahme, als die Regel, mein Guter. Letztendlich hat der Prof selbst Rohnburg die nötige Zeit verschafft, ihn zu beseitigen."

Tarzan kippte den Rest seines alkoholfreien Weizenbiers und deutete auf die Reisetasche und den Seesack. „Lass uns fahren, Alter. Wir haben getan was wir konnten."

Bluhm erhob sich ächzend. „Alles gut bei Euch? Oder immer noch Krieg der Sterne?"

„Bin auf Bewährung", brummte Tarzan, „lebenslänglich."

Bluhm grinste schief und öffnete die knarrende Heckklappe des Granada. „Hast du schon einen Bewährungshelfer?"

„Ich stehe unter polizeilicher Überwachung", antwortete Tarzan, „Elke ist der böse Bulle und du bist hoffentlich der gute."

„Mal ganz was Neues", schnaufte Bluhm und steuerte den alten Karren in Richtung Kammerschleuse.

Bluhm lieferte Tarzan am Hausboot ab. Solo empfing ihn mit einem Kuss und einer kurzen Umarmung. Im Wohndeck der Lady Jane standen zwei Koffer. „Du willst verreisen?", Tarzan schwante Schlimmes. Hatte sie jetzt doch die Schnauze voll? Haute sie jetzt doch noch ab, nachdem sie im Rosengarten nach Ablauf der Frist erleichtert weinend in seinen Armen gelegen hatte?

„Du hast ja schon gepackt." Sie wies auf Tarzans fleckiges Gepäck. „Ich glaube aber, du musst noch ein paar Badesachen dazu packen."

„Badesachen? Wir haben draußen gerade mal 16°C."

„Da, wo wir unsere verkorkste Hochzeitsfeier nachholen, sind es laut Wetter-App gerade 26°C." Sie grinste, als sie Tarzans verständnisloses Gesicht sah.

„Es ist ein Ort, an dem wir ziemlich sicher vor der Vergangenheit sind. Hauptsächlich vor deiner."

„Okay", sehr gedehnt.

Solo schaute auf die Uhr, „Das Taxi kommt gleich. In vier Stunden geht unser Flieger."

„Flieger." Sehr zurückhaltend.

„Frankfurt. Emirates. Essen habe ich schon vorbestellt. Einschiffung morgen früh um zehn."

Solo schaute Tarzan mit einer Mischung aus Ungeduld und Erwartung an.

Tarzan brummte:

„Einschiffung. Auf einem schwimmenden Altersheim. Eine Woche über der Reling hängen und kotzen. Tolle Wurst!"

„Vierzehn Tage. Im arabischen Golf ist es laut Reisebüro sehr ruhig und kotzen musst du nur, wenn du All-Inclusive 24 Stunden durchziehst."

„Du hast tatsächlich eine Kreuzfahrt gebucht? So was haben wir doch noch nie gemacht."

Solo zuckte die Schultern und griff nach einem der Koffer. „Wenn du dich damit nicht anfreunden kannst, dann bleib hier. Ich gehe. Ich muss hier weg. Ich kriege die Vorstellung von den Opfern nicht aus dem Kopf. Entweder es geht mir auf diesem Schiff besser, oder in einer Klapse. Ich bin ziemlich von der Rolle, wenn du's genau wissen willst." Sie schniefte, ließ den Koffer fallen und lag weinend in Tarzans Armen, der glücklicherweise vor der Couch stand, auf der sie beide landeten. Tarzan weinte auch. Vor Trauer um die Menschen, denen sie nicht mehr helfen konnten, vor Scham wegen seines lange zurückliegenden Fehltritts und vor Glück, endlich wieder die Liebe seines Lebens in den Armen zu halten.

Der Fahrer des Taxis hupte viermal, dann kam er den Steg herunter und bummerte gegen die Eingangstür. Als er gerade schulterzuckend wieder gehen wollte, wurde die Tür geöffnet und zwei zerzauste Figuren zerrten zwei Koffer und einen Seesack heraus. Er nahm der Frau die Koffer ab und ließ den Kofferraumdeckel aufschnappen. Seine Passagiere nahmen auf der Rückbank platz und knutschten wie die Teenager.

„Frankfurt Flughafen- wie bestellt?" vergewisserte er sich sicherheitshalber.

„Ja, Abflughalle Terminal eins", antwortete die Frau und fuhr sich durch das strubbelige rote Haar.

„Urlaub?"

„Flitterwochen!"

„Freut mich für Sie", lächelte der Fahrer, „meine Frau und ich hatten letztes Jahr auch Silberhochzeit. Da haben wir auch die Flitterwochen nachgeholt."

Er konzentrierte sich wieder auf die Straße und schüttelte unmerklich den Kopf, als das Gelächter im Fond gar nicht mehr aufhören wollte.

Epilog

Nicht alle Teilnehmer und Beteiligte konnten durch die Maßnahmen der Behörden, Veranstalter und der Medien erreicht werden. Einige von ihnen wurden im Nachhinein der traurigen Opferliste zugerechnet:

Sarah B., 24, Studentin,
besuchte unmittelbar nach dem Abbruch des Rennens eine Ludwigshafener Bar im selben Gebäude, in dem sich ihre Wohnung befand, um ein Bier zu trinken. Sie traf dort auf einen ehemaligen Schulfreund, der auch mitgelaufen war. Sie gingen anschließend zu ihr, wo sie ihren ganz privaten Marathon im Schlafzimmer finishten.

Tim G., 25, Einzelhandelskaufmann,
erlebte mit Sarah Brock seinen definitiv letzten One-Night-Stand.

Hassan A., 33, Import/Export,
schaute sich in der Shisha-Lounge eines Freundes bis zum frühen Morgen Aufzeichnungen von Süper Lig Fußball-spielen an. Alle dachten, er sei eingeschlafen.

Gerlinde Z., 54, Hausfrau,
hatte schon während des Laufs Kopfschmerzen, ließ sich von ihrem Mann abholen und ging zuhause gleich ins Bett.

Tobias M., 18, Janosch F., 16, Jaqueline B., 17, Mohamed K., 19, Susan J., 16 und Ivan P., 18, Schüler,
kauften bei einer Tanke drei Flaschen Wein und zwei Flaschen Wodka und versackten am Ufer des Luitpoldhafens, wo sie am frühen Montagmorgen von einem Angler gefunden wurden.

Herr und Frau D. aus Käfertal, die mit ihren 7, 10 und 12 Jahre alten Töchtern an einer der Getränkeausgaben am Start eingesetzt waren, gingen nach dem Start des Hauptfeldes nach Hause und zu Bett, da sie in aller Frühe in Urlaub fahren wollten.

Carolus Y., 36, Triebfahrzeugführer:
geriet mit einer Gruppe von Jugendlichen in Streit, die ihn verprügelten und in den Kofferraum eines illegal abgestellten Schrottautos sperrten.

Nadine S., 38, MTA:
drehte nach dem Abbruch ihres ersten Marathons frustriert die Musik in ihren Kopfhörern auf, ging direkt nach Hause und tröstete sich mit einer Tiefkühlpizza, einer Flasche Aperol Sprizz und den Klängen von AC/DC.

Adam M., 72, Rentner:
Hatte als Spaziergänger am Getränkestand am Fernsehturm um einen Becher Wasser gebeten und war dann zurück ins Seniorenstift gegangen, wo er wie immer sehr zeitig zu Bett ging.

Tatjana J., 22, Tänzerin:
Sprach kein Deutsch, zog sich im Rosengarten um und ging zu Fuß zum Busbahnhof, wo sie einen Fernbus nach Wien bestieg.

Kirsten H., 31, Erzieherin:
ging mit einer Zufallsbekanntschaft noch schnell auf ein Glas Wein in eine Bar, wurde Opfer von KO-Tropfen und nach acht Tagen in einem Wohnwagen auf einem unbebauten Grundstück entdeckt.

ENDE

Anhang:

Kolumne „Krämer" aus Runner's world, August 2016

Vom Schreiben und vom Laufen

Was mach ich hier? Ich stehe mitten auf einer vierspurigen Einfallstraße im Herzen Mannheims, im Blick den prächtigen Jugendstilwasserturm mit seiner wunderschönen Parkanlage. Doch ich bin nicht allein. Einige Tausend Läuferinnen und Läufer zappeln und trappeln um mich herum und warten ungeduldig auf den Startschuss. Es ist Dämmermarathon. Ich habe für den Halben gebucht. Wollen es ja nicht gleich übertreiben. Knapp zehntausend Sportmenschen sind heute Abend hier aktiv. Zehnmal so viele säumen die Strecke, die auch über den Rhein durch die Schwesterstadt Ludwigshafen führt. Richtig, da wo Lena Odenthal beim Joggen immer über Leichen stolpert. Endlich! Mit fünfzehn Minuten Verspätung setzt sich auch der Block, in den ich mich eingereiht habe, in Bewegung. Ich orientiere mich an der Pace-Läuferin für 4:30h. Meine Trainingserfahrung sagt mir, dass ich irgendwo zwischen 2:30 und 2:15 lande, wenn ich keine Dummheiten mache. Die Strecke führt einmal rund um den Wasserturm und dann auf der Gegengerade hinaus aus der Stadt, mehr oder weniger entlang des Neckars. Gerade fetzt drüben die Spitzengruppe vorbei. Wir Endblockler scharren noch mit den Füßen und haben eine Pace wie eine Aldischlange voller Rentner, die's gerade passend haben. Die Jungs da drüben rennen wie die Teufel. So wird das gemacht, Krämer! Schau es dir genau an: SO! wird das gemacht! Nach der Spitzengruppe kommen die Lokalmatadore und endlich auch „normale" Leutchen, so wie wir. Nä! Die sind alle noch gut für Chef-redakteurszeiten. (3:17h) Da kommt kleines dickes Krämer im Leben nicht mehr hin. Warum auch? Ich fühl mich wohl, da wo ich wohn. Ich bin 60 und laufe regelmäßig. Nun auch mal wieder Wettkampf. Wett-Kampf! Mag ich gar nicht, das Wort. Ich kämpfe nicht. Ich genieße. Mittlerweile läuft es endlich auch bei uns. Unsere Pacerin ist zu schnell. Egal, ich halte mit. Wir laufen zwischen 5:30 und 5:50min/km. Bei Kilometer zwei zieht sie noch mehr an und verschwin-det in einem Dixi-Klo. Ah, jetzt ja! Deswegen. Sie hat noch eine Kollegin und die nordet uns jetzt um die 6:00 herum ein. Wir kommen raus aus der Stadt. Wir sehen eine zwei Kilometer lange Läuferschlange in der Abendsonne leuch-ten. Ein schönes Bild. Fröhliche, sportliche Menschen, lä-chelnd, feixend, konzentriert oder einfach in sich gekehrt. Alle laufen. In den Tod. Sie werden alle sterben! Sorry, wollte euch nicht erschrecken. War nur Spaß. Spaß? Arbeit, Leuts, Arbeit! Ich laufe hier Recherche! „Mordsmarathon" ist der Titel meines neuen Solo & Tarzan-Krimis und der Mannheimer Dämmermarathon ist der Hauptdarsteller. Ein Psychopath will einen kompletten Marathon auszulöschen. Und so wie ich das geplant habe, wird ihm das sogar ge-lingen. Allerdings läuft auf der Halbmarathonstrecke auch ein etwas stämmiger Kerl mit lichtem Haar, der nicht nur die Mitläufer, sondern auch die Nachtigallen trappsen hört. Richtig: Lothar Zahn, genannt Tarzan, mein Beinahe-Alter-Ego und demnächst siebenbändiger Held. Damit ich den Rahmen möglichst authentisch schildern kann, trample ich hier also mit. An der ersten Wasserstelle muss ich bereits die Tatwaffe wechseln: Kein Mineralwasser aus Flaschen wird hier ausgeschenkt, sondern das qualitativ hochwertige Mannheimer Leitungswasser. Mittels Gartenschlauch in Plastikwannen gefüllt aus denen die Helfer die Becher vollschöpfen, als gelte es ein sinkendes Rettungsboot auszulenzen. Mist! Ich wollte das Sprudelwasser vergiften! Muss ich mir was Neues ausdenken. Ein Rempler, ein gehetztes „Sorry", ah, die Realität! Kilometer sieben. Noch drei und ich habe fast die Hälfte. Meine Pacerin mit ihrer Gruppe ist weg. Blick zur Uhr: ! Ich bin zu schnell! 05:20 min/km. Gang raus, auf 06:10 runter und Mrodgedanken pflegen. Ein Ruf: „Guck mal die Marathonne! Hey Manni, go-go-go!" Aber hallo, ich bin doch kein Goggo! Ich winke den Leuten am Straßenrand lachend zu und werde wieder schneller. Angeber. Dann kommt auch schon die nächste Verpflegungsstelle. Becher Wasser gegrabscht, im Gehen ausgetrunken, weggeschmissen und wieder loseiern. Alle um mich herum sind gut drauf. Sie lachen und klatschen die Kinder am Straßenrand ab. Wie bring ich die bloß alle um? Als wir wieder die Innenstadt erreichen habe ich eine Erleuchtung im wahrsten Wortsinne! Das isses! Genau das! Strahlend wetze ich die letzten 400 Meter um den Wasserturm um unter gleißenden Discolichtern und wummernden Bässen über die Zielmatte zu hopsen. Heureka! Der Tod ist da! Ihr habt Recht. Krimiautoren sind wirklich nicht ganz dicht. Ach ja: in fast exakt 02:15 h habe ich es geschafft. Aber das ist jetzt Nebensache. Ich habe meine ganz persönliche Massenvernichtungswaffe gefunden. Was es ist?

Wenn Sie das Buch schon gelesen haben, wissen Sie es. Wenn nicht: Lesen Sie!

Solos Firebird, eine kurze Vorstellung:

Was ist denn das nun wirklich für ein Auto, mit dem Solo in meinen Krimis herumfährt?

Den Wagen gibt es tatsächlich. Er gehört meinem Freund Hans Gerd Kreider aus Bürstadt in Hessen. Bei der Hochzeit meiner Tochter diente der „Bird" als cooles Hochzeitsauto. Gerd hat ihn im Juli 2000 als nicht fahrbereiten Oldtimer mit ziemlich vielen Neuteilen gekauft. In den folgenden sechs Jahren wurde der „Bird" dann in einen fast authentischen Originalzustand versetzt. Dutzende Pokale gewann Gerd schon mit seinem Schätzchen, in dem auch für immer die Erinnerung an seine viel zu früh verstorbene Frau Sylvia weiterlebt.

Gerd ist mit seinem Pontiac Mitglied beim US-Car Club Bullets-on-wheels e.V.

Mehr Bilder von Solos Pontiac und vielen weiteren herrlichen Amis auf der Homepage des Clubs:
www.bullets-on-wheels.de

Hier noch ein paar Daten:

Pontiac Firebird Convertible 1968
Motor: vom 72er 455 cui, 335 PS
Getriebe TH 400
Edelbrock Vergaser mit Fächerkrümmer
Chromeluftfilter im Original Look
Komplett neue Elektrik
Frontspoiler Original

Restauriert wurden:
Kompletter Fahrzeugbody mit original Farbton-Lackierung
Verdeck komplett mit Elektrik und Hydraulik
Innenraum
Kofferraum

Danke!

Meiner geliebten Frau Moni. Vierzig Jahre Berg- und Talfahrt in wildem Wechsel. Lass uns leben!

Meiner Verlegerin Barbara Waldkirch, die ich viel zu lange warten ließ! Es tut mir leid.

Meinen Lesern, denen es genauso ging. Auch bei ihnen bitte ich um Entschuldigung.

Stephen King, dessen meisterhafte Romane mir Inspiration sind und waren und dessen Buch „Das Leben und das Schreiben" mir geholfen hat, mich wieder hinzusetzen, zu leben und zu schreiben.

Mein ganz spezieller Dank geht an Sie, dass Sie dieses Buch aufgeschlagen haben!

Kohlemord

Ein Mannheimer
Rhein-Neckar-Krimi

ISBN Taschenbuch	978-3-927455-86-3
ISBN E-Book EPUB	978-3-86476-500-1
ISBN E-Book PDF	978-3-86476-501-8

Ein toter Stadtstreicher in Mannheims feinster Hotelsuite, ein verschwundener Koffer, den seine Eigentümer mit allen Mitteln, Mord nicht ausgeschlossen, wieder in ihren Besitz bringen wollen, ein knorriges Urgestein von Schiffmann auf Kriegspfad gegen die Kohlemafia, Tarzan als Leichtmatrose auf dessen museumsreifem Frachter, Mannheims meistabgemahnter Kommissar Bluhmepeter aus der „Tschäänau" als Fahnder, das typische Lokalkolorit Mannheims und seiner Häfen als Bühnenbild sowie ein grandioser Showdown im geheimnisumwitterten Bunkerkraftwerk unter den Kohlehalden des GKM:

Das sind die Zutaten für einen Krämer-Krimi der Superlative, das Ergebnis aufwendiger und intensiver Recherche und sprachlicher Eloquenz. Manfred H. Krämer vom Feinsten.

Spargelmord

Ein Rhein-Neckar-Krimi

ISBN Taschenbuch	978-3-927455-83-2
ISBN E-Book EPUB	978-3-86476-502-5
ISBN E-Book PDF	978-3-86476-503-2

Beschmierte Wände, Brandstiftung und ein versuchter Mord! Wer will mit allen Mitteln verhindern, dass die Lampertheimer Landwirte die romantischen alten Spargelhäuschen abreißen?

Solo und Tarzan, Krämers kultige Ermittler, geraten wieder einmal unfreiwillig zwischen die Fronten.

Birgt eine der maroden Hütten ein grausiges Geheimnis? Tarzan steht kurz davor, dieses Rätsel zu lösen, da wird er plötzlich selbst zur Zielscheibe eines kaltblütigen Mörders.

Ein rasantes Abenteuer rund um die Spargelstadt Lampertheim. - Solo und Tarzan in absoluter Topform!

Mit Bonus für treue Fans:

* Das kleine Lampertheimer Wörterbuch: Loambaddarisch fa Främme.
* Leckere Spargelrezepte

Mordsquilt

Der etwas andere Krämer...

ISBN Taschenbuch   978-3-86476-020-4
ISBN E-Book EPUB   978-3-86476-506-3
ISBN E-Book PDF   978-3-86476-507-0

Fünf Frauen - Fünf Tote.

Unfall? Selbstmord? Herzversagen?

Alle Fäden laufen buchstäblich in Bernardines Stoffstübchen zusammen!

Quilterinnen sind äußerst kreativ. Auch beim Beseitigen untreuer Ehemänner!

Ein rabenschwarzes, herrlich schräges Meisterwerk aus der Feder des Erfolgsautors Manfred H. Krämer.

Desperate Housewives meets Agatha Christie!

*„Wo alle Fäden zusammenlaufen,
sitzt entweder ein Gangsterboss oder eine Quilterin."*
Maurizia Klawuttke - Giftmörderin

Der Kult-Thriller von
Manfred H. Krämer

ISBN Taschenbuch	978-3-927455-84-9
ISBN E-Book EPUB	978-3-86476-504-9
ISBN E-Book PDF	978-3-86476-505-6

Die Thriller-Reihe von Manfred H. Krämer dreht sich um einen bekannten Mannheimer Strafverteidiger. Folgen Sie dem Autor in die glitzernde Welt der internationalen Model-Szene. Das naiv-optimistische junge Mädchen, das in einem Essener Hinterhof ein demütigendes Casting durchleidet, entwickelt sich zu einer Frau, gegen die Skorpione harmlose Kuscheltiere sind.

Die Handlung führt die Leserinnen und Leser von Mailand nach Nordafrika, von Mannheim über ein einsames Schloss im Odenwald bis ins kalifornische Napa Valley. Anna-Sophia Barlow, die „Skorpionin", hat in ihrem Leben immer alles bekommen, was sie sich gewünscht hat.

Bis ihr eines Tages das Wertvollste genommen wurde, dass sie jemals besaß.

Ihre Rache war fürchterlich. Sie werden sie hassen und Sie werden sie lieben. Lesen Sie. Erschrecken Sie.

MIMENMORD
Ein Mannheim-Krimi
von Oliver Hoffmann

Während einer Aufführung von Wagners *Walküre* im neuen *Mannheimer Ring* wird der Sänger des Siegmunds auf offener Bühne ermordet. Das ist jedoch erst der Anfang einer unheimlichen Mordserie, die die Quadratestadt erschüttert. Scheinbar wahllos schlägt der Mörder zu, und erst nach und nach fügen sich die Puzzleteile zum Bild einer unbewältigten braunen Vergangenheit.

Einer jedoch will unbedingt hinter die Fassade der Wohlanständigkeit blicken. Leo Lessing, Deutschlehrer am gleichnamigen Mannheimer Gymnasium und Gourmet aus Leidenschaft, bleibt hartnäckig auf der Spur und muss verstört erkennen, dass sein geliebter Bertolt Brecht recht hatte:

„Der Schoß ist fruchtbar noch, aus dem das kroch."

Ein Kriminalroman um einen unkonventionellen Ermittler und das Mannheimer Nationaltheater — spannend, sinnlich, kultiviert.

ISBN Taschenbuch	978-3-86476-039-6
ISBN E-Book EPUB	978-3-86476-618-3
ISBN E-Book PDF	978-3-86476-619-0

Leseprobe – Mimenmord

Essstörung

Marly
Welserstraße 25
Ludwigshafen am Rhein
Sonntag, 25. 3. 2012

Ein kluger Mann hatte einmal gesagt, es gebe Orte, die man beschreiben könne; andere müsse man schlicht erleben. Zu letzteren gehörte zweifelsfrei das Restaurant Marly im ansonsten eleganter Gaumenfreuden eher unverdächtigen ältesten Ludwigshafener Stadtteil Hemshof.

Während sich anderswo ein arglistig präparierter Glasfaserspeer final in die Seite eines Star-Opernsängers bohrte, verzehrte Leo Lessing geradezu andächtig einen lauwarmen Oktopussalat und ließ sich dazu ein Glas perfekt temperierten Rieslings vom Weingut Reichsrat von Buhl munden, der auf den schönen Namen *Jesuitengarten im Forst* hörte. Sein Gegenüber, die Psychologin Geza Wolf, die im Gegensatz zu ihrem Begleiter nicht „über die volle Distanz ging", wie Lessing das auszudrücken pflegte, also auf zwei Gänge des großen Menüs aus der übersichtlichen, aber erlesenen Karte verzichtet hatte, sah amüsiert zu, wie er mit zart schmatzenden Geräuschen und den entsprechenden Lippenbewegungen verzückt die ganze Fülle der Geschmacksnuancen des intensiv fruchtigen, aber dennoch mit eleganten Säuren aufwartenden Pfälzer Weines zu erhaschen suchte. Die Wölfin, wie ihre Freunde sie nannten, wusste, dass Leo sie in solchen Augenblicken nicht brauchte. Hier, schlemmend, genießend und ja, völlernd war er ganz bei sich, da wollte er nicht reden, da wollte er stille kulinarische Andacht. Aber da ihre über anderthalb Jahrzehnte bestehende Freundschaft zu jenen seltenen Fällen guter, platonischer Erwachsenenlieben gehörte, die es aushielten, wenn auch mal eine Viertelstunde gemeinsam geschwiegen wurde, nippte sie an ihrem San Pellegrino und frönte ihrer eigenen größten Leidenschaft: dem Beobachten von Menschen.

Obgleich sie Leo Lessing schon seit sechzehn Jahren kannte – sie hatte als frischgebackene Polizeipsychologin die Ermittlungen in einem Mordfall an dem Mannheimer Gymnasium begleitet, an dem er damals als junger Lehrer für Deutsch und Geschichte und Oberstufenberater tätig gewesen war –, hatte sie seine vielschichtige, facettenreiche Persönlichkeit immer noch nicht restlos durchschaut. Der alte Freund gab ihr immer noch Rätsel auf, und das war gut so.

Lessing stammte weder von dem gleichnamigen Dichter und Aufklärer noch von dem deutsch-jüdischen Philosophen und politischen Publizisten ab, auch wenn er sich beiden durchaus in manchen Belangen seelenverwandt fühlte. Auf den ersten Blick hätte man Leo, wie es viele seiner Schüler taten, als den literaturbesessenen, gemütlichen Dicken aus der Oststadt abtun können. Aber das, soweit war die Wölfin in ihrer ganz privaten Analyse gediehen, griff viel zu kurz. Er war zweifellos bibliophil, wie man an seiner von Büchern geradezu überquellenden Singlewohnung in der Leibnizstraße unschwer ablesen konnte, und auch seine Leibesfülle war unbestreitbar. Er selbst bezeichnete sich schwarzhumorig als „untergroß", aber man sah dem Mann, der bei einer Größe von knapp unter einem Meter achtzig die Hundert-Kilo-Marke schon vor Jahren locker gerissen hatte, ohne irgendetwas an seinen Essgewohnheiten zu ändern, mittlerweile leider an, dass sein Übergewicht begann, seiner Gesundheit abträglich zu sein. Geza wusste, dass Leo Medikamente gegen Bluthochdruck nahm. Sie war keine klinische Medizinerin, aber aus ihrer Sicht war es nur noch eine Frage der Zeit, bis Diabetes hinzukam.

Wenn sie ihm so beim Essen, nein, beim Erleben seines Oktopussalates zusah, verstand sie, dass sich seine Lust am Leben, am Genuss teilweise in maßlosem Essen und Trinken ausdrückte. Es war seine Form der Lebensgier.

Das passte zu der Lust am Leben, die er auch in anderen Bereichen des Alltags an den Tag legte. Geza kannte kaum einen beleseneren, kunstsinnigeren, zugleich aber auch politischeren und dem Jetzt zugewandteren Menschen als Leo Lessing. Er war ein Mann der Gegensätze. Ein Kapitalismuskritiker vor dem Herrn. Ein Nonkonformist, ein „Feind der Herden", wie er es nannte. Trotz des verbeamteten Lehrerjobs trug er das noch immer volle, braun-silbern melierte Haar über schulterlang und zumeist als Pferdeschwanz. Er war ein stets makellos gekleideter Mann mit kurz gestutztem Kinnbart, der dreiteilige Anzüge liebte, die er sich maßschneidern lassen musste, weil er sie von der Stange nicht kaufen konnte. An diesem Abend trug er einen mittelbraunen Anzug mit dezenten cremefarbenen Nadelstreifen. Gleichzeitig war Lessing ein streitbarer Opernnarr (wenngleich Wagnerhasser) und eingefleischter Krimifan. Er betätigte sich als Hobbykoch auf Gourmetniveau und sammelte Wein und Whisky. Am heimischen Piano coverte er mehr als passabel Tom Waits. Bei zahlreichen gemeinsamen Kinobesuchen hatte er sich als Cineast erwiesen. Zweifellos schrieb er selbst, vermutlich Lyrik, auch wenn er die Wölfin daran nie hatte teilhaben lassen.

Zudem war er ein hervorragender, einfühlsamer Liebhaber, wie die Wölfin aus einer betrunkenen Silvesternacht, die sich, wie sie einander geschworen hatten, niemals wiederholen würde, wusste.

Doch da war mehr, dessen war sich Geza Wolf sicher. Sie war der festen Überzeugung, dass es weit zurückliegende Verletzungen im Leben des Freundes gab. Er sprach nicht über sie, hatte sie in sich verkapselt. Dazu passte auch, dass der im Grunde seines Herzens sanftmütige, trotz seiner Leibesfülle behände Mann eine sehr laute Diktion hatte und keine Angst kannte, andere vor den Kopf zu stoßen. Er hatte sich einen Panzer angefressen. Geza witterte Dinge, die er nicht ertragen hatte und schon gar nicht noch einmal ertragen müssen wollte. Wie der nur ein paar Steinwürfe von hier geborene ehemalige Bundeskanzler Dr. Helmut Kohl, dachte die Wölfin, auch wenn Leo diesen Vergleich sicher gehasst hätte.

Apropos Doktor … den hatte Lessing auch. Über Hölderlin hatte er promoviert, „das Hölderle", wie er den Tübinger Romantiker gern liebevoll nannte, aber er führte seinen akademischen Titel nicht. Die Wölfin fand, ihr Freund verschwende sein Talent als Gymnasiallehrer an der Mannheimer Schule, die auch noch wie er den Namen des berühmten Schriftstellers trug, als Pädagoge im besten Sinne des Wortes. Wie Sisyphus versuchte er, in Generation um Generation X-Box-daddelnder, von YouTube und Wikipedia verdorbener Schüler die Liebe zur Literatur zu wecken. Scheinbar unverdrossen …

Die Lebensgefährtin des Restaurantbesitzers und Kochs riss Geza Wolf aus ihren Gedanken, indem sie mit der ihr eigenen unaufdringlichen Aufmerksamkeit Mineralwasser nachgoss. Dann trat der Meister selbst an ihren Tisch, ein kulinarischer Überzeugungstäter, der hier mitten im Hemshof seit Jahren konsequent auf Sterneniveau kochte, ohne sich nach dieser zweifelhaften Ehre allzu sehr zu verzehren.

„Hallo, Leo", grüßte er den Stammgast der ersten Stunde, der inzwischen zum guten Bekannten avanciert war. „Die Schweinebäckchen kommen gleich, und für die Dame der Rochenflügel." Der Mann in der weißen Kochjacke warf Geza ein bezauberndes Lächeln zu. „Hat das Entrée gemundet?"

„Ja und wie", lobte Leo. „Ich finde, wenn du jetzt noch deinen größten Fehler korrigierst, bist du nur noch einen Fingerbreit vom wahren Genius entfernt."

„Und der wäre?", fragte Gregor Ruppenthal irritiert.

„Du kochst in Lumpehafe, dabei gehört einer wie du nach Monnem", grinste Lessing.

Ruppenthal lächelte. Ehe er Lessing aber darüber aufklären konnte, dass es durchaus sehr konkrete Umzugsüberlegungen auf die andere Rheinseite gab, ertönte Aaron Coplands *Fanfare for the Common Man* aus der Brusttasche von Lessings Jackett. Sie erklang in der Version von Emerson, Lake & Palmer, unterstützt durch heftige Vibration.

„Entschuldige bitte ..."

Es war Lessing anzusehen, dass ihm diese Störung sehr unangenehm war. Er fischte sein HTC, mit dem ihn eine intensive Hassliebe verband, aus der Brusttasche und nahm das Gespräch mit einem energischen Druck seines fleischigen Daumens an, ohne aufs Display zu sehen.

„Lessing. Wer stört?", knurrte er.

Dann hörte er eine Weile zu. Geza versuchte anhand der Hälfte der Konversation, die sie mithören konnte, das gesamte Gespräch zu rekonstruieren.

„Ach, du bist es, Anton ... wo bist du? ... Im Nationaltheater? Oh. Ja, ich weiß, wir waren für die *Walküre* verabredet, aber mir ist ...", er warf einen verschwörerischen Blick auf den Weinkühler und auf Geza, „... etwas dazwischen gekommen. Tut mir leid."

Er nahm einen Schluck Riesling, dann zählte er eins und eins zusammen und fragte: „Wieso telefonierst du mit mir, wenn du in der Oper hockst? Was? Das Stück wurde abgebrochen ... na, was Besseres hätte wahrscheinlich nicht passieren können." Wieder lauschte er eine Weile in sein Handy. „Oh, das ist schlecht ... och komm ... muss das sein? Ich sitze gerade beim Essen ... mit einer tollen Frau ... na gut. Ja, ich komme rüber."

Misslaunig unterbrach er das Gespräch und steckte das Handy weg.

„Geza, tut mir leid, ich muss weg. Das war Anton – drüben im Nationaltheater hat es einen Mord gegeben. Ich

nehme nicht an, dass dir schon wieder der Sinn nach Er-
mittlungsarbeit steht?"

Die honigblonde Psychologin schüttelte den Kopf. Nach
dem, was sie etwas weniger als zwei Jahre zuvor in Frank-
reich erlebt hatte[1], versuchte sie, einen weiten Bogen um
tote Menschen zu machen.

Missmutig winkte Leo Lessing seinen Freund herbei.
„Gregor, ich muss leider weg. Aber meine Begleiterin isst
in Ruhe zu Ende. Schreib einfach alles auf, ich komme die
Tage rum und zahle."

Gregor Ruppenthal nickte. Lessing küsste Geza Wolf
flüchtig auf die Wange und rauschte hinaus auf die Welser
Straße. Vor der Tür schwang er sich in seinen BWM Z3,
den einzigen sichtbaren Luxus, den er sich neben seinen
Anzügen gönnte, und brauste über die Brücke gen Mannheim.

Nach Hause.

Judith von Reichenbach wusste nicht mehr, wo ihr der Kopf
stand. Hunding, der jetzt wieder ganz bürgerlich Christian
Walther hieß, hatte einen Nervenzusammenbruch erlitten,
als ihm die ganze Tragweite dessen, was er getan hatte, klar
geworden war. Er hockte jetzt am Bühnenrand und wurde vom Kollegen Erich Grambitter, dem Leiter der Spurensicherung, fürs Erste notfallseelsorgerisch betreut. Die
Spurensicherer taten ihr Möglichstes, um, nun ja, Spuren
zu sichern, aber zum einen wäre die Bezeichnung Hühner-

---

1   vgl. Oliver Hoffmann & Thommy Mardo, Der Facebook-Killer,
    VerlagWaldkirch, Mannheim 2012

haufen noch ein Euphemismus für das gewesen, was auf der Bühne des Großen Hauses gegenwärtig los war, zum anderen war die Sachlage eigentlich klar. Jemand hatte den stattliche acht Meter langen, signalroten Glasfaserstab, der Hunding als Speer diente, auf üble Art und Weise präpariert. Das gepolsterte Schaumstoffende, das da ursprünglich hätte sein sollen und dazu diente, Verletzungen jeglicher Art bei dem Heldentenor zu vermeiden, war durch eine perfide Vorrichtung modifiziert worden: Sie erhielt nun im Inneren eine beidseitig scharf geschliffene Metallklinge, die sich beim Aufprall auf den Körper des Sängers durch den Schaumstoff geschnitten hatte. Der Schwung von Hundings/Walthers Stoß hatte den Schaumstoff am Stab entlang zurückgeschoben, und die dolchartige, mattschwarz schimmernde Klinge hatte ungehindert ihr zerstörerisches Werk tun können.

„Zerbrochene Schwerter aus Zuckerguss. Faszinierend."

Ein Amy Lendsor Krimi

Taschenbuch, 11,7 x 18,7 cm, 320 S.
ISBN: 978-3-86476-036-5

ISBN E-Book EPUB   978-3-86476-612-1
ISBN E-Book PDF   978-3-86476-613-8

Die Tonscherbe ragte aus der Brust der toten Frau wie die Silhouette eines Achttausenders, die große Blutlache umgab ihren Körper wie ein stiller Bergsee zu seinem Fuße…

Ermordet im eigenen Atelier, umrahmt von ihrem letzten, unvollendeten Werk, gibt der Tod der Künstlerin Helena Wildhaus von Anfang an Rätsel auf.
Ein Kriminalroman über Mannheims mächtige Seilschaften, deren Abgründe und uralte, düstere Geheimnisse, die spät ihren Tribut fordern wollen.
Die Geschichte einer Hauptkommissarin, die sich der eigenen Angst ebenso stellen muss wie der Einsamkeit und der Entscheidung, ihrem Herzen und Instinkt zu folgen.

Von Glaube, Aberglaube und blankem Wahnsinn!